Totenkult

Ines Eberl wurde in Berlin geboren, ist promovierte Juristin und lebt in Salzburg. Sie ist Mitglied der International Thriller Writers und der Crime Writers' Association. Im Emons Verlag erschienen »Salzburger Totentanz« und »Jagablut«.
Lesen Sie mehr über die Autorin unter www.ineseberl.com.

Dieses Buch ist ein Roman. Handlungen und Personen sind frei erfunden. Hans Boschs Häuschen im Brunnwinkl, das Witwenhäusl und das Schloss von Henri de Mortin existieren in der Wirklichkeit nicht. Ähnlichkeiten mit lebenden oder toten Personen sind nicht gewollt und rein zufällig.

INES EBERL

Totenkult

KRIMINALROMAN

emons:

Bibliografische Information der Deutschen Bibliothek
Die Deutsche Bibliothek verzeichnet diese Publikation
in der Deutschen Nationalbibliografie; detaillierte bibliografische
Daten sind im Internet über http://dnb.d-nb.de abrufbar.

MIX
Papier aus verantwortungsvollen Quellen
FSC
www.fsc.org
FSC® C083411

Umschlagmotiv: fotolia.com/Kawa
Umschlaggestaltung: Tobias Doetsch
Satz: César Satz & Grafik GmbH, Köln
Druck und Bindung: CPI – Clausen & Bosse, Leck
Printed in Germany 2013
ISBN 978-3-95451-065-8
Kriminalroman
Originalausgabe

Ein Projekt der AVA international GmbH
Autoren- und Verlagsagentur
www.ava-international.de

Für Viktor und Isabelle

»Der Herrschaft Zauber aber ist das Geld,
Ich weiß mir Bessres nichts auf dieser Welt
Als Gift und Geld …
Das Gift erschleicht im Dunklen Geld und Macht,
Und hab es zum Genossen mir erdacht.
Und hab es gut befunden,
Hinunter stieß ich in das Schattenreich
Mann, Brüder, Vater, und ich ward zugleich
Geehrt und reich …«

Adelbert von Chamisso, »Die Giftmischerin«

PROLOG

Peru, 1913

Langsam löst sich das Gesicht vom Schädelknochen. Die Stirnhaut klappt nach vorn, der Indianer kehrt das blutige Innere nach außen und stülpt es über Mund und Nase wie einen Handschuh. Mit muskulösen Fingern, so braun wie die tote Haut nach mehrstündigem Räuchern sein wird, packt er den dicken schwarzen Schopf und hält den knochenlosen Kopf in die Höhe.

Thibeault de Mortin mustert das einstige Gesicht in der Hand des Indianers. Noch vor Kurzem hat es einem jungen Krieger gehört, nun ist es, seiner menschlichen Würde beraubt, zum Gegenstand herabgesunken. Schwarze Löcher gähnen an den Stellen, an denen sich die Augen befunden haben, und der Mund klafft in einem stummen Schrei. Jetzt muss die Hauthülle mitsamt dem Skalp gekocht und anschließend mit heißen Steinen, Sand und Asche gefüllt werden, um die Mumifizierung in Gang zu setzen. Erst dann können die Gesichtszüge nachgestaltet werden. Mehrere Stunden im Rauch werden für die dunkle Gesichtsfarbe und die nötige Konservierung sorgen.

Mortin hat auf seinen Expeditionen eine ganze Sammlung von Tsantsas, Schrumpfköpfen, erworben, doch noch nie hat er das faszinierende Ritual der Herstellung mit eigenen Augen gesehen. Obwohl er nicht zu Sentimentalitäten neigt, fühlt er doch so etwas wie Ergriffenheit.

Er lässt seinen Blick von der Totenhaut zu dem Aguaruna-Indianer hinabwandern, der auf dem festgestampften Lehmboden hockt und zu ihm hochsieht.

»Bravo, *mon ami.*« Mortin nickt lächelnd, um sein Wohlgefallen auszudrücken. Er ist fast sicher, dass der Wilde ihn versteht. Aber er will nicht zu entgegenkommend erscheinen, um den vereinbarten Preis für das einmalige Erlebnis und die Trophäe nicht in die Höhe zu schrauben.

Die schwarzen Augen des Indianers glimmen wie Holzkohle

im Schein des Herdfeuers, über dem bereits der Kessel mit kochendem Wasser hängt. Heißer Dampf zieht in feuchten Schwaden durch das Halbdunkel der Hütte, und ein scharfer Geruch, der Mortin an die Gerbereien in den Pariser Hinterhöfen erinnert, liegt in der Luft.

Mortin nimmt den Panamahut ab und lässt den gewebten Poncho von seinen Schultern gleiten, der ihn gegen die Kälte des peruanischen Hochlandes schützt. Das grobe Baumwollhemd scheuert auf seiner empfindlichen Haut, und der Bund der Reithose kneift. Noch nie ist ein Forscher Augenzeuge des Tsantsa-Rituals geworden. Sein Angebot, für einen Schrumpfkopf das Doppelte zu zahlen, wenn er seiner Herstellung beiwohnen kann, war verdächtig schnell angenommen worden. Am Beginn des 20. Jahrhunderts scheint der Fluch des Kapitalismus auch die Ureinwohner Südamerikas erfasst zu haben. Wie lange würden die Aguaruna überhaupt noch an den alten Sitten ihrer Väter festhalten?

Thibeault de Mortin unterdrückt einen Seufzer. Er kann es kaum erwarten, nach Paris zurückzukehren und seinen Bericht der Akademie vorzulegen. Im Kessel zerplatzen die Luftblasen. Draußen wiehert sein Pferd.

Der Indianer steht auf und geht, den Skalp in der Hand, zum Feuer hinüber. Er schiebt ein weiteres Holzscheit unter den Kessel. Dann wirft er das Gesicht hinein und taucht es mit einem Stock immer wieder in das wallende Wasser.

Mortin fasst sich in Geduld. Um den Wilden bei seiner Arbeit nicht zu stören, wandert er in der Hütte umher. Eine Weile sind nur das Knarren seiner Lederstiefel, das leise Klirren seiner Sporen und das Brodeln des Wassers zu hören. Mortin hat den Eindruck, als würde die Hütte nicht zu Wohnzwecken, sondern nur zur Jagd genutzt. An der hinteren Wand reihen sich Tonkrüge und ein Stapel Tierhäute. Daneben lehnen zwei unfertige Speere. Ein paar bunt gewebte Decken und ein verfilztes Lamafell scheinen als Schlafstatt zu dienen. Auf dem harten Bett liegen eine Umhängetasche und ein geflochtener Lederköcher, aus dem die Schäfte von drei Pfeilen ragen.

Mortin geht zu den Decken hinüber und nimmt den Köcher

näher in Augenschein. Zwischen den Pfeilen steckt ein kleiner, flaschenförmiger Kürbis. Mortin kann einen leisen Pfiff nicht unterdrücken. Von so einer Calabaza hat er schon gehört. Und er weiß auch, was sie enthält. Unwillkürlich steckt er die Hände in die Taschen seiner Reithose, als könne er sich so vor der Berührung mit dem Gift schützen. Kalebassen-Curare. Schon die Konquistadoren beschrieben die tödlichen Giftpfeile der südamerikanischen Einwohner. Gewonnen aus allen Arten der Brechnuss, je nach Rezept und Volksgruppe, lähmt das Gift innerhalb kurzer Zeit das Muskelsystem der getroffenen Jagdbeute, gelangt aber nicht in deren Blutbahn, sodass das Fleisch des erlegten Tieres unbedenklich verzehrt werden kann.

Die Pfeilspitze wird vor dem Schuss durch das Curare gezogen. Ein kleiner Einschnitt sorgt dafür, dass der Schaft abbricht, die Spitze in der Beute stecken bleibt und das Gift seine tödliche Wirkung entfalten kann. In Mortins Entdeckerfreude mischt sich Erregung.

Er greift nach einem Pfeil, zieht ihn heraus und hält ihn in den Schein des Feuers. Der Pfeil hat keine Spitze mehr. Der Schaft ist bereits abgebrochen. Der Todesbote hat sein Opfer also schon gefunden. Warum dann hat der Indianer den wertlosen Pfeil nach der Jagd mitgenommen? Mortin fallen drei Schnitte am Ende des Schaftes auf, und als er die beiden im Köcher verbliebenen Pfeile untersucht, findet er die gleiche Markierung. Das Zeichen, das den Eigentümer verrät. Der Wilde wollte den Pfeil nicht dort zurücklassen, wo er sein Opfer getroffen hat.

Mortin hebt den Kopf und sieht, dass der Indianer ihn beobachtet. Schweiß glänzt auf seinen hohen Wangenknochen und perlt auf der breiten Oberlippe. Der Mann scheint auf eine Reaktion zu warten. Hinter ihm steigen Rauchwirbel aus dem Kessel empor und winden sich wie weiße Schlangen um seine dunkle Gestalt. Das Feuer wirft rote Lichter auf die Wände, in den Ecken der Hütte lauern Schatten.

Auf einmal versteht Mortin, wie hoch der wahre Preis für das bestellte Ritual und seine Trophäe ist. Für einen Augenblick spielt er mit dem Gedanken, unter Protest diese primitive Hütte zu verlassen. Doch etwas in der Miene des Indianers lässt ihn zögern. Will er ihn töten? So wie den Mann, dessen Kopf er ihm verkauft hat? Und der, das begreift Mortin jetzt, kein im fairen Kampf gefallener Krieger war. Diese Wilden haben kein Gewissen. Einen Menschen zu töten, um seinen mumifizierten Kopf zu verkaufen. Der Wasserdampf würgt Mortin.

Nur noch ein paar Handgriffe, und die Tsantsa ist fertig. Und er, Thibeault de Mortin, wird der erste Europäer sein, der die Herstellung mit eigenen Augen gesehen hat. Und darüber berichten kann. Ist es nicht geradezu seine Pflicht der Forschung gegenüber, sich über moralische Bedenken hinwegzusetzen? Unschlüssig dreht er den Pfeilschaft in den Händen. Er kann seinen wissenschaftlichen Ruhm nicht wegen Rührseligkeiten aufs Spiel setzen. Das macht den Ermordeten auch nicht wieder lebendig. Mortin schiebt den Pfeil, die abgebrochene Spitze voran, in den Köcher zurück.

Der Indianer hebt das Kinn. Er verzieht die Mundwinkel. In seinen Augen meint Mortin Spott und Verachtung zu lesen.

Mit einer lässigen Geste wirft Mortin den Köcher auf das stinkende Lamafell und geht zum Feuer hinüber. Er stellt sich neben den Indianer, schiebt die Hände wieder in die Hosentaschen und heftet seinen Blick auf die quirlige Wasseroberfläche, auf der der schwarze Haarschopf in einem wilden Tanz herumwirbelt.

Am Ende der Prozedur werden den Tsantsas die Lippen vernäht und mit Stiften verschlossen, um zu verhindern, dass die Rachegeister des Toten austreten. Aber Thibeault de Mortin teilt diesen Aberglauben nicht.

»Eh bien«, sagt er. »Ich hoffe, du verschließt unserem Freund hier den Mund besonders gut.«

EINS

Von Süden wehte ein heißer Föhnwind, trieb Wellen und Schaumkronen über den Wolfgangsee und zerzauste die Blätter der alten Weiden, die sich wie Trauernde über das Wasser beugten. Es war der Wind, der Marie Aschenbach Kopfschmerzen verursachte, der ihr die Augen und die Haut reizte und die Gedanken verwirrte. An solchen Föhntagen begannen Familienfehden, standen Trennungen im Raum, und manchmal nahm noch Schlimmeres seinen Anfang.

»Na, was sagst du jetzt?« Marie kniff die Augen zusammen und zeigte auf das Bauernhaus, das in seiner frisch renovierten Pracht vor Roland und ihr erstrahlte. »Du hast ja keine Vorstellung, wie viel Arbeit der Umbau war.« Sie seufzte und fuhr sich mit dem Handrücken über die Stirn. »Sei froh, dass du so eine fleißige Ehefrau hast.«

Roland schob die Hände in die Taschen seines blauen Seidenanzugs. »Dafür danke ich Gott täglich«, knurrte er. Der Wind spielte in seinem von grauen Fäden durchzogenen schwarzen Haar und hüllte Marie in eine Wolke Armani.

»Davon bin ich überzeugt«, sagte Marie. Mittlerweile war sie gegen Rolands Sarkasmus immun. »Und? Wie findest du die Farben?«

Das Erdgeschoss des Bauernhauses leuchtete in strahlend weißem Putz, den Rest der Fassade bedeckte honigfarbenes Fichtenholz. Die Fensterläden waren in einem kühlen Hellgrün gestrichen – Tegernseer Grün hatte der Interior-Designer den Ton genannt –, der geschnitzte Balkon verschwand fast unter roten Geranien. Unter dem Giebel hingen drei Hirschgeweihe. Auf dem mit traditionellen Lärchenschindeln gedeckten Dach prangte ein geschnitztes Türmchen – die Feuerglocke. Es fehlten weder die Stalllaterne neben der Haustür noch die Hausbank. Sogar ein alter Leiterwagen stand wie zufällig auf dem kurz geschorenen Rasen vor der Terrasse. Ein gepflegter Kiesweg führte vom Haus zum See hinunter.

»Schau nur, die vielen Blumen«, sagte Marie. Den Bauerngarten hatte sie nicht angetastet. Nicht nur, weil sie von Pflanzen nichts verstand, sondern vor allem, weil ihr der Garten mit seinen Farben und Gerüchen perfekt schien. Die Strauchrosen vor der Terrasse sahen aus wie rosa Schaum. Aber am schönsten war das Staudenbeet. Ein Meer aus blauem Rittersporn und zartfarbenem Fingerhut neigte sich unter den Windböen.

Nur Rolands schwarzer 911er Porsche, der neben dem Haus parkte, störte das nostalgische Bild. Marie selbst hatte ihr Cabrio extra in die Holzhütte gefahren, die jetzt als Garage diente. Sie schob ihren schmalen Arm unter Rolands Ellenbogen. Der dünne Anzugstoff fühlte sich glatt und kühl an. »Nicht mal den Garten haben wir anlegen müssen. Wenn man bedenkt, was ein Landschaftsarchitekt kostet …«

»Das kommt schon noch«, knurrte Roland. »Ich hoffe, du weißt, was du dir da aufgehalst hast.« Wahrscheinlich wollte er gleich ein für alle Mal klarstellen, dass er nicht gedachte, sich an der Pflege von Haus und Garten zu beteiligen. »So eine verdammte Schnapsidee. Hast du überhaupt eine Vorstellung, was mich der alte Kasten unterm Strich kosten wird?«

»Du warst doch mit dem Preis einverstanden …«

Das Haus war eine Bruchbude gewesen. Die alte Frau, die bis zu ihrem Tod darin gewohnt hatte, schien der Zustand nicht gestört zu haben. Oder ihr hatte schlicht das Geld für die nötigen Wartungsarbeiten gefehlt. Nur wegen seiner spektakulären Lage hatte die Erbengemeinschaft für das baufällige Gebäude einen halbwegs akzeptablen Preis erzielt. Im Grunde hatte Roland einen Baugrund am See gekauft. Und das wusste er auch. Das Bauernhaus war praktisch die Zugabe.

»Wir hätten die Bude niederreißen und im Stil neu bauen sollen.« Er schüttelte den Kopf, als könnte er es immer noch nicht fassen, dass er sich von Marie zu dieser Dummheit hatte hinreißen lassen.

»Also, ich finde, so ein altes Haus hat Charme.« Wozu hatte sie sich eigentlich wochenlang mit Architekten, Interior-Designern und schwerfälligen örtlichen Handwerkern herumgeschlagen? »Das kann man doch gar nicht vergleichen.«

»Kein Mensch hätte den Unterschied gemerkt.« Er schob die Hände in die Hosentaschen. »Haben wir überhaupt schon irgendwelche Rechnungen vom Umbau?«

Marie schwieg.

»Nein, natürlich nicht. Ist ja auch nicht dein Geld«, meinte Roland. Er gab ein freudloses Lachen von sich. »Na ja, wenigstens ist es ein Seegrundstück. Das lässt sich immer wieder verwerten.«

Marie zog scharf Luft ein. »Wer wollte denn aufs Land? Ich etwa?«

Den ständigen Vorwurf, sie verschwende sein Geld, wollte sie dieses eine Mal nicht auf sich sitzen lassen. Sie wäre auch mit einer kleinen Stadtwohnung in London oder Paris als Zweitwohnsitz zufrieden gewesen. Aber wenn sich österreichische Immobilienfonds in St. Gilgen besser verkauften, dann sollte es ihr auch recht sein. Der Wurm muss dem Fisch schmecken, sagte Roland immer, nicht dem Angler. Und ein repräsentativer Landsitz brauchte nun mal eine gewisse Größe.

»Dann veranstalte doch ab jetzt deine ganzen Geschäftsessen hier«, sagte sie. »Sparst du eine Menge Geld.«

Roland brummte nur etwas Unverständliches.

»Und wenn vielleicht doch mal unsere Kinder –«

»Ich dachte, zumindest das Kinderthema hätten wir ausdiskutiert.« Sein Ton war schneidend. »Lächerlich, in deinem Alter.«

In diesem Moment klingelte Rolands Handy. Sofort griff er in die Anzugtasche, zog den Apparat heraus und warf einen Blick auf das Display. Er runzelte die Stirn.

Marie versuchte, in seinem Gesicht zu lesen. In letzter Zeit läutete sein Handy zu jeder Tageszeit. Dann verließ Roland jedes Mal das Zimmer, um wenige Minuten später besser gelaunt zurückzukehren. Und immer hatte er gleich darauf einen Geschäftstermin.

»Was ist?«, fragte sie.

Roland zögerte, auf die Annahmetaste des klingelnden Handys zu drücken.

»Meinetwegen kannst du ruhig rangehen. Vielleicht wieder ein wichtiges Geschäftsessen?«

Roland reagierte nicht. Das Telefon klingelte weiter. Marie streckte schon die Hand danach aus, als er ihr den Rücken zudrehte, das Gespräch annahm und sich das Handy ans Ohr hielt.

»Aschenbach?« Der Anrufer schien sich zu melden. Über die Schulter warf Roland Marie einen Blick zu und ging dann langsam den Kiesweg zum Haus hinauf. Marie konnte ihn nur noch sagen hören: »Woher haben Sie meine Nummer, verdammt?«

Marie schaute ihm nach, wie er auf glatten Sohlen über den Kies schritt. Der Steinstaub würde die Poren des feinen Schuhleders verstopfen und die scharfen Kiesel die wie Lack glänzende Oberfläche der Schuhe zerkratzen. Es musste ein ziemlich wichtiger Anrufer sein, wenn er Roland dazu brachte, sich freiwillig seine geheiligten Maßschuhe zu ruinieren. Sie wartete, bis er einen angemessenen Vorsprung hatte, dann ging sie ihm nach.

Roland blieb auf der Terrasse stehen und hörte dem Anrufer eine Weile zu. Abrupt blaffte er in den Hörer: »Sind Sie verrückt? Das verbitte ich mir!«

Marie schlenderte ein paar Meter weiter zu dem prachtvollen Staudenbeet. Wie ein blauer Wald aus Speeren stach der Rittersporn zwischen dem rosafarbenen und weißen Fingerhut hervor. Aus der Nähe betrachtet, waren die Blüten auch nicht einfach nur blau. Da gab es dunkelblauviolette, blauschwarze und enzianblaue Blüten mit weißem Auge. Die Stängel des Fingerhutes dagegen strebten zwischen dekorativen dunklen Blättern empor. Die zartfarbenen Glocken öffneten sich von unten nach oben.

»Und was geht mich das an?« Roland telefonierte jetzt in Hörweite. »Na und? War schließlich Ihre Entscheidung.«

Am Rand des Beetes standen sternförmige weiße Blumen. Über ihre fünf Blütenblätter, die aus einer schwarzen Mitte wuchsen, zog sich ein Netz feiner Linien. Fast sah es aus, als wären sie aus gesprungenem Muranoglas. Aber sie wirkten nicht so, als ob man sich an ihrer durchsichtigen Schönheit erfreuen sollte. Eher, als könnte man sich an ihnen schneiden.

»Umsonst ist der Tod, und der kostet das Leben.« In Rolands Ärger mischte sich Ungeduld.

Zwischen den blühenden Stauden standen Sträucher, an denen kleine tiefschwarze Beeren hingen.

»Soll das jetzt eine Drohung sein?« Rolands Stimme war leiser geworden, hatte dabei aber an Schärfe zugelegt.

Die Beeren sahen appetitlich aus. Wie kleine Süßkirschen. Aber wuchsen die nicht an Bäumen? Oder wie große Heidelbeeren. Sicher gehörten auch Beeren zum Naschen in einen echten Bauerngarten.

»Ach, Sie können mich mal ...« Rolands Geduld war endgültig am Ende. »Ja, gut, tun Sie das – und verschonen Sie mich in Zukunft mit Ihren Anrufen.«

Marie streckte die Hand nach dem Stängel eines rosa Fingerhutes aus, dessen Blüten sich schon fast zur Gänze geöffnet hatten. Das wollige Laub seiner Blätter kratzte, als sie es zwischen den Fingern rieb. Sie packte den Stiel mit festem Griff und zog daran. Die Pflanze neigte sich ihr entgegen, ließ sich aber nicht abbrechen. Verärgert über so viel Widerstand in ihrem eigenen Blumenbeet, spannte Marie die Armmuskeln und riss die Staude einfach aus.

»Da scheiß ich drauf, verstanden?«, brüllte Roland. »Ja, ja ... tun Sie das ...« Die Terrassentür knallte zu.

Marie riss ein paar vertrocknete Blätter von der Fingerhutrispe und ließ sie fallen. Sie wollte die Pflanze gerade zur Nase führen, als eine dicke Hummel aus der Röhrenblüte hervorschoss und für endlos scheinende Augenblicke vor ihrem Gesicht herumsummte, ehe sie davonflog. Erschrocken sah Marie ihr nach. Dann drehte sie sich um, die Pflanze noch immer in der Hand, und lief den Hang zum See hinunter.

Hohe Weiden schirmten das Haus zum Wasser hin ab. Marie musste sich unter den tief herabhängenden Zweigen bücken, um ans Ufer zu gelangen. Dann, als hätte sich ein Vorhang geöffnet, lag der Wolfgangsee in seiner ganzen Pracht vor ihr. Der Föhn trieb Wellen über das Wasser und ließ weiße Schaumkronen tanzen. Der breite Schilfgürtel am Ufersaum duckte sich unter den Böen, und wenn er sich wieder aufrichtete, raschelten seine trockenen Halme, als tuschelten sie miteinander.

Marie stützte die Hände in die Seiten. Zu ihrer Rechten breitete sich malerisch St. Gilgen am karibikblauen Wasser aus. Segelboote mit kahlen Masten tanzten auf den Wellen vor der mit Ausflüglern übervollen Uferpromenade. Bunte Sonnenschirmchen spendeten Schatten auf den Café-Terrassen, vor denen Schwäne in der Hoffnung auf Kuchenreste im Wasser kreuzten.

Daneben lag die Halbinsel von Abersee. Durch den Föhn schien alles so nahe, dass Marie direkt gegenüber, am anderen Ende des Wolfgangsees, Strobl erkennen konnte. St. Wolfgang dagegen lag verborgen hinter dem Schafberg, dessen schiefe Form sie als Kind immer an einen umfallenden Kegel erinnert hatte. Mit ihrer Schulklasse war Marie in der alten Dampfeisenbahn bis zur Schafbergalpe hinaufgefahren. Wenn sie die Augen zusammenkniff, konnte sie die kleine weiße Rauchwolke der Lokomotive sehen, die gerade die sanft ansteigende Südseite hinaufschwebte. Zu Maries Linken überragte der Falkenstein die Bucht von Fürberg, auf der die spitzen bunten Segel der Surfer hin und her schossen. Ein weißes Ausflugsschiff legte gerade vor dem Gasthof »Fürberg« ab und nahm Fahrt in Richtung Strobl auf.

Marie strich sich eine Haarsträhne aus dem Gesicht. Vielleicht sollten Roland und sie den Nachmittag bei einer knusprigen Forelle und einem Glas Sauvignon Blanc auf der Terrasse des »Fürberg« beschließen. Wenn es dort überhaupt noch Platz gab. Sie beschirmte ihre Augen mit der Fingerhutrispe und spähte zum Gasthof hinüber. Das Gewimmel am Schiffsanleger ließ nichts Gutes ahnen.

Etwas weiter hinten, in Richtung Schafberg, hatte man seit ihrem letzten Besuch ein Stück Wald gerodet. Ein kleines Schloss, eher noch ein Ansitz, erhob sich zwischen den verbliebenen alten Bäumen über dem See. Das musste das Schloss sein, von dem die Maklerin erzählt hatte. Irgendein Museum, meinte Marie sich zu erinnern.

Sie machte ein paar Schritte bis zum Wassersaum und linste

zwischen den Schilfhalmen auf das Nachbargrundstück. Wenn sie sich ein wenig vorbeugte, konnte sie dort ein verwittertes Holzhäuschen mit Veranda erkennen, halb verborgen hinter blühenden Hortensien. Ein Steg mit rissigen Bohlen führte von einem mit Löwenzahn gesprenkelten Rasen in den See. Der Steg durchstieß den Schilfgürtel und malte dunkelgrüne Linien auf das glitzernde Wasser. Am Steg lehnte das Segel eines Surfers. Das weiße Plastikbord dümpelte auf den Wellen. Die Maklerin hatte gesagt, das Häuschen werde an Sommergäste vermietet.

Marie ging in die Hocke und beugte sich über das gekräuselte Wasser. Aus der grünen Tiefe schien ihr Spiegelbild herauf. Das wie Opal schimmernde Antlitz war umrahmt von hellen Haaren, es zerfloss im Spiel der Wellen und fand immer wieder erneut zusammen. Wie ein Wassergeist, dachte Marie. Oder nein, lieber wie eine Nixe.

»Spieglein, Spieglein an der Wand …«, murmelte sie und sah, wie sich der Mund im Wasser bewegte.

Du bist wunderschön, schmeichelte die Nixe. Noch immer die Frau, wie Roland sie haben will. Marie musterte das schmale Gesicht im Spiegel des Wassers. Die kleine Nase, die zarten Lippen und das schulterlange Haar. Ricardo hatte genau die blonden Strähnchen hingekriegt, die ihr auch mit achtunddreißig Jahren noch das Aussehen eines kalifornischen Beachgirls geben sollten. Auf keinen Fall sah sie zu alt für ein Baby aus. Wenn sie Roland von einem Kind nicht überzeugen konnte, würde sie ihn eben damit überraschen.

Marie betrachtete ihr Ebenbild im See. Sie war so schlank wie nie zuvor. Ja, raunte die Nixe, deswegen sieht man auch deine Falten so. Marie warf den Fingerhut auf die Nixe. Das Gesicht zerrann in kleinen Wellen. Von irgendwo kam das helle Kichern eines Mädchens. Hastig stand Marie auf und rieb ihre vom Blumensekret klebrigen Handflächen aneinander.

Hinter ihr knirschte es auf dem Kiesweg. Marie schloss die Augen und holte tief Luft. Dann setzte sie ein strahlendes Lächeln auf und wandte sich um.

»Hallo, Schatz, hier bin ich.«

Roland duckte sich unter den Weidenzweigen hindurch und

kam lässig, die Hände in den Hosentaschen, über den nassen Ufersand zu ihr geschlendert. Das weiße Hemd ohne Krawatte und die eleganten Maßschuhe standen in reizvollem Kontrast zu der wilden Natur um ihn herum. Roland wirkte immer wie aus einem Modemagazin entsprungen. Feine Fältchen in den Winkeln seiner blauen Augen ließen auf Humor schließen, und die grauen Schläfen wirkten seriös. Er gehörte zu den wirklich schönen Männern, die ihr Haar niemals färben würden. Er stand zu seinen fünfzig Jahren, und das machte ihn jünger. Es war einfach ungerecht.

Direkt neben Marie blieb er stehen. Mit zusammengekniffenen Augen starrte er über die Bucht nach Fürberg hinüber. Marie strich sich eine blonde Strähne hinters Ohr und wartete, ob er etwas über das mysteriöse Telefonat erzählen würde. Aber Roland zeigte auf das Schlösschen, das sich so malerisch zwischen den Bäumen an den Hang am gegenüberliegenden Seeufer schmiegte.

»Was ist denn das?«, fragte er.

»Wie bitte?«

»Ich habe dich gefragt, was das ist.« Er klang ungehalten, als hätte sie das alte Gemäuer dort persönlich gebaut, um ihm die Sicht auf den Schafberg zu verstellen.

»Ein Schloss«, sagte sie und hörte selbst, wie dämlich sie klang. »Die Maklerin hat gemeint, es gehört einem Ausländer.« Hatte die Frau wirklich gesagt, es sei ein Museum? Marie war sich nicht mehr sicher. Sie zog die Schultern hoch und umfasste ihre Oberarme. Ihre Handflächen blieben an dem roten Polohemd kleben.

»Einem Ausländer?« Roland sah sie an. »Geht's ein wenig genauer?«

»Ja …« Sie versuchte krampfhaft, sich zu erinnern. Roland hasste Ungenauigkeit, sie verschwendete seine Zeit. »Das Schloss gehört … äh, einem Franzosen. Den Namen weiß ich nicht mehr.« Sie ließ die Schultern sinken und lächelte. »Schöne Aussicht, nicht?«

Roland starrte auf die von der Julisonne beschienene Fassade des Schlosses, die helle Reflexe auf die dunklen Wasser des

Wolfgangsees warf. Ein Teppich goldener Münzen schien dort drüben auf dem Wasser zu schwimmen.

»Und hat deine Maklerin auch gesagt, ob dieser Franzose da lebt? Oder ob das nur ein Zweitwohnsitz ist?« Er zog die Brauen zusammen. »Sieht ein wenig marode aus, oder? *Das* hätten wir kaufen sollen.«

»Ach, wirklich.« Vor ein paar Minuten hatte er sich über die Kosten für das Seehaus beschwert. »Und womit hätten wir ein Schloss bezahlt?« Wieder war dieses kindliche Kichern zu hören. Marie warf einen schnellen Blick aufs Wasser, aber die Nixe war natürlich verschwunden. »Außerdem scheint das ein Landschaftsschutzgebiet zu sein«, setzte sie hinzu. »Da leben sicher jede Menge Haubentaucher und Rohrdommeln oder so Zeugs. Du kennst doch diese Naturschützer.« Die Naturschutzbehörde konnte einen Umbau verhindern. Oft genug hatte Roland sich darüber beschwert. »Wer weiß, ob dieser Franzose überhaupt verkauft.« Sie verschränkte die Arme vor der Brust. »Also, wenn ich so was hätte, würde ich es nicht hergeben. Um keinen Preis der Welt.«

»Alles hat seinen Preis«, sagte Roland ungerührt. »Das solltest doch gerade du wissen.«

Marie biss die Zähne zusammen. Aber ein ehernes Gesetz ihrer bald zehnjährigen Ehe war, dass sie sich nicht in seine Geschäfte einmischte. Er brachte das Geld nach Hause, und sie konnte es ausgeben, wie sie wollte. Sie legte die Hand auf seinen Arm und drückte ihn ein wenig. »Ach, Schatz … du weißt doch, ich habe keine Ahnung vom Big Business.«

Roland zuckte mit den Schultern. »Meine Kunden auch nicht. Außerdem verkaufe ich sowieso nur Finanzprodukte, die die Leute nicht verstehen.« Er sah auf sie herab. Seine Miene war unergründlich. »Weißt du, dass du langsam zur Paranoia neigst?«

Ein Windstoß fuhr in das Uferschilf. Die scharfen Blätter schwankten wie Speerspitzen. Marie spürte ein Kribbeln im Nacken. »Keine Ahnung, wovon du redest.«

»Meinst du, ich merke nicht, dass du mir nachspionierst und mein Handy filzt?«

»Das stimmt nicht.« Marie schaute auf den See hinaus. In letzter Zeit trug Roland Restaurantquittungen und Hotelrechnungen sowieso in seinen Anzugtaschen herum. Sie fielen ihr einfach in die Hände.

Roland beugte sich vor und starrte ihr ins Gesicht. »Deine Kontrollsucht geht mir auf den Geist.« Er richtete sich wieder auf. »Also, vergiss den alten Kasten da drüben und lass uns lieber eine Einstandsparty organisieren.«

Das Schloss interessierte ihn nicht. Roland hatte sie nur ärgern wollen. »Du meinst wohl – ich, oder?«

»Wer sonst? Ich hab auch nur zwei Hände.« Wie zum Beweis streckte er seine Hände mit den kurz gefeilten Nägeln aus und drehte sie hin und her. »Morgen bin ich in Rom, und dann baue ich eine Wahnsinns-Ferienanlage auf Sardinien. Außerdem gibt's bei der Arlberg Lodge noch genug zu tun.« Er sah sie spöttisch an. »Also, zerbrich dir dein Spatzenhirn lieber über die Party.«

Die »Arlberg Mountain Lodge« war Rolands aktuelles Prestigeobjekt. Ein Luxus-Ski-Resort. Chalets rund um ein Fünf-Sterne-Plus-Hotel in einer der besten Lagen Österreichs. Marie hatte gedacht, dass die Anteilscheine bereits verkauft seien. Aber was wusste sie schon von seinen Geschäften? »Ich kann ja mal diesen neuen Eventmanager –«

»Quatsch, wir machen's richtig old fashioned. Dresscode: Dirndl und Lederhose. Sommerfrische am Wolfgangsee wie anno dazumal.« Er rieb sich die Hände. »Mit Spanferkel am Grill. Für alte Freunde und Geschäftspartner. *Bring your friends!* Und vielleicht ein paar einheimische Native Speaker. Fürs Lokalkolorit.«

»Ganz wie du willst.« Marie bückte sich und nahm eine Handvoll Sand, um sich den Pflanzensaft von den Händen zu putzen. Aber damit erreichte sie nur, dass auch die feinen Körner auf ihren Handflächen haften blieben. »Das Scheißzeug klebt wie Gift.«

Vom See kam wieder das Kichern. Dann platschte etwas ins Wasser. Eine junge Frau im blauen Bikini hatte sich auf das Surfboard geworfen. Nun lag sie bäuchlings darauf und paddelte am Ufer entlang, direkt auf sie zu. Als sie Marie und Roland bemerkte, hielt sie in ihren Kraulbewegungen kurz inne, dann stand sie geschickt auf und griff nach der Leine. Jetzt sah Marie, dass es ein Mädchen war, keine zwanzig Jahre alt. Lange kupferfarbene Locken fielen in nassen Wellen über ihren Rücken. Ihre kräftigen Beine standen sicher auf dem schwankenden Brett, das Bikinihöschen spannte sich über einem runden Hinterteil. Das Mädchen schaute zu ihnen herüber, hob einen pummeligen Arm und winkte.

Marie winkte zurück. Dann schaute sie Roland an. Der hatte die Hände wieder in den Hosentaschen vergraben und schien sich über den Eindringling zu amüsieren. Seine Augen waren halb geschlossen, und um seinen Mund spielte ein Lächeln.

Das Mädchen bückte sich, ziemlich lange und ziemlich umständlich, und zog das Segel aus dem Wasser. Dann richtete sie sich wieder auf und strich sich ein paar rote Locken aus dem Gesicht, wobei sie ihre Brust übertrieben herausstreckte. Sie drehte das Segel in den Wind, der Surfer machte einen Satz nach vorn, nahm Fahrt auf und schoss mit der drallen Lolita über das kabbelige Wasser in Richtung Abersee davon.

»Der kleine Mops scheint neben uns zu wohnen«, meinte Marie. »Verbringt sicher die Schulferien hier.«

Roland lachte. »Mhm.« Er wippte von den Fersen auf die Zehen, während er der immer kleiner werdenden Silhouette des Mädchens nachstarrte. »Niedlicher Käfer, was?«

Marie wurde kalt. »Kennst du sie?«

»Wen? Vicky?« Er kniff die Lippen zusammen.

Ihr Gefühl hatte sie nicht getrogen. »Woher kennst du dieses Mädchen?« Über ihr rauschte der Wind in den Weiden.

Roland wich ihrem Blick aus. »Ich glaube, der Kramladen im Ort gehört ihrer Oma, so einer richtigen alten Kräuterhexe.« Er lachte. »Möglich, dass ich die Kleine da mal gesehen habe.«

Marie kannte ihn gut genug, um zu wissen, dass er log. »Ach so, ich dachte nur.« An den Blicken der Kellner meinte sie zu erkennen, wenn Roland einmal wieder eine andere Frau in ihr Stammrestaurant ausgeführt hatte. Seine Kreditkartenabrechnungen bewahrte er im Büro auf, aber einen gelegentlichen Blick in sein Handy konnte sie noch werfen. Leider verwendete er für manche Anrufer ihr unbekannte Kürzel. Roland setzte einen Fuß in Richtung Bauernhaus. »Ist was, Schatz?«, fragte Marie.

Er warf einen Blick auf seine goldene Rolex. »Ich muss los. Du weißt ja, die Präsentation in Rom …«

»Ins Büro?« Marie bückte sich, um ihre Enttäuschung zu verbergen, und griff nach einem faustgroßen Stein. Rasch scheuerte sie damit den Sand von ihren Händen. »Ich dachte, wir könnten noch schön am See essen … Au, verdammt!«

Sie hatte sich an der scharfen Kante des Steins geschnitten. Der Sand auf ihrer Haut färbte sich rot. Marie steckte sich den verletzten Finger in den Mund, damit das Blut nicht auf ihr Polohemd tropfte. Tränen brannten in ihren Augen. Das Blut schmeckte ekelerregend nach Eisen.

»Na ja, vielleicht ein andermal.« Sein Blick ging durch sie hindurch. »Zum Glück bist du ja mit dem Auto da.« Er schaute zu den Weiden zurück, die das Bauernhaus verbargen. »Aber geh du ruhig was essen. Bei mir wird's heute sowieso später. Du brauchst nicht auf mich zu warten.«

Marie wollte etwas Patziges erwidern, aber sie wusste, je mehr Druck sie machte, umso mehr entzog er sich ihr. Auf einmal bekam sie heftiges Herzklopfen. Sie nahm die Hand aus dem Mund. Der Boden begann sich unter ihr zu bewegen.

»Wie immer«, murmelte sie.

»Was? Ja, genau … wie auch immer.«

Roland fragte nicht, wann sie nachkommen würde. Ohne ein weiteres Wort des Abschieds drehte er sich um und ging auf die Bäume zu. Marie fühlte sich wie auf einem Schiffsdeck bei Windstärke acht. Sie legte die Hand auf die Brust, wo ihr Herz ungewohnt stark schlug.

»Roland?« Der Föhnwind übertönte ihre Stimme.

Er verschwand zwischen den herabhängenden Zweigen der Weiden. Der Strand, die Bäume, der See, alles drehte sich um Marie. Ihr Herz schlug bis zur Kehle, und sie bekam Atemnot. Sie holte so tief Luft, wie sie konnte, und schrie: »Roland! Hilf mir! *Hilfe …«*

Der Motor des Porsche heulte auf. Marie taumelte in Richtung Ufer. Der Sportwagen entfernte sich, wurde immer leiser, bis er nicht mehr zu hören war.

Das Herz schien Marie fast zum Hals herauszuspringen, so stark klopfte es. Sie hustete und würgte. Die ganze Welt war eine Scheibe, die sich drehte und drehte und sie herumwirbelte. Marie sank in die Knie. Sie versuchte noch, sich mit den Händen im feuchten Sand abzustützen, aber dann verließen sie die Kräfte und sie schlug der Länge nach hin.

Kalte Wellen umspülten ihr Gesicht. Ihr Herz raste, und sie meinte zu ersticken. Ein paarmal schnappte sie nach Luft. Dann war da nur noch Wasser.

ZWEI

Scientia potentia est.

Wie die Botschaft eines römischen Triumphators an die Nachwelt prangte der Wahlspruch der Mortins in Stein gemeißelt über dem Schlosstor. *Wissen ist Macht.* Ein gutes Motto für eine Familie von Gelehrten, fand Hans Bosch, als er nach dem steilen Anstieg in Sichtweite des Tores stehen blieb. Dahinter erhob sich das Schloss. Im Stil der Neugotik errichtet, mit hohen Spitzbogenfenstern, Giebeln und Türmchen, erinnerte es eher an eine Kirche als an eine Burg. Auf dem Dach hockten steinerne Fabelwesen und Wasserspeier mit dämonischen Fratzen und beugten sich über die Regenrinnen. Soviel Bosch wusste, wurde das Schloss nur von einem alten Mann bewohnt, dem Enkel des berühmten Weltreisenden und Forschers Thibeault de Mortin.

Bosch stützte die Hände in die Seiten und versuchte, tief Luft zu holen. Hinter seinen Rippen saß ein stechender Schmerz, der ihn am Atmen hinderte. Der malerische Spazierweg vom Brunnwinkl nach Fürberg führte bequem am Seeufer entlang, den anschließenden Anstieg hatte er jedoch unterschätzt. Auch der warme Föhnwind machte ihm zu schaffen. Wie immer in solchen Momenten nahm er sich vor, sein Gewicht unbedingt unter hundert Kilo zu bringen. Allerdings wurde er im nächsten Jahr vierzig. Da musste man nicht mehr so unbarmherzig zu sich sein.

Er nahm die Brille ab, zog ein Taschentuch hervor und wischte sich den Schweiß von der Stirn. Dann lehnte er sich an das Holzgeländer, das den Weg sicherte, und blickte auf den See hinab. Unter ihm ragte das Ochsenkreuz auf seinem Felsen aus dem tintenblauen Wasser. Ein Bauer sollte es zum Dank für den Ochsen errichtet haben, der ihn an einem Wintertag vor dem Ertrinken gerettet und auf die Insel gebracht hatte. Angesichts der Julihitze schien der Winter undenkbar weit weg.

Erst im Oktober musste Bosch wieder vor seinen Studenten

im Hörsaal stehen. Drei Monate würde er in dem kleinen Holzhaus am See wohnen und arbeiten. Seine Staffelei stand schon auf der Veranda, und die Malutensilien lagen bereit. Er spürte ein Ziehen in der Brust, wenn er an das mit Kreide angelegte Bild dachte, das auf der Staffelei wartete.

Ein Jahr nach dem Tod seines Malerfreundes Franz Schwarzenberger war er froh, Salzburg und den Erinnerungen den Rücken zu kehren. Der Auftrag des Denkmalamtes, die externe Bauaufsicht für die Umbauarbeiten im Schloss zu übernehmen, war ihm wie ein Himmelsgeschenk erschienen. Als Zeichen, dass das Leben für ihn weiterging. Franz hatte sein Tod sowieso nur noch mehr Ruhm beschert. Das Museum der Moderne zeigte eine Retrospektive, die Preise für einen echten Schwarzenberger waren ins Astronomische gestiegen. »Die Lieblinge der Götter sterben jung«, hatte Franz immer gesagt. Franz war achtunddreißig geworden.

Ein Schwan zog mit metallischem Flügelschlag an Bosch vorbei. Sein Schatten huschte über das Wasser, es sah aus, als flögen dort zwei Vögel, ein weißer und ein schwarzer, wie ein ungleiches Brüderpaar. Bosch stieg die letzten Meter zum Schloss hinauf.

Statt einer Klingel hing ein rostiger Seilzug neben dem Tor. Bosch zog zweimal an dem geschmiedeten Griff. Ein Glockenspiel erklang, und nach kurzer Zeit wurde die Tür von einem jungen Mann in grünem Overall geöffnet. Breite Wangenknochen und eine lange Nase beherrschten sein Gesicht. Die Lippen über dem fliehenden Kinn wölbten sich vor. Bosch fühlte sich sofort an die in Stein gemeißelten Profile auf Mayareliefs erinnert. Der Mann musterte Bosch unter schweren Lidern. In der Hand hielt er eine offene Gartenschere.

»Grüß Gott, mein Name ist Bosch.«

Die Worte riefen keine Reaktion hervor.

»Ich komme im Auftrag des Denkmalamtes.« Verstand dieses Faktotum ihn überhaupt? »Herr de Mortin erwartet mich.«

Als wäre der Name des Schlossherrn das Losungswort gewesen, senkte der Mann das Kinn, gab die Tür frei und bedeutete Bosch mit der Gartenschere einzutreten.

Bosch folgte ihm durch eine Halle und einen langen Gang. An den Wänden hingen Stiche mit Segelschiffen in abgeblätterten Rahmen. In einer Glasvitrine war ein türkisfarbener Federkopfschmuck aufgefächert. In einer anderen hockten indianische Tonfiguren mit weit aufgerissenen Mündern. Das Parkett war abgetreten und an den Stellen, wo es dem Lichteinfall ausgesetzt war, verblichen. Staubkörnchen tanzten in der Luft.

Endlich stieß der junge Mann eine Tür auf. Es war die Schlossbibliothek, in die Bosch geführt wurde. Alle Wände waren von Regalen aus hellem Holz bedeckt. Tausende Bücher standen dort und stapelten sich teilweise übereinander. Diese Bibliothek diente offensichtlich nicht zur Zierde, sie wurde von ihrem Eigentümer benutzt. Der junge Mann deutete mit der Schere ein paarmal zu Boden und nickte nachdrücklich, dann verließ er den Raum.

Bosch meinte verstanden zu haben, dass er warten sollte, und schaute sich in der Bibliothek um.

Über dem Kamin hing ein Gemälde im schweren Goldrahmen. Es musste um 1930 entstanden sein und zeigte einen schnauzbärtigen Mann auf einem weißen Maultier. Seine Augen wurden von der breiten Krempe eines Sonnenhutes beschattet. Er trug ein Khakihemd, Reithosen und hohe Schnürstiefel. Mit einer Hand hielt er die Zügel, die andere hatte er auf die Hüfte gestützt. Quer über seine Brust lief ein Lederriemen, und über seine Schulter ragte ein Gewehrlauf. Hinter dem Reiter breitete sich hohes Savannengras bis zu einer Bergkette am Horizont aus. Das Bild im Stil der klassischen Moderne war gut, aber es fehlte ihm an Leben. Es sah aus, als sei es nach einer Fotografie gemalt worden.

Vor dem Kamin gruppierten sich ein rotes Samtsofa und mehrere Sessel um einen niedrigen Tisch. Darauf lagen Bücher, aus denen Lesezeichen ragten. Auf einem abgegriffenen Lederfolianten stand eine große Glaskugel, die in dieser Umgebung wie die Kristallkugel einer Wahrsagerin wirkte. Aber vielleicht konnte man sie auch nur schütteln und auf diese Weise in ihrem Inneren heftiges Schneegestöber erzeugen.

Bosch lauschte, ob er vielleicht schon Schritte hören konnte.

Hatte der Mann gemeint, dass er den Schlossherrn holen werde? Er fasste sich in Geduld und schlenderte zum Kamin hinüber.

Auf dem Kaminsims lehnte ein gerahmter Stich, der einen Kopf im Profil zeigte. Er schien ganz aus kunstvollen Linien und Wirbeln zu bestehen und erinnerte Bosch an die Porträts Arcimboldos, deren Gesichter sich aus Blumen oder Feuerholz zusammensetzten. Winzige Zahlen standen auf der Zeichnung und wiederholten sich in einer Legende am unteren Rand des Bildes. Gerade als Bosch näher treten wollte, fiel die Bibliothekstür hinter ihm ins Schloss. Er drehte sich um.

»Dr. Bosch, wenn ich nicht irre?« Ein kräftiger Mann kam auf ihn zu, wobei er das linke Bein ein wenig nachzog.

Bosch musste lächeln. Mit diesen Worten hatte Sir Henry Morton Stanley den verschollenen Livingstone im afrikanischen Busch begrüßt. »Nicht Mr. Stanley, nehme ich an.«

Henri de Mortin zuckte mit den Mundwinkeln. Er trug eine grüne Tweedjacke und einen Rollkragenpullover, der über dem Bauch spannte. Die Cordhose beulte ein wenig an den Knien, aber die braunen Schnürschuhe, die bis über den Knöchel reichten, waren auf Hochglanz poliert. In der Brusttasche der Jacke bauschte sich ein Seidentuch. Trotz seiner Korpulenz wirkte Mortin eher kräftig als dick, was vielleicht an den breiten Schultern und seiner aufrechten Haltung lag. Wie ein Militär in Zivil schien er die Uniform im Kopf zu haben. Bosch schätzte ihn auf Anfang siebzig.

Der Schlossherr blieb vor Bosch stehen. »Zum Glück hat mir Cesario gesagt, wo ich Sie finde. Ich fürchte, er war nicht sehr hilfreich. Er spricht nur eine Art spanischen Dialekt.« Er schaute auf das Porträt über dem Kamin. »Wie ich sehe, haben Sie sich schon mit Grand-père bekannt gemacht.«

Der bewaffnete Reiter auf dem Maultier war also Thibeault de Mortin, der Weltreisende und Begründer der Sammlung, die jetzt in ein Museum eingebracht werden sollte.

»Ein interessantes Bild«, sagte Bosch höflich.

Henri de Mortin nickte, ging aber nicht weiter auf seinen Großvater ein. Er mochte selbst an zahlreichen Expeditionen teilgenommen haben, aber seine Züge erinnerten nicht an die ausgezehrten Gesichter der Forscher, die Bosch von Fotos her kannte. Große blaue Augen, eine Knollennase und ein festes rundes Kinn ließen Bosch eher an einen Clown denken. Ein Eindruck, zu dem auch der graue Haarkranz beitrug, der die wie poliert glänzende Glatze säumte.

»Sie interessieren sich für Mokos?« Mortin deutete auf die Zeichnung auf dem Kaminsims.

»Ich weiß nicht …« Bosch zuckte mit den Schultern. »Das Bild erinnert ein bisschen an Arcimboldo, finde ich.«

Mortin grinste. »Das hat bisher noch keiner gesagt, aber ich sehe, was Sie meinen.« Er schüttelte den Kopf. »Mokos sind keine Zeichnungen, sondern Gesichts-Tattoos, eine Tradition der Maorikultur.« Er fuhr mit der Spitze seines dicken Zeigefingers die Muster und Spiralen nach. »Sehen Sie? Jede Linie erzählt ein wichtiges Ereignis aus dem Leben des Verstorbenen.«

»Ach.« Bosch reckte den Kopf vor und betrachtete das Bild noch einmal. »Wie eine Chronik?«

»Ganz genau.« Mortin nickte. »Wenn jemand mit Moko starb, wurde der Kopf gerne für die Nachwelt konserviert. Augen und Gehirn wurden entnommen, die Öffnungen mit Kauriharz und Neuseelandflachs verschlossen, und dann wurde der Kopf gekocht oder gedämpft.«

Bosch schluckte. »Ach, wirklich …«

»Ja, danach wurde er geräuchert, in der Sonne getrocknet und mit Haiöl eingerieben. Fertig war der Mokomokai.« Mortin rieb sich die Hände, als hätte er eben ein gut gehütetes Kochrezept verraten. »Die Mokomokai wurden von ihren Familien in wertvollen Kästen verwahrt und nur für religiöse Zeremonien hervorgeholt.« Er musterte Bosch. Ein wenig spöttisch, wie der fand. »Ein aufgeklärter Europäer steht diesem Totenkult natürlich kritisch gegenüber.«

»Ach, was heißt schon ›aufgeklärt‹?«

Mortin lachte. »Ich sehe, wir verstehen uns. Aber nennen Sie mich doch Henri, *mon cher.*« Trotz seines Nachnamens und des französischen Ausdrucks sprach Mortin ohne jeden französischen Akzent. Bosch war diese makellose Aussprache schon oft bei Menschen aufgefallen, die viel Zeit im Ausland verbrachten. »Ich bin gerade aus Amerika zurück, und da braucht man anscheinend überhaupt keine Nachnamen. Und wir sind doch beide Männer der Wissenschaft, nicht wahr? Also, einfach Henri.«

»Ja, äh … Bosch«, sagte Bosch aus Gewohnheit. Dann verbesserte er sich schnell. »Hans, meine ich natürlich.« In dieser von Ferne und Abenteuer durchwehten Umgebung wünschte er sich zum ersten Mal, seine Familie hätte sich bei der Wahl seines Vornamens ein wenig mehr Mühe gegeben und ihn anders genannt. Aristoteles vielleicht. Oder wenigstens Johann Wolfgang.

»Haben Sie sonst schon etwas gesehen, was Sie interessiert?« Henris Augen unter den buschigen Brauen wölbten sich ein wenig hervor. Ihr sattes Blau erinnerte Bosch an Delfter Keramik. »Ich meine, abgesehen von Mokos?«

»Eigentlich nicht …«

»Dann müssen Sie mir erlauben, Sie durch mein altes Haus zu führen.« Trotz der verbindlichen Wortwahl ließ der befehlsgewohnte Tonfall keine Widerrede zu. »Kommen Sie, *mon cher.*«

Ohne weitere Umstände hakte sich Henri bei Bosch unter und spazierte mit ihm zu der Tür am anderen Ende der Bibliothek. Bosch versuchte, seinen Schritt dem Hinken des Hausherrn anzupassen, ohne dass es diesem allzu sehr auffiel. Diese Mühe hätte er sich sparen könne, denn Henri führte ihn mit festem Griff.

»Was die Mokomokai betrifft«, sagte Henri im Plauderton, »gibt es da noch eine etwas unerfreuliche Wendung.«

Bosch konnte sich beim besten Willen nicht vorstellen, welche unerfreuliche Wendung es bei gekochten Menschenköpfen noch geben konnte.

»Anfang des 19. Jahrhunderts erzielten Mokomokai in Amerika und Europa hohe Sammlerpreise.« Henri blieb stehen und schaute Bosch an. »Ist Ihnen zufällig die Kopfsammlung von Horatio Gordon Robley ein Begriff?«

Bosch musste passen.

»Na, macht nichts.« Henri zog ihn weiter. »Jedenfalls überstieg die Nachfrage bald das Angebot.« Er verhielt wieder seinen Schritt. »Und was machen die gewieften Eingeborenen?«

Bosch zuckte mit den Schultern. »Weiß nicht?«

»Sie schnappen sich jeden Sklaven und jeden Gefangenen, den sie erwischen können, tätowieren ihm ein hübsches Muster ins Gesicht – natürlich kein echtes Moko –, dann schlagen sie ihm den Kopf ab und verkaufen ihn als toten Häuptling.«

Bosch war ein wenig flau im Magen. »Unglaublich.«

»Nicht wahr?« Henri seufzte. »Um 1830 wurde die Ausfuhr von Mokos aus Neuseeland zum Glück verboten.« Er runzelte die Stirn. »Es war wohl auch eine gewisse Marktsättigung eingetreten.«

»Und was ist aus all den Köpfen geworden?«

»Was ist aus all den Mumien geworden, die aus Ägypten verschleppt wurden?« Henris Stimme klang traurig. »Aus den ermordeten Hereros? Wer weiß, was allein in den Kellern der Berliner Charité noch alles lagert?« Er schüttelte den Kopf. »Ich fürchte, die Mokomokai sind nur ein weiteres dunkles Kapitel der Menschheitsgeschichte.« Sie hatten das Ende des Saales erreicht. »So, und jetzt aber zu einem erfreulichen Teil unserer eigenen Sammlung.« Henri zog seine Hand unter Boschs Arm hervor und stieß die geschnitzte Tür auf. »Das Esszimmer, *voilà*.«

Der Raum wurde wohl deshalb Esszimmer genannt, weil sich auch ein runder weißer Tisch und weiß lackierte Rokostühle darin befanden. Die hohen Wände aber waren über und über mit kleinen Sockeln bedeckt, auf denen chinesische Vasen standen. In den tiefen Fensternischen waren Porzellantiere und Tonfiguren ausgestellt. Hinter einer Armee chinesischer Soldaten glitzerte der See in der Nachmittagssonne. Lichtreflexe tanzten auf einem Drachenbild über dem Kamin und hauchten dem Fabelwesen Leben ein. Es sah aus, als spielten die Muskeln unter seinem goldenen Fell.

Henri war Boschs Blick gefolgt. »Der Drache dort drüben stammt aus der Hand des Zen-Meisters Kano Tanyu. Frühes 17. Jahrhundert. Mein Großvater hat seinerzeit mehrere Asienreisen unternommen.« Er deutete auf zwei Tierfiguren, die neben dem Kamin hockten. »Hölzerne Löwenhunde aus dem 14. Jahrhundert. Und das da«, er zeigte auf eine Art Buddha, »das ist ein chinesischer Heiliger aus der Yuan-Dynastie.« Er wandte sich mit einem Lächeln an Bosch. »Und? Was sagt der Kunsthistoriker?«

Bosch gab keine Antwort. Er hatte angenommen, das Schloss beherberge die übliche Sammlung an Kuriositäten, die betuchte Reisende im 19. Jahrhundert mit nach Hause gebracht hatten. Aber allein die Schätze, die in diesem Raum versammelt waren, übertrafen Boschs kühnste Erwartungen. Dies waren keine Reisemitbringsel, dies war das Ergebnis eines Plünderungszuges. Kulturgut hatte im 19. Jahrhundert nicht auf legalem Weg aus China exportiert werden können.

»Wie hat Ihr Großvater es denn bloß geschafft, die Sachen aus dem Land zu bringen?«

Henri zuckte mit den Schultern. »Es wird wohl eine Frage des Preises gewesen sein.« Er seufzte. »Ich war immer der Meinung, dass die Todesstrafe nicht abschreckend wirkt.«

In Boschs Erinnerung tauchte ein unscharfes Foto aus einem Bildband auf. Die Stadtmauer von Peking und darauf die abgeschlagenen Köpfe der Hingerichteten. Es musste zur Zeit Thibeault de Mortins aufgenommen worden sein.

»Grand-père ist sozusagen auf den Spuren Marco Polos gereist«, fuhr Henri fort. »Wussten Sie übrigens, dass Marco Polo gar kein Venezianer gewesen ist?«

Bosch schüttelte den Kopf.

»Stammte aus Korčula. So ein kleines Piratennest in den Kornaten.« Er zwinkerte Bosch zu. »Na ja, später hat Grand-père dann seine Liebe für Südamerika entdeckt. Kommen Sie, ich zeige Ihnen Ihren Einsatzort.« Er setzte sich wieder in Bewegung.

Erneut fielen Bosch die breiten Schultern und kräftigen Arme auf, die so ganz im Gegensatz zu dem ungelenken Gang Henris standen. Er musste unwillkürlich an einen Gorilla denken.

Da drehte sich Henri um und deutete auf sein Bein. »Wir Archäologen verbringen unser halbes Leben auf den Knien, während wir mit der Kelle im Dreck anderer Leute wühlen.« Er grinste.

»Also eine Berufskrankheit«, meinte Bosch. Henri umwehte der Hauch der Fremdenlegion, da war eine derart unspektakuläre Erklärung für sein kaputtes Bein doch ein wenig enttäuschend.

Henri zwinkerte Bosch zu. »Kein allzu hoher Preis für ein Leben für die Wissenschaft, will mir scheinen.«

Der Schlossherr führte ihn durch einen langen Gang, über schlichte Holzdielen, die unter jedem Schritt knarrten, vorbei an Glasvitrinen, in denen bunte Holzfiguren standen. Sonnenstrahlen fielen durch die gotischen Fenster und malten Muster wie in einem Kirchenschiff auf den Boden. Ein balinesischer Affengott hockte auf einem Podest. Er hatte sein Schwert drohend über dem Kopf erhoben und schien seine Besucher direkt anzustarren. Bosch beeilte sich, an dieser Palastwache vorbeizukommen. Am Ende des Ganges befand sich eine niedrige Eichentür.

»Vorsicht, Kopf einziehen.« Henri stieß die Tür auf. »Das ist jetzt der älteste Teil. Das Schloss wurde erst im 19. Jahrhundert auf den Resten einer mittelalterlichen Burganlage erbaut.« Er fasste um den Türrahmen, und sofort flammte künstliches Licht auf und erhellte eine Halle.

»Bitte.« Henri machte eine einladende Geste und ließ Bosch den Vortritt. »Nur hinein in die gute Stube.«

Ein wenig zögernd betrat Bosch ein fensterloses Gewölbe. Die Kälte, die ihm entgegenschlug, überraschte ihn zunächst, doch dann sah er, dass an verschiedenen Stellen der rau verputzten Mauern der blanke Fels zu sehen war. Das Schloss klebte mit der Rückseite wie ein Schwalbennest am Berg. Natursteinsäulen trugen die Bögen des mittelalterlichen Ziegelgewölbes. Hier und da war ein Stein herausgebrochen.

Die einzige Möblierung bestand aus einem Refektoriumstisch in der Mitte der Halle und einem langen Wandteppich. Es war eine Patchwork-Arbeit. Eine breite schwarze Borte bildete den oberen Rand. Darauf waren weiße Totenschädel zu sehen, aus deren Mündern roter Rauch aufstieg. Stoffstreifen, in denen

Bosch Gesichter und Fabelwesen erkannte, hingen kunstvoll miteinander verknüpft bis auf den Steinboden herab.

»Eine nepalesische Danba.« Henri ging zu dem Teppich, hob einen der seidigen Streifen an und ließ ihn durch seine Finger gleiten. »Soll die bösen Geister vertreiben.« Er ließ den Streifen zu Boden fallen. »Früher gab es hier noch andere Exponate. Wir mussten sie aber auslagern, weil die klimatischen Bedingungen leider nicht optimal sind. Nach dem Umbau wird natürlich die ganze Sammlung wieder gezeigt.« Er schob die Hände in die Taschen seiner Tweedjacke und sah sich um. »Dann wird endlich wieder Leben im Schloss sein, ganz in Grand-pères Sinn. Er war ein Menschenfreund.«

Bosch nickte. Es roch ein wenig staubig, was vielleicht von der Danba kam, jedoch nicht modrig, sodass man wohl davon ausgehen konnte, dass die alten Mauern trocken waren. Ein großer Vorteil für den geplanten Ausbau. Aber er konnte sich nicht vorstellen, dass das Denkmalamt einem Eingriff in die mittelalterliche Bausubstanz zustimmen würde. Er hatte einen Grundriss bekommen und ihn sich bereits angeschaut. Am Abend würde er sich die alten Pläne noch einmal genauer vornehmen.

»Ich werde die Wand dort drüben einreißen.« Henri schien Gedanken lesen zu können. Er zeigte auf die Danba und sah Bosch scharf an. »So bekommen wir einen einzigen großen Saal mit Klimaanlage und Bodenheizung.« Er tappte mit dem Fuß auf die abgetretenen Steinplatten. »Das heißt, wenn das überhaupt geht. Was hier wohl drunter ist?« Er legte den Kopf schief und lauschte. »Klingt irgendwie hohl, oder?«

Bosch war in Gedanken noch bei der Wand. »Ich fürchte, man kann die Mauer nicht einfach abbrechen, Henri. Hoffentlich weiß die Baufirma, dass ich bei jedem Eingriff in die Bausubstanz dabei sein muss?«

Auch wenn sein Honorar vom Schlossherrn bezahlt wurde, so war doch das Denkmalamt sein Auftraggeber. Und sollte in irgendeiner Bauphase etwas Erhaltenswertes zutage kommen, musste er das melden. Er wollte gar nicht daran denken, welche Kostbarkeiten in der Salzburger Altstadt beim Ausbau der alten Häuser aus Profitgier zerstört worden waren.

»Selbstverständlich.« Henri machte eine etwas steife Verbeugung. »Ich freue mich sehr, dass Sie Ihre Aufgabe so ernst nehmen, Hans.« Ein Lächeln huschte über sein Gesicht. Dann warf er einen Blick auf seine zerkratzte Stahlarmbanduhr. »Oh, ich fürchte, wir müssen unsere Besichtigung in ein paar Tagen fortsetzen, *mon cher*. Ich fliege morgen zu Ausgrabungen in die Türkei und erwarte gleich einen Anruf.« Er schmunzelte. »Cesario hat seine Qualitäten – aber zum Telefonfräulein taugt er leider gar nicht.«

Am späten Nachmittag schoben sich die Urlauber durch das Ortszentrum von St. Gilgen. Der Raddampfer »Franz Josef« hatte eine Ladung Ausflügler abgesetzt, und die ersten Badegäste beendeten ihren Tag am Strand. Nun suchten alle einen Sitzplatz in einem der Gastgärten. Bosch ging am Gemeindeamt vorbei, überquerte den Mozartplatz und strebte der Konditorei Dallmann zu. Er zwängte sich zwischen den Menschen hindurch, die die Terrasse in der Hoffnung auf einen frei werdenden Tisch bevölkerten.

Vor dem Kuchentresen stand eine Gruppe Chinesen in weißen Schürzen und Kochmützen. Bosch stellte sich daneben und musterte das Angebot unter dem Thekenglas. Sachertorte, Esterházyschnitten und verschiedene Obstkuchen schienen nur darauf zu warten, dass er sich für sie entschied.

»Haben Sie schon was gefunden?« Die Verkäuferin hielt den Tortenheber in der Hand. »Zum Mitnehmen?«

»Äh, ja, aber …« Bosch schaute auf die Chinesen.

»Die machen das Mozartkugelseminar.« Die Frau deutete auf ein paar Zellophantüten. »Vielleicht Schafbergkugeln? Aus Nusskrokant? Oder Nervenkekse? Aus biologisch angebautem Dinkelmehl und Rohzucker?«

»Was ist denn das Mozartkugel–?«

»Oder wie wär's mit einem Zaunerkipferl zum Aus-der-Hand-Essen?« Das Kipferl war eher ein großes Croissant. Gehackte Nüsse lugten durch eine dicke Zuckerschicht.

Bosch fielen seine guten Vorsätze ein. »Vielleicht doch lieber was mit Obst.«

»Plunder mit Weichseln? Oder mit Marillen?«

Jemand rempelte Bosch von hinten an.

»Ja, gut, aber was ist denn eigentlich das Mozart–?«

»Geht's auch ein wenig schneller?« Eine Frau schob einen kleinen Jungen, der mit den Füßen trampelte, neben Bosch. »Gleich ist der Mann fertig, Luca, und dann gehen wir Bootfahren, ja?« Ihr Ton lag zwischen Schmeichelei und Verzweiflung. Sicher waren hier die Nervenkekse angebracht.

Luca schob die Unterlippe vor und schaute Bosch unter seiner Topffrisur an, als hätte der ihm das letzte Stück Brot geklaut. Die Verkäuferin griff nach einem Papptablett. Noch lächelte sie, aber der Tortenheber kreiste über den Kuchen, als wollte er jeden Augenblick herabstoßen.

»Was ist denn das Mozartkugelseminar?« Bosch gab nie auf, ehe er die Antwort auf eine Frage hatte.

Luca fing an, seine Mutter mit den Fäusten zu bearbeiten. »Maamaa …«

»Ach, und ein Zaunerkipferl, bitte.« Bosch ignorierte die Stimme seines Gewissens. »Nein, lieber zwei.«

Die Verkäuferin legte zwei Kipferl auf das Tablett. »Das Mozartkugelseminar ist der Hit bei unseren Gästen. Da stellt man in unserer Backstube Mozartkugeln her, und zum Abschluss gibt's auch noch ein Diplom.« Sie reichte Bosch das Päckchen und schenkte ihm ein Lächeln. »Wollen Sie auch diplomierter Mozartkugelspezialist werden?«

»Nein, äh, danke …« Bosch fing einen Blick von Luca auf. Das Kind schien gleich zum Angriff übergehen zu wollen. Rasch schnappte Bosch sich sein Päckchen und zahlte. Die Kochmützen der Chinesen nickten ihm zum Abschied zu.

Auf der Terrasse herrschte immer noch Hochbetrieb. Bosch wandte sich nach rechts und spazierte in Richtung der Kirche St. Ägidius. Dahinter lag der See. Vielleicht war ja eine Bank am Ufer frei.

Tapfer kämpfte er gegen den Strom der Urlauber an, der vom Schiffsanleger heraufkam. Immer wieder musste er ausweichen und sich zwischen Ständern mit Postkarten, Taucherbrillen und Badehosen zurückziehen. Der Schweiß brach ihm aus, und ein kleines Rinnsal lief über seinen Hals und versickerte im Hemdkragen.

Entnervt flüchtete er sich in eine Seitenstraße. Hier war es ruhiger. Ein Schild wies den Weg zum Museum der Zinkenbacher Malerkolonie. Bei dem Gedanken an kühle Ausstellungsräume und Bilder der berühmten Kollegen aus den dreißiger Jahren kehrten Boschs Lebensgeister zurück. Er beschleunigte seine Schritte und blieb endlich vor einem einzelnen Haus stehen. Das Museum hatte geschlossen. Enttäuscht schaute sich Bosch um.

Vor einem Geschäft mit der Aufschrift »Der Hofladen« war eine stämmige Frau in einer blauen Schürze dabei, das ausgestellte Obst und Gemüse zu sortieren. Neben der Ladentür klebten Plakate. »Die Kraft der Steine«, stand darauf, »St. Gilgener Kräuterwanderung« und »Gärtnern mit der Natur«. Im Schaufenster lagen Gesteinsbrocken, und an einer Messinghand hingen siderische Pendel. Bosch musterte das Angebot in den Obstkisten. Die Äpfel hatten schwarze Flecken, und die Gurken waren ziemlich klein.

Die Frau nahm einen verschrumpelten Apfel aus der Kiste. »Darf ich Ihnen was geben?« Ihr weißes Haar hatte sie zu einem Dutt auf dem Hinterkopf befestigt, aber ihre harten Augen passten nicht zu der Großmutterfrisur. Sie hielt den Apfel hoch. »Aus eigenem Anbau, vollbiologisch.«

Mit ein wenig schlechtem Gewissen dachte Bosch an die Zaunerkipferl in seiner Tüte und deutete auf die Gurken. »Zwei von denen, bitte.«

»Gern.«

Die Ladentür schwang auf, und ein junges Mädchen kam aus dem Geschäft. Sie trug Jeans und ein bauchfreies T-Shirt. Die roten Locken reichten ihr bis zur Taille.

Die Verkäuferin erstarrte, den Apfel in der Hand. »Wo willst du jetzt hin?«

Das Mädchen gab keine Antwort, sondern lief an Bosch vorbei zu einem schwarzen Sportwagen, der am Straßenrand parkte. Ein wenig Babyspeck wölbte sich über den Gürtel ihrer Jeans. Die Kleine sah jedenfalls nicht so aus, als würde sie sich nur von Gemüse ernähren. Fast wäre sie mit einem gelben Hund zusammengestoßen, der vom See heraufkam.

»Vicky!« Die Frau stemmte die Fäuste in die Seite.

Die Beifahrertür des Sportwagens wurde von innen geöffnet. Vicky stieg ein und beugte sich zum Fahrer hinüber. Dann zog sie die Tür zu, und das Auto brauste davon.

Bosch wandte sich an die Frau, in der Erwartung, dass sie ihm nun seine Gurken einpacken würde. Doch die hatte den Mund zusammengekniffen und starrte zu der Stelle, an der eben noch der schwarze Wagen gestanden hatte. Auch der Hund schaute dem Auto nach, dann senkte er den Kopf und kam langsam auf sie zu.

Die Frau erwachte aus ihrer Erstarrung. »Verschwind, verdammter Krüppel.« Sie schüttelte drohend den Apfel.

Der Hund setzte seinen Weg unbeirrt fort. Vielleicht hatte er Mühe mit seinen Pfoten, denn er schwankte ein wenig, und sein Gang wirkte schwerfällig. Bosch konnte die Schatten sehen, die seine Rippen auf das struppige Fell warfen. Die Frau hob den Arm, zielte und traf genau zwischen die Augen des Tieres. Der Hund gab keinen Schmerzenslaut von sich. Er duckte sich nur und kniff den Schwanz ein. Dann drehte er sich um und schlich den Weg zum See zurück.

Bosch konnte kaum glauben, was er gesehen hatte.

»Der Köter lungert schon seit Tagen hier herum. Ekelhaft. Vertreibt mir noch die ganze Kundschaft.« Die Frau lächelte Bosch an. »Also, von den Gurken, oder?«

Bosch schüttelte langsam den Kopf. »Hab's mir anders überlegt.« Er griff in die Dallmann-Tüte und holte ein Zaunerkipferl heraus. Zucker stäubte über seine Hand. »Ich hab keinen Appetit mehr auf Gemüse.« Er biss herzhaft in den dicken Teig und ließ die Frau einfach stehen. Es war sowieso Zeit, dass er nach Hause kam. Er wollte ja noch einen Blick auf den Grundrissplan des Schlosses werfen.

Bosch spazierte die Seepromenade entlang. Die Menschenmassen hatten sich deutlich gelichtet. Nur vor dem Billroth-Denkmal fotografierten ein paar Japaner. Die »Franz Josef« lag noch immer an der Mole und hob und senkte sich mit den

Wellen. Die rot-weiß-rote Fahne an ihrem Heck flatterte im Föhnwind.

Beim Mozarthaus bog Bosch in die schmale Straße ab, die hinter den Seevillen zu seinem Holzhäuschen führte. Die hohen Hecken links und rechts des Weges wurden von mächtigen Dächern überragt. Neben mannshohen Eisentoren hingen Gegensprechanlagen und Überwachungskameras. Sein eigenes Häuschen wurde nur von einer Gartenpforte gesichert, deren rissige Latten einen neuen Anstrich gebraucht hätten.

Bosch wollte gerade das Türchen öffnen, als ihm ein Mann im hellen Sommeranzug auffiel. Er stand ein paar Meter entfernt, hatte die Hände in den Hosentaschen vergraben und schien zu warten, während er das Nachbarhaus betrachtete. Bosch hatte das prachtvolle Bauernhaus von seinem Badesteg aus selbst schon bewundert. Seine Bewohner kannte er noch nicht.

»Hallo? Möchten Sie zu meinen Nachbarn?«

Der Mann schaute zu Bosch herüber. Sein Gesicht war braun gebrannt, das graue Haar kurz geschoren. Er schüttelte den Kopf, dann drehte er sich um und ging hastig davon. Bosch sah ihm nach, bis er nach links abbog und in Richtung Ortszentrum verschwand. Wahrscheinlich hätte Bosch ihm anbieten sollen, seinen Nachbarn etwas auszurichten. Aber schließlich kannte er die Leute ja noch gar nicht. Er drückte die Gartenpforte auf.

Das Haus, das er für drei Monate gemietet hatte, bestand komplett aus Holz. Im Inneren gab es nur ein Schlafzimmer, ein winziges Bad, einen Wohnraum und eine Küche. Aber die typische Glasveranda mit Blick über den Wolfgangsee verlieh dem Häuschen einen Hauch von Salzkammergutvilla. Von Hortensienbüschen gesäumte Stufen führten von der Veranda in den Garten hinab. Ein alter Badesteg ragte weit ins Wasser hinaus. Von seinem Ende konnte man bis Strobl sehen.

Die Pläne für das Schloss lagen zusammengefaltet neben den Farbtuben auf dem Verandatisch. Bosch warf einen Blick auf die mit einem Leintuch verhängte Staffelei in der Ecke. Er widerstand dem Impuls, den Stoff beiseitezuziehen und sich in das Bild zu vertiefen. Schnell schnappte er sich die Papiere und ging damit in den Garten. Der Föhn hatte nachgelassen, und vom See wehte eine erste abendliche Brise. Er streifte seine leichten Leinenschuhe ab und schlenderte barfuß zum Ufer hinunter.

Die grauen Holzbohlen des Steges hatten die Hitze des Tages gespeichert und fühlten sich warm unter seinen Fußsohlen an. Darunter konnte er die Wellen gegen die Holzpfähle klatschen hören. Bosch setzte sich ganz ans Ende des Steges und hängte die Füße ins Wasser. Dann faltete er den Plan auf und vertiefte sich in den alten Grundriss.

Wie Henri gesagt hatte, bestand der Kern des Gebäudes aus den Resten einer Burg, von der nur noch wenig erhalten war. Der Großteil der mittelalterlichen Anlage musste im 19. Jahrhundert beim Bau des Schlosses zerstört worden sein. Die wenigen verbliebenen alten Mauern, dick und unregelmäßig, mit Vorsprüngen und Durchbrüchen, sahen wie ein organisch gewachsenes Gebilde aus.

Nach einigem Suchen fand Bosch die Halle, in der er heute gestanden hatte und wo Henri die Wand herausreißen wollte. Dahinter lag ein großer Raum, der laut Plan gar keinen Zugang hatte, aber als Felsenkapelle bezeichnet wurde. Irgendjemand musste den Andachtsraum zugemauert haben. Die niedrige Eichentür, bei der Mortin ihm den Vortritt gelassen hatte, war auch nicht eingezeichnet. So sinnlos wie ein Blinddarm endete der Gang, in dem der Affengott mit dem Schwert Wache hielt, auf dem Papier im Nichts.

Bosch schaute nach Fürberg hinüber. Das Schloss lag jetzt im Schatten, und seine scharfen Konturen verschwammen weich mit dem Laub der Bäume, die es umstanden. Die Abendsonne spiegelte sich in den hohen neugotischen Fenstern. Es sah aus, als loderte ein Feuer im Inneren des Schlosses. Ein Boot löste sich vom Schiffsanleger darunter, und seine schwarze Silhouette glitt die Falkenwand entlang.

Lautes Quaken riss Bosch aus seinen Gedanken. Eine Entenfamilie kam unter dem Steg hervorgepaddelt. Erpel, Ente und vier Küken umrundeten unerschrocken Boschs im Wasser hängende Füße und schwammen auf die Weiden auf dem Nachbargrundstück zu. Schnatternd gingen sie zwischen den tief hängenden Zweigen an Land. Bosch musste lächeln. Da erregte eine andere Bewegung seine Aufmerksamkeit.

Im seichten Uferwasser leuchtete ein roter Fleck. Sacht schaukelte er auf den Wellen. Bosch schirmte seine Augen gegen die tief stehende Sonne ab. Jetzt konnte er ein rotes Hemd erkennen. Und zwei Beine in einer hellen Hose. Im Wasser trieb ein Mensch.

DREI

Auf dem Salzburger Mirabellplatz war Schranne. Wie jeden Donnerstag reihten sich die Marktstände vor der Andräkirche, wimmelte es von Käufern mit Taschen und Körben, drehten die Autofahrer Runden in der Hoffnung auf einen Parkplatz. Minutenlang fuhr das Taxi im Schritttempo hinter einer blumengeschmückten Hochzeitskutsche her, ehe sie in den Innenhof von Schloss Mirabell abbog. Standesamt und Marmortrauungssaal waren am Markttag nicht leicht zu erreichen. Das Taxi kämpfte sich an einem Sightseeing-Bus vorbei, der gerade eine Ladung Touristen entließ, und hielt dann in der zweiten Reihe vor einem Gründerzeithaus.

Marie Aschenbach zog einen Geldschein aus ihrem Portemonnaie und drückte ihn dem Fahrer in die Hand. Sie stieg aus und ging auf das von Säulen flankierte Eingangsportal zu. Rasch lief sie die Stufen hinauf, durchquerte die weitläufige Halle und ging direkt zu den Aufzügen.

Während Marie auf den Lift wartete, schaute sie zu den Engelköpfen hinauf, die irgendwo von der stuckverzierten Decke herablächeln mussten. Aber sie konnte nichts erkennen, die stechende Sonne brannte noch immer in ihren Augen. Auch ihr Kopf tat wieder weh.

Ein Gong erklang. Marie trat in den alten Aufzug und drückte den obersten Knopf auf dem glänzenden Messingbrett. Das schmiedeeiserne Gitter schloss sich, und die Kabine setzte sich rüttelnd in Bewegung.

Marie zog den sandfarbenen Kaschmircardigan, den sie trotz der Hitze trug, enger um sich. Ihr war ständig kalt. Der Arzt im Krankenhaus hatte sie nach ihrer letzten Mahlzeit gefragt. Für Marie war jeder Tag ein Obsttag. Daraufhin hatte sich der Arzt über Mangelernährung in einer Überflussgesellschaft ausgelassen und gemeint, bei ihrem Untergewicht sei es dann wohl der Kreislauf gewesen. Sie solle endlich mehr essen. Und ihr Leben habe sie ihrem Nachbarn zu verdanken. Einem Professor an der

Universität in Salzburg. Er hatte sie im Wasser liegen sehen und sofort die Rettung alarmiert.

Der Aufzug blieb mit einem Ruck stehen. Marie trat auf den Gang hinaus. Die kühle Luft, die sie traf, schien direkt aus Rolands Büro zu kommen. Er hatte sie in der Woche im Krankenhaus genau zweimal besucht. Gestern war er zu seiner Präsentation nach Rom geflogen. Sie glaubte eigentlich nicht, dass Roland sie verlassen würde. Aber irgendwie hatte sie ein ungutes Gefühl. Vielleicht war dies die letzte Gelegenheit, sein Büro zu durchsuchen und Kopien von Konten und Geldanlagen zu machen.

Marie ging den langen Gang entlang. Die Gumminoppen ihrer Wildledermokassins quietschten leise auf dem weißgrauen Marmor. Das Gründerzeithaus im Andräviertel war erst vor zwei Jahren generalsaniert worden. Luxussaniert, wie Roland es nannte. Natürlich hatte er sich das Dachgeschoss für seine Geschäftsräume gesichert. An der Wand neben der hohen Doppelflügeltür hing nur ein Glasschild. Darauf stand in moderner Schrift »Austria Immo Development«.

Marie drückte die Tür auf und betrat den Empfangsbereich. An den hohen Wänden hingen abstrakte Gemälde, das neue Fischgrätparkett spiegelte. Eine rote Ledergarnitur und ein schwarzer Schreibtisch in der Mitte des Zimmers waren die einzigen Möbel. Hinter dem Schreibtisch saß die Sekretärin und tippte auf ihrer Computertastatur. Vor ihr lagen in ordentlichen Stapeln die bereits fertigen Schriftstücke. Bei Maries Eintreten wandte sie das Gesicht zur Tür und zog die Ohrstöpsel heraus.

»Guten Morgen, Frau Aschenbach …?«

Mittelscheitel, lange schwarze Haare und große dunkle Augen gaben ihr das Aussehen einer italienischen Madonna. Die Sekretärin stand auf. Jessica hieß sie, erinnerte sich Marie. Sie trug ein graues Leinenkleid, das ihre schlanke Figur zur Geltung brachte. Gab es eigentlich noch Sekretärinnen über fünfundzwanzig?

»Hallo, Jessica.« Marie ging auf den Schreibtisch zu und stellte ihre Hermès-Handtasche auf die fertige Korrespondenz. »Ich wollte die Gästeliste abholen.«

Jessica zog ihre wie Rabenflügel gezeichneten Brauen hoch.

»Mein Mann hat Ihnen doch sicher gesagt, dass ich Adressen für die Party in St. Gilgen brauche?«

»N-nein.« Jessicas Blick huschte über ihren Schreibtisch, als suchte sie dort den Grund für ihr Versäumnis. »Nein, der Chef hat mir leider keinen Auftrag gegeben, also … tut mir leid.«

Marie seufzte vernehmlich, um damit Ärger, aber auch Nachsicht für die Unzuverlässigkeit der Sekretärin zum Ausdruck zu bringen. »Na gut, Jessica, macht nichts.« Sie zog ihre Handtasche vom Schreibtisch. Ein paar Briefe segelten zu Boden, Geschäftspost, wie Marie sich mit einem schnellen Blick überzeugte. Sie konnte den Schriftzug der »Austria Immo Development« erkennen. Darunter stand, etwas kleiner, »Make your dreams come true«. Jessica zog die Luft ein. Vor zehn Jahren hatte Marie selbst in Rolands Vorzimmer gesessen. »Zum Glück hab ich gerade Zeit. Ich schau selber, wen wir einladen.« Sie drehte sich um und ging schnell auf die Tür neben der roten Sitzgarnitur zu.

»Moment … Frau Aschenbach?« Jessica musste erst um ihren Schreibtisch herumgehen. »Weiß der Chef, dass Sie hier sind?« Ihre hohen Sandalen klapperten über das Parkett.

Marie, die Hand schon auf der Messingklinke, wandte sich um. »Jessica?« Ihre Stimme war jetzt ein wenig ungeduldig. »Machen Sie einfach Ihre Arbeit, Mädchen, ja?« Sie deutete mit dem Kinn zu der Unordnung auf dem Schreibtisch, die sie selbst verursacht hatte. »Ich denke, Sie haben genug zu tun.« Damit verschwand sie in Rolands Büro, ehe Jessica ihr folgen konnte.

Roland Aschenbach hatte das Dachgeschoss nicht umsonst für seine Geschäftsräume gewählt. Der Blick hinter den hohen Altbaufenstern reichte über die Dächer des Andräviertels bis zum Mönchsberg und zum Schloss Mönchstein hinauf. Dahinter lag breit die Festung. Ausländischen Kunden konnte man fast kein schöneres Panorama bieten.

Gegenüber der Fensterfront bedeckten die Pläne eines Prestigeobjekts die halbe Wand. Die »Arlberg Mountain Lodge« war eine Ansammlung neu errichteter Chalets rund um ein

Luxushotel. Das einstige »Haus Alpenblick« war in finanzielle Schwierigkeiten geraten und die Hausbank froh gewesen, als Roland die Kredite übernommen hatte. Die Anleger hatten ihm die Beteiligungen an dem Fonds förmlich aus den Händen gerissen.

Marie ging zu dem modernen Schreibtisch am Ende des Zimmers. Dahinter hing das einzige Bild, ein großes abstraktes Gemälde. Sie setzte sich in Rolands schwarzen Ledersessel und ließ den Blick über die Unterlagen auf der Glasplatte wandern. Den aufgeschlagenen Terminkalender konnte sie außer Acht lassen. So dumm, Termine mit seiner Geliebten einzutragen, war Roland nicht. Die Hochglanzbroschüren und Baupläne waren uninteressant. Der Notizblock war noch unbeschrieben. Blieb der Computer.

Marie zog die Tastatur zu sich heran und schaltete den Rechner ein. Dann dachte sie nach. Seit ihrem Ausscheiden aus dem Büro war sie nicht mehr ins Programm eingestiegen. Wenn Roland nun das Passwort geändert hatte? Sie tippte eine Zahlenkombination und wartete. Der Bildschirm öffnete sich und zeigte einen goldenen Sonnenaufgang am See. *Make your dreams come true.* Tatsächlich, das Gründungsdatum der Firma war noch immer der Schlüssel.

Als Erstes überflog Marie die E-mails, konnte aber nichts Verdächtiges finden. Geschäftsmitteilungen und ein paar private Anfragen zu einem Drink oder einer Golfrunde. Marie schloss das Programm. Jetzt wurde es spannend. Die Bank. Den Stand des gemeinsamen Haushaltskontos kannte sie natürlich. Aber für ihre Forderungen in einer Scheidung war Rolands tatsächliches Vermögen ausschlaggebend.

Über Telebanking stieg Marie ein und kam direkt auf das Geschäftskonto der »Austria Immo Development«. Sofort schaute sie auf den Saldo.

»Das darf doch nicht –«

Ohne nachzudenken, hatte Marie laut gesprochen. Ihr Herzschlag beschleunigte sich. Das Konto war gerade noch im Plus. Sie schluckte. Das konnte nicht sein. Hektisch ging sie die letzten Transaktionen durch, verglich Eingänge und Ausgänge, bis die Zahlen vor ihren Augen verschwammen. Sie biss die Zähne zusammen. Aber am Ende wusste sie nur eines. Jede größere Summe war sofort auf ein neues Konto bei der Credit Suisse transferiert worden. Und da waren die Bareinzahlungen und das Schwarzgeld noch gar nicht dabei. Sofort gab Marie die Nummer des Schweizer Kontos ein. Aber sie bekam keinen Zugriff. Das Konto lief nicht über diesen Computer.

Sie legte den Kopf in den Nacken und schloss die Augen. Ihr Gefühl hatte sie also nicht getrogen. Aber ihre Lage war ernster als erwartet. Roland war ihr zuvorgekommen. Das ganze Vermögen war in der Schweiz oder in Liechtenstein oder sonst wo. Und sie hatte keinen Unterhaltsanspruch. Roland wurde nicht müde, dieses Argument in jedem Streit wie eine Waffe zu verwenden. Im Fall einer Scheidung würde sie mit leeren Händen dastehen. Die Gegensprechanlage piepste. Mechanisch drückte Marie auf den Knopf.

»Ja …?«

»Finden Sie alles, was Sie brauchen?« Jessicas Stimme war professionell höflich. Vielleicht musste sich Marie ja selbst bald wieder um einen Sekretariatsposten umsehen.

»Danke, Jessica, aber ich fürchte, ich kenne mich mit diesem neuen Computerprogramm überhaupt nicht aus.«

»Soll ich Ihnen helfen? Vielleicht hat der Chef ja schon irgendwo eine Gästeliste …«

»Nein, nein, danke. Mir ist gerade noch eine Idee fürs Buffet gekommen. Ich frage später einfach meinen Mann.«

»Wie Sie wünschen.« Die Anlage verstummte.

Marie schwang den Drehstuhl herum und starrte auf das moderne Gemälde. Es leuchtete in Grün und Gelb. Darüber liefen aggressive rote Linien. Als hätte jemand in die Leinwand gestochen und nun würde Blut aus dem Inneren des Bildes quellen. Es war ein echter Schwarzenberger. Roland hatte das Bild letzten Sommer bei einer Festspielvernissage ersteigert. Kurz darauf war der Maler ums Leben gekommen. Jetzt war das Bild mindestens das Doppelte wert. Man konnte auch am Tod verdienen.

Marie drehte sich wieder zum Schreibtisch um. Um nichts zu

übersehen, zog sie die Schubladen auf. Keine war verschlossen oder enthielt Geheimnisse. Sie schob die Laden wieder zu. Dann schloss sie mit einem schnellen Klick das Telebanking-Programm. Es hatte sowieso keinen Sinn. Nur um wirklich nichts zu übersehen, öffnete sie noch ein paar Ordner. Wie erwartet waren alle leer. Roland hatte sie auf einer externen Festplatte gespeichert.

Gerade als sie den Computer ausschalten wollte, stach ihr ein Name ins Auge. Im ersten Augenblick wusste sie nicht, wo sie ihn schon einmal gehört hatte. Aber dann dämmerte es ihr, und sie drückte die Eingabe-Taste. Der Ordner war erst vor einer Woche angelegt worden. Und er war noch vollständig. Während sie sich immer mehr in seinen Inhalt vertiefte, begriff sie, was ihr da in die Hände gefallen war. Warum hatte Roland ihr nichts davon erzählt? Weil sie in seiner Zukunft nicht mehr vorkam, gab Marie sich selbst die Antwort. Seltsamerweise beruhigte sie diese Gewissheit, und ihr Kopf wurde klar. Jetzt ging es nur noch um sie selbst. Am Horizont ihrer Gedanken tauchte ein Plan auf und nahm langsam Gestalt an. Roland, der Schuft, hatte doch tatsächlich versucht, ein neues lukratives Geschäft und den damit verbundenen Gewinn zu verheimlichen. Nun war schnelles Handeln gefragt. Am Ende wurde Roland seine Geldgier doch noch zum Verhängnis.

Marie lehnte sich zurück, verschränkte die Hände hinter dem Kopf und legte ihre Füße in den staubigen Mokassins auf die Glasplatte des Schreibtischs. Von ihrem Platz aus hatte man die Pläne der prächtigen »Arlberg Mountain Lodge« genau im Blick. *Make your dreams come true.* Die Lage war ernst, aber nicht aussichtslos.

VIER

Der gesichtslose Zauberer stand bis zum Gürtel im Wolfgangsee. Er trug einen sternenübersäten blauen Mantel und breitete die Arme aus, als wollte er alle Aufmerksamkeit des Publikums auf sein bevorstehendes Kunststück lenken. Vor ihm schwamm ein gelbes Schneckenhaus, auf dem er fächerförmig Spielkarten wie auf einem Tisch ausgelegt hatte. Aus der Spitze seines Hutes züngelten Flammen. Der Himmel strahlte noch als weiße Leinwand.

Bosch drehte den Pinsel in der Hand. Ihm gefiel die neue Malrichtung, die er eingeschlagen hatte. Seine Arbeiten hatten immer etwas Surreales gehabt, aber mit diesem Bild hatte er sich von den mittelalterlichen Motiven verabschiedet. Franz hatte sie, so musste er jetzt zugeben, zu Recht kritisiert. Sein neuer Stil schien ihm großzügiger und positiver. Er hatte auch schon einige Bilder verkauft. Und zwar zu guten Preisen. Sonst hätte er einen Sommer am Wolfgangsee nicht bezahlen können.

Bosch legte den Kopf schief. »Der Magier« sollte dieses Werk heißen, und es ging ihm leicht von der Hand. Aber immer, wenn er versuchte, das Gesicht des Zauberers zu skizzieren, scheiterte er. Seine Züge schienen hinter einem Schleier zu liegen, den Boschs Gedanken nicht durchdrangen.

Er legte den Pinsel auf das fleckige Maltuch, ging in die Küche und machte sich ein Schinkensandwich. Dann stellte er sich in die offene Verandatür. Der See schimmerte in Rosa und Gold, seine Oberfläche war spiegelglatt. Nur die Entenfamilie zog in ihrem Kielwasser eine in der Morgensonne glitzernde Spur über das Wasser. Vor dem Schilfsaum lag etwas auf dem Gras, das wie ein großer gelber Stein aussah. Gestern Abend hatte er dort noch nicht gelegen. Bosch biss in sein Schinkenbrot und stieg kauend die Stufen hinab.

Je näher er dem Ufer kam, umso deutlicher sah er, dass der vermeintliche Stein ein Tier war. Zusammengerollt, den langen dünnen Schwanz um die Schnauze gelegt, lag dort der

Hund, dem die Frau aus dem Bioladen den Apfel zwischen die Augen geschossen hatte. Bosch konnte einen schwarzen Fleck gestockten Blutes auf dem fahlgelben Kopf erkennen. Der Hund rührte sich nicht. War er am Ende tot? Auf einmal fühlte Bosch sich an ein grauenhaftes Kunstprojekt erinnert. Ein sogenannter Künstler hatte in einer Galerie in Südamerika einen Straßenhund angebunden und vor den Augen der Welt verhungern lassen. Niemand hatte eingegriffen. Als Bosch davon gelesen hatte, hatte er sich für die Menschheit geschämt. Und dieser Hund hier sah genauso aus.

»Lebst du noch?«

Das Tier hob den Kopf ein wenig an. Seine schrägen Augen waren schwarz gerändert und hatten einen stumpfen Ausdruck.

»Hierher gehörst du aber nicht, oder?« Bosch hatte das Haus gemietet, ohne nach dem Vorhandensein eines tierischen Mitbewohners zu fragen. Das war vielleicht ein Fehler gewesen.

Der Hund bewegte sich nicht. Seine Rippen schienen noch weiter hervorzustechen als vor einer Woche. Bosch zog den Schinken aus seinem Brot und warf ihn dem Tier hin. Mit einem einzigen Schnappen war der Bissen weg. Bosch warf das restliche Brot hinterher.

»Bleib ruhig liegen.«

Der Hund machte keine Anstalten, sich zu rühren, sondern starrte Bosch nur hungrig an. Er schien keiner der üblichen Kläffer und Schwanzwedler zu sein.

»Ich hol dir noch was.« Bosch drehte sich um und ging den Pfad zum Haus hinauf.

In der Küche schaute er sich um. Er hatte keine Ahnung, was Hunde fraßen. Kurz entschlossen nahm er den restlichen Schinken aus dem Kühlschrank und schnitt ihn in eine Salatschüssel. Dann zerriss er zwei Semmeln und mischte sie unter das Fleisch. Zum Schluss ließ er noch etwas warmes Wasser darüber laufen. Befriedigt betrachtete er das Ergebnis seiner Kochkünste. Das sah jetzt richtig nach Hundefutter aus.

»Frühstück«, rief Bosch schon von der Verandatür aus und blieb dann überrascht stehen. Er hatte noch einen ungebetenen Gast.

Vor dem Schilfgürtel stand seine Nachbarin, Frau Aschenbach, die Hände in den Taschen ihrer Jeans vergraben, und schaute auf den Hund hinab. Als sie Bosch rufen hörte, drehte sie sich um.

»Morgen«, rief sie. »Wusste gar nicht, dass Sie einen Hund haben. Was ist denn das für einer?«

Bosch überquerte den Rasen. »Das ist nicht meiner.«

Der Hund schaute ihm entgegen.

Mit etwas Sicherheitsabstand blieb Bosch vor dem Tier stehen. »Ich glaube, der hat kein Zuhause.« Er setzte die Salatschüssel ins Gras und schob sie mit dem Fuß auf den Hund zu. »Bitte, alles für dich.«

Frau Aschenbach schüttelte den Kopf. »Wenn Sie den Streuner da füttern, werden Sie ihn nie wieder los, das kann ich Ihnen sagen. Ich hab mal auf Bali einen Strandköter –«

»Ich werde ihn jedenfalls nicht verhungern lassen.« Boschs Stimme war schärfer als beabsichtigt. Es tat ihm sofort leid. Wahrscheinlich hatte die Frau noch nie von dem südamerikanischen Kunstprojekt gehört. »Wie geht es Ihnen denn?« Irgendwie sah seine Nachbarin genauso klapperig aus wie der Hund.

Frau Aschenbach lachte. »Jetzt wieder ausgezeichnet, danke. Dafür, dass ich fast ertrunken wäre. Der Arzt meint, es war der Kreislauf. Anscheinend habe ich etwas zu niedrigen Blutdruck.« Sie strich sich eine Haarsträhne hinters Ohr.

»Aha.«

»Eigentlich bin ich gekommen, um mich zu bedanken.«

Der Hund stand auf und tappte auf zittrigen Beinen zu der Schüssel. Er war wirklich nur noch Haut und Knochen. Hätten Dürers apokalyptische Reiter einen Hund gehabt, hätte er so ausgesehen. Bosch beschloss, ihn in einem Bild zu verewigen.

»Ich würde Sie gerne zum Frühstück einladen.«

Irgendwie musste er den Hund zum Bleiben überreden.

»Herr Bosch …?«

»Ja, bitte?«

»Hätten Sie Lust, mit mir zu frühstücken?« Frau Aschenbach zeigte auf das Bauernhaus, dessen mächtiges Dach hinter der Hecke aufragte. »Ich habe auf der Terrasse decken lassen.«

Der Hund hatte die Schüssel leer gefressen, leckte noch ein wenig darin herum und ließ sich dann direkt daneben ins Gras plumpsen. Ruhig schaute er Bosch an. Seine Augen schimmerten wie Bernstein.

Bosch schüttelte den Kopf. »Ich hab gleich eine Besprechung im Schloss und bin schon spät dran.« Er lächelte entschuldigend. »Ich habe leider kein Auto, und zu Fuß ist es fast eine Stunde.«

»Ins Schloss?« Sie zog die Augenbrauen hoch.

»Ja, ich mache die externe Bauaufsicht und muss die Pläne durchgehen. Also, vielleicht ein anderes Mal …«

»Aber ich kann Sie doch fahren.«

»Was? Zum Schloss?«

»Ja, natürlich.« Sie nickte eifrig. »Das mache ich doch gerne. Schließlich haben Sie mir das Leben gerettet.«

Bosch zögerte. Auch wenn er Wert auf gute Nachbarschaft legte, war er an allzu viel Nähe nicht interessiert. Er mochte seine Ruhe. Wenn er ihr Angebot annahm, würde das ihre nachbarschaftliche Beziehung vielleicht auf eine freundschaftliche Ebene heben. Allerdings versprach der Tag heiß zu werden. Der lange Weg nach Fürberg und der Aufstieg zum Schloss schienen ihm schon jetzt nicht sehr verlockend.

»Los, kommen Sie.« Frau Aschenbach legte ihm die Hand auf den Arm. »Ich hab sowieso nichts vor. Machen Sie mir doch die Freude.« Sie drückte seinen Arm ein wenig.

»Also gut, wenn es Ihnen wirklich nichts ausmacht …«

»Natürlich nicht.« Sie strahlte ihn an. »Ich hol nur schnell das Auto aus der Garage.« Sie drehte sich um und lief am Ufer entlang. Über den schmalen Sandstreifen balancierte sie zum Nachbargrundstück. Sie winkte Bosch noch einmal zu, dann war sie hinter der Hecke verschwunden.

»Was sagt man dazu?« Bosch wandte sich an den Hund.

Ein schüchternes Zucken der Schwanzspitze war die Antwort.

»Ich würde dich gerne zum Abendessen einladen«, machte Bosch den Tonfall der Aschenbach nach.

Das Wedeln wurde lebhafter. Es schien ein kluges Tier zu sein, und Bosch schätzte Intelligenz.

»Also dann abgemacht, bis später.« Er ging zum Haus hinauf, um die Schlosspläne zu holen.

Das Auto war ein weißes Porsche-Cabrio mit roten Ledersitzen. Während der ganzen Fahrt zum Schloss musste Bosch die Pläne gegen den Fahrtwind festhalten. Der Motor dröhnte irgendwo hinter seinem Kopf, sodass eine Unterhaltung nicht möglich war. Aber Frau Aschenbach kannte den Weg ohnehin genau. Mit flatterndem Haar, eine riesige Sonnenbrille auf der Nase, die ihr das Aussehen einer monströsen Fliege gab, brauste sie sportlich in Richtung Mondsee. Dann bog sie scharf nach Fürberg ab, und der Sportwagen schoss die schmale Bergstraße hinauf. Bosch, der keinen Führerschein besaß, hielt die Luft an. Erst als der Porsche mit brummendem Motor im Schlosshof stand, wagte er aufzuatmen.

»Ja, dann ... vielen Dank«, sagte er und legte den Zeigefinger um den Türgriff. »Vielleicht können wir den Kaffee ja mal nachholen.«

»Sieht aus wie eine Kirche.« Frau Aschenbachs Blick wanderte die neugotische Fassade hinauf und blieb an den teuflischen Fratzen der Wasserspeier hängen, die unter dem ausladenden Dach kauerten. Die Augen der Dämonen quollen aus den Höhlen, und ihre Hörner zeigten auf die Neuankömmlinge. Zungen wanden sich zwischen den spitzen Zähnen. »Wie beim Glöckner von Notre-Dame. Und das Juwel wollen Sie umbauen? Ewig schade drum.«

»Die Umbauten beschränken sich auf den Innenbereich.« Bosch hob die Pläne hoch. »Da entsteht eine Art Völkerkundemuseum. Außen bleibt alles beim Alten.« Er stieß die Beifahrertür auf und stieg aus. »Also dann, gute Fahrt und noch mal vielen Dank.« Er schlug die Tür zu.

Frau Aschenbach stellte den Motor ab. »Ein Museum? Ich glaube, meine Maklerin hat so was erwähnt ...«

»Ja.« Bosch warf einen Blick zur Eingangstür. »Das Schloss hat ein berühmter Forscher gebaut, Thibeault de Mortin. Seine ganzen Expeditionsschätze lagern dort und sollen für die Öffentlichkeit zugänglich gemacht werden.«

»Nein – was für Expeditionsschätze denn?«

Bosch zuckte mit den Schultern. »Chinesisches Porzellan …«

»Ich *liebe* Chinaporzellan.« Frau Aschenbach schob sich die Sonnenbrille wie einen Haarreifen auf den Kopf. »Wissen Sie, was ich mich gerade frage?« Sie strahlte ihn an. »Ob ich da wohl mal reinkann?«

Bosch suchte gerade nach einer höflichen Ausrede, als die Eingangstür quietschte. Henri de Mortin, in grünem Polohemd und Khakihose und eine Zeitung in der linken Hand, stand im Türrahmen.

»Hans, *mon cher*, ich habe den Motor bis in den Garten gehört.« Er kam auf den Sportwagen zu. Der Kies knirschte lauter unter dem Schuh, den er ein wenig nachzog. »Oh, und Sie haben Madame mitgebracht … welch eine Freude.«

Ehe Bosch eine Antwort geben konnte, war Frau Aschenbach auch schon ausgestiegen. Lächelnd streckte sie dem Schlossherrn den Arm entgegen.

Er ergriff ihre Hand, beugte sich darüber und deutete einen Handkuss an. »Madame …«

Frau Aschenbach neigte den Kopf.

Bosch räusperte sich, so laut er konnte. »Henri, darf ich Ihnen meine *Nachbarin* vorstellen, Frau Aschenbach. Sie war so nett, mich heraufzufahren.« Und fährt jetzt gleich wieder nach Hause, fügte er in Gedanken hinzu.

»Wie?« Henri hielt die Hand der Aschenbach weiter umschlossen. »Ich habe den Namen nicht richtig verstanden. Mein Gott, ich werde wirklich schwerhörig.«

»Marie Aschenbach.« Boschs Nachbarin setzte ihre Sonnenbrille wieder auf die Nase. »Wir sind gerade in den Brunnwinkl gezogen, mein Mann und ich. Roland Aschenbach, sicher haben Sie schon von ihm gehört?« Sie hob das Kinn. »Austria Immo Development?«

»Sollte ich?« Henri legte den Kopf auf die Seite, als durchforste er sein Gedächtnis. Dann lachte er. »Nein, tut mir leid, nie gehört.« Er fasste nach Marie Aschenbachs Ellenbogen. »Aber dafür kenne ich ja jetzt Sie, Madame. Sie machen doch sicher zwei alten Herren die Freude, mit ihnen eine Tasse Tee zu trinken. Nicht wahr, Hans?«

Bosch wusste nicht, worüber er sich mehr ärgern sollte. Darüber, als alter Herr bezeichnet zu werden, oder über das dreiste Manöver dieser Aschenbach. »Ja, hoffentlich.«

»Gehen wir doch direkt in den Garten«, meinte Henri.

Wie bei der ersten Begegnung mit Bosch hakte sich Henri nun bei seinem neuen Gast unter. Er führte Frau Aschenbach zu einem mit Efeu umrankten Torbogen auf der Seeseite, wobei er immer wieder mit der Zeitung in Richtung der Schlossfassade wedelte. Die Aschenbach nickte wie ein Schaukelpferd. Dazu schien sie ununterbrochen zu reden. Offenbar heuchelte sie Interesse am Umbau, um sich das Porzellan ansehen zu können.

Eine Bewegung am Rande seines Gesichtsfeldes erregte Boschs Aufmerksamkeit. In der Eingangstür, die Henri in seiner nonchalanten Art einfach offen gelassen hatte, stand sein Diener, Cesario. Diesmal trug der junge Mann Jeans und eine weiße Kochbluse. Er trocknete sich die Hände an einem blau karierten Küchenhandtuch ab und schaute dabei mit zusammengekniffenen Augen seinem Dienstherrn hinterher. In den verknoteten Schürzenbändern steckte ein langes Messer. Da bemerkte er Bosch, drehte sich um und verschwand im Halbdunkel der Halle. Quietschend fiel die Tür ins Schloss. Anscheinend spielte Cesario für Henri auch den Leibwächter. Bosch folgte Henri und der Aschenbach.

Der mit Efeu überwachsene Torbogen führte in den Schlossgarten. Auf der Terrasse standen Korbsessel um einen gedeckten Frühstückstisch. Von hier hatte man einen Blick über den ganzen Wolfgangsee. Frau Aschenbach hatte bereits Platz genommen, während Henri dabei war, Teesud in kleinen Gläsern mit heißem Wasser aus einem silbernen Samowar aufzufüllen. Als er Bosch bemerkte, winkte er ihn heran.

»Ah, *mon cher*, kommen Sie …« Henri deutete mit dem Kinn auf die Pläne in Boschs Hand. »Wie ich sehe, haben Sie unsere Arbeit mitgebracht.« Er reichte Frau Aschenbach ein goldgerändertes Teeglas. »Achtung, Madame, sehr heiß.«

Bosch ließ sich vorsichtig in einem der geflochtenen Sessel

nieder und legte die Pläne neben sich auf den Boden. Die unregelmäßigen Steinplatten hatten Sprünge, und zwischen ihnen wuchs Gras. Auf dem Tisch standen Weißbrot, Schinken, ein großes Stück Käse und ein Teller mit Erdbeeren. Auf einem Silberteller schwammen Blätterteigstücke in einem See aus Zuckersirup und gehackten Nüssen. Buk Cesario die Baklava etwa selbst?

»Ich habe mir den Grundriss angesehen.« Bosch nahm sein Teeglas in Empfang. »Aber ich bin nicht ganz schlau daraus geworden.« Das süße Gebäck roch köstlich.

»Warum?« Henri legte Frau Aschenbach ein Stück Baklava vor.

Die starrte auf ihren Teller, als hätte man ihr eine gebratene Giftschlange serviert.

»Die Pläne waren im Archiv. Ich fürchte, es sind die einzigen.« Er lächelte und griff nach einer Erdbeere.

Bosch nippte an seinem Glas. Es war Pfefferminztee, heiß und dabei sehr erfrischend. »Sie sind ungenau.«

»Ungenau?« Henri hob die Brauen. »Brauchen wir etwa neue Pläne?« Er steckte die Erdbeere in den Mund.

»Wenn Sie keine anderen finden ... ja.«

Henri schüttelte den Kopf. »Unmöglich, das würde den Umbau unnötig verzögern. Die Baufirma muss eben damit auskommen. Die sehen ja, wo die Wände stehen.« Er wandte sich an Frau Aschenbach. »Madame, probieren Sie doch die Baklava. Ich habe sie gestern vor dem Abflug noch auf dem Markt in Istanbul gekauft. Ich hole sie immer am selben Stand. Leider verrät Mehmet sein Rezept nicht.« Er seufzte tief, als wäre diese Misslichkeit das größte seiner Probleme.

Jetzt erinnerte sich Bosch, dass Henri bei einer Ausgrabung in der Türkei gewesen war. Das Licht, das er jeden Abend hinter den Fenstern des Schlosses gesehen hatte, musste Cesario entzündet haben. Sicher war es richtig, die ganzen Kunstschätze nie unbewacht zu lassen. Aber gab es im Schloss keine Alarmanlage?

Frau Aschenbach stach zögerlich mit der Gabel in ihr Stück Baklava. »Ist es denn wichtig, dass das Museum so schnell aufsperrt? Ich meine, ein Jahr mehr für die Planung und Finanzierung ist doch ein Vorteil, oder? Zumindest sagt das mein Mann.« Sie stach ein Stück Blätterteig ab und ertränkte es in Zuckersirup. »Und der ist ja in der Baubranche.«

Henri lehnte sich im Sessel zurück. Das alte Korbgeflecht ächzte. »Ihr Mann hat vollkommen recht, Madame. Aber bei der Erhaltung des Schlosses unterstützt uns das Denkmalamt, und für die Kulturinitiative gibt es zum Glück genügend Geldmittel aus Brüssel. Sonst wäre dieses Projekt gar nicht durchführbar. Und deshalb müssen wir das Eisen schmieden, solange es heiß ist. Wer weiß, wie es nächstes Jahr mit der Finanzierung aussieht.« Bosch fing einen scharfen Blick auf. Keine Sperenzchen wegen der Pläne, hieß das wohl. »Ihr Mann ist also Bauunternehmer, Madame?«

Frau Aschenbach lachte. »Na ja, Häuser baut er nicht. Mein Mann handelt mit Immobilienfonds.«

»Ach.« Henri wandte sich an Bosch. »Hans, haben Sie schon mal von so was gehört?«

Frau Aschenbach hörte auf, ihr Gebäck mit der Kuchengabel zu malträtieren, und starrte Henri an. Offensichtlich erstaunte sie so viel Unwissenheit.

»Gelesen.« Bosch nahm sich einen Teller und legte ein größeres Stück Baklava darauf. Nach den ersten Bildverkäufen hatte er sich ein wenig über verschiedene Anlageformen informiert. Doch was er über Immobilienfonds gehört hatte, war wenig vertrauenerweckend. Seiner Meinung nach konnte das nicht funktionieren. Zumindest nicht für den Anleger.

»Madame, erklären Sie einem staubigen Gelehrten, wie dieser Finanzhandel funktioniert.«

»Handel mit Immobilienfonds«, berichtigte ihn Frau Aschenbach. Sie stellte ihren Teller auf den Tisch, ohne gekostet zu haben. »Wir sind auf exklusive Hotelprojekte mit Immofonds spezialisiert. An dem Gelände ist der Anleger beteiligt, das heißt, es ist immer eine grundbücherliche Sicherheit vorhanden. Der Ertrag ergibt sich aus der Miete und natürlich aus der Wertsteigerung der Immobilie. Wir nennen das die Performance.« Sie schenkte Henri ein strahlendes Lächeln. »Ab dem Gegenwert eines Mittelklassewagens sind Sie dabei.«

Bosch schob ein Stück Baklava in den Mund. Natürlich erwähnte die Aschenbach nicht, dass solche Immobilien die meiste Zeit des Jahres leer standen, daher keine Miete hereinkam und sie durch das lange Leerstehen kaum im Wert stiegen. Im Gegenteil. Wollte Henri sich etwa an so einem Modell beteiligen?

»Interessant.« Henri griff zu seinem Teeglas. »Und wo liegt der Profit für Ihren Mann?«

»Also, es fallen natürlich ein paar Provisionen beim Verkauf an und ein paar Gebühren.« Sie lachte. »Wir arbeiten ja nicht umsonst. Schließlich entwickeln wir die Projekte.« Sie ließ ihren Blick über den Wolfgangsee schweifen. »Der Ausblick ist wirklich phantastisch. Haben Sie schon mal daran gedacht, zu verkaufen?«

Henri trank seinen Tee aus und stellte das Glas so fest ab, dass Bosch Angst hatte, es würde zerbrechen. »Nie.«

»Sie würden einen guten Preis erzielen.« Sie schaute die Schlossfassade hinauf. »Wie viele Zimmer gibt es denn?«

»Soll das ein Angebot sein?« Henri lachte. »Nein, vielen Dank, Madame. Ich verlasse mein Haus nicht.« Er zwinkerte ihr zu. »Es sei denn, Sie tragen mich mit den Füßen voran hinaus.«

Frau Aschenbach drohte ihm mit dem Zeigefinger. »Damit macht man keine Scherze. Aber wir sind auch sehr glücklich in unserem Seehaus.« Ihr Blick schweifte ab. »Ich hoffe, mein Mann kann sich in St. Gilgen ein wenig erholen.«

»Erholen, Madame?« Henri spielte mit seiner Armbanduhr.

»Ja, er …«, sie schluckte, »er hat in letzter Zeit Herzprobleme. Irgendwann wird der Stress mal zu viel. Aber jetzt haben wir ja auch einen Garten.« Über ihr Gesicht huschte ein Lächeln. »Wir wollen nämlich endlich Kinder.«

»Wie schön.« Henri kratzte sich hinter dem Ohr.

»Haben Sie Kinder?«

»Nein, Madame, leider nicht.« Henri warf einen demonstrativen Blick auf seine Uhr. »Vielleicht sollten wir jetzt …«

»Aber jede Menge Nichten und Neffen, oder?« Frau Aschenbach faltete die Hände im Schoß. »So alte Adelsfamilien vermehren sich doch wie die … Ich meine, sie sind doch in der

Regel recht zahlreich?« Sie errötete nicht einmal bei dieser Frechheit.

Henri starrte die Frau mit seinen Froschaugen an. Dann räusperte er sich. »Ich bin der Letzte in der direkten Linie der Mortins.« Offenbar hatte er erkannt, dass er diese Blutsaugerin umso schneller loswurde, je offener er antwortete. »Mein Vater war ein Einzelkind, meine Eltern sind früh verstorben, und so habe auch ich keine Geschwister. Und mir selbst hat immer die Zeit für eine Familiengründung gefehlt.« Er beugte sich zu ihr vor und raunte: »Sie sehen, wir sind nicht nur eine uralte Familie, die auf einem Schloss lebt, wir sind auch im Aussterben begriffen. Vielleicht lastet sogar ein Fluch auf uns, wer weiß?« In seinen Amphibienaugen lag ein kalter Glanz. »Was sagen Sie nun, Madame?«

»Ach ... wie interessant.« Ihre Stimme klang unsicher.

Bosch schaute zur Schlossfassade hinauf und musterte die neugotischen Fenster und Wasserspeier. Vielleicht hatte Thibeault de Mortin wirklich ein Stück seiner Pariser Heimat nachbauen wollen und dafür Anleihen bei Notre-Dame genommen.

Eine Krähe stieß sich von einem Sims ab, segelte über den Park hinweg und verschwand in Richtung Falkenstein. Gleich würde die Aschenbach nach Gespenstern fragen.

Henri schlug mit den Händen auf die Armlehnen seines Sessels und stand auf. »Nehmen Sie meine Worte nicht zu ernst, Madame. Als Kind habe ich die Anlage hier geliebt. Sie war das Altershobby von Grand-père. Wenn Sie wollen, schauen Sie sich ruhig noch ein wenig um.« Er nickte ihr zu. »In der Bibliothek müssten auch noch jede Menge Gartenbücher stehen.«

»Wirklich?« Frau Aschenbach schob ihre Sonnenbrille auf den Kopf. »Dürfte ich mir die ... vielleicht mal ansehen?«

»Aber ja, wann immer Sie wollen.« Henri beäugte die Schlosspläne auf dem Boden. »Also, Hans ...«

»Jetzt?« Frau Aschenbach beugte sich zu Henri vor. »Nur einen kurzen Blick?«

Henri hob den Kopf wie in Zeitlupe. »Natürlich, gern«, sagte er.

Bosch sah den beiden nach, wie sie die Terrasse überquerten und durch eine hohe Glastür im Schloss verschwanden. Er sammelte die Pläne auf, rollte sie zusammen und klemmte sie sich unter den Arm. Langsam spazierte er zurück zu dem efeuumrankten Gartentor.

Auf dem Vorplatz stand das Porsche-Cabrio in der prallen Sonne. Ein Stück davon entfernt parkte vor einer schlichten Holztür ein grüner Kleintransporter mit offener Heckklappe. Auf der Seite stand in großen weißen Buchstaben: »Der Hofladen«, und darunter, etwas kleiner: »Margarete Geiersberger«. Die folgende Telefonnummer konnte Bosch nicht entziffern. Sofort fiel ihm das Obstgeschäft in St. Gilgen ein. Das hieß »Hofladen«. Margarete Geiersberger musste die alte Hexe sein, die den gelben Hund verletzt hatte.

Die Holztür ging auf, und das rothaarige Mädchen vom Bioladen lief die Stufen hinab. Heute trug sie eine grüne Schürze, und ihre Locken waren in einem Pferdeschwanz gebändigt. In der Hand hielt sie ein paar Tomaten. Wahrscheinlich hatte sie Bio-Gemüse ins Schloss geliefert, und Cesario hatte sie mit den Tomaten wieder weggeschickt. Das Mädchen hielt auf der untersten Stufe inne. An dem weißen Porsche-Cabrio, das in der Sonne glänzte, blieb ihr Blick hängen. Ihre Augen verengten sich. So ein Auto war sicher ein Mädchentraum. Da bemerkte sie Bosch. Sie warf ihren Pferdeschwanz mit einer raschen Kopfbewegung zurück und stapfte zu ihrem Lieferwagen. Im Vorbeigehen knallte sie die Heckklappe zu. Einen Augenblick später heulte der Motor auf, und der grüne Transporter entschwand durch das Schlosstor.

Hinter einem der Fenster im ersten Stock bewegte sich der Vorhang. Cesario starrte dem Lieferwagen hinterher. Er lächelte. War das Mädchen nicht nur die Gemüselieferantin?

Hinter Bosch waren Stimmen zu hören. Er drehte sich um und sah Henri, einen Stapel Bücher in Ledereinbänden unter dem Arm, auf sich zuhinken. Neben ihm schritt leichtfüßig Frau Aschenbach, mit nichts als ihrer Sonnenbrille in den Händen. Als sie Bosch erblickte, winkte sie ihm zu.

»Hallo, Herr Nachbar, gute Nachricht – ich halte Sie nicht länger auf.«

Bosch rang sich ein Lächeln ab. Sie hatte bereits seinen halben Vormittag verschwendet. Und anscheinend hatte sie es auch geschafft, Henri um einige kostbare Bücher zu erleichtern. Hoffentlich bereute er seine Großzügigkeit nicht noch. Zumindest schien das Chinaporzellan für heute kein Thema mehr zu sein.

»Ach, die Frauen …« Henri blieb bei Bosch stehen und grinste. »Madame ist eine Gärtnerin aus Liebe.«

»Herr de Mortin hat mir jede Menge Gartenliteratur zusammengestellt.« Die Aschenbach lachte und nahm Henri den Stapel ab. »Lassen Sie mich das doch tragen«, sagte sie in Reichweite ihres Autos. »Und vergessen Sie nicht, wir sehen uns am Samstagabend.« Sie legte Bosch ihre freie Hand auf den Arm. »Und Sie kommen natürlich auch. Ich habe meinem Mann erzählt, dass Sie mir das Leben gerettet haben.« Sie zog die Fernbedienung aus der Hosentasche und entriegelte ihr Cabrio. »Er kann es kaum erwarten, sich bei Ihnen zu bedanken.«

Bosch hasste Geselligkeiten, aber in diesem Fall wäre eine Ablehnung wohl eine Beleidigung gewesen. »Es wird mir eine Ehre sein.« Das nächste Mal würde er sie im Wolfgangsee treiben lassen. »Ich komme natürlich gerne.« Was hatte Henri da zu grinsen?

Frau Aschenbach schleppte ihre Beute die letzten Meter zum Auto. Kurzerhand warf sie die wertvollen Bücher auf die Rückbank. Dann öffnete sie die Fahrertür und – schrie los.

Bosch war als Erster bei ihr. Erst wusste er nicht, was die Frau so aus der Fassung gebracht hatte. Aber dann fiel sein Blick auf den Fahrersitz.

Dort, wo noch vor Kurzem festes Leder in der Sonne geglänzt hatte, ragten nun scharfe Kanten mit rissigen Rändern in die Luft. Jemand hatte mit einem Messer in die Rückenlehne gestochen und den Sitz kreuz und quer aufgeschlitzt. Das rote Leder klaffte wie eine blutige Haut, und die herausquellende Polsterung schimmerte weiß, als hätte der Attentäter die Innereien des Autos freigelegt.

Henri packte Frau Aschenbach an den Schultern und schüttelte sie wie eine Puppe. »Madame, Madame – so hören Sie doch! Das wird sich alles aufklären.«

Frau Aschenbach verstummte abrupt.

»Glauben Sie mir.«

In der Stille des Sommertages war nur noch das Brummen einer dicken Hummel zu hören, die gefährlich nah neben Boschs Ohr kreiste.

FÜNF

Ein Sturmtief war im Anzug. Über Strobl türmten sich schon dunkle Wolken. Sie krochen über den orangefarbenen Himmel und drohten die letzten Strahlen der Abendsonne zu verdecken. Wo die ersten Windböen auf den bleifarbenen Wolfgangsee trafen, rauten sie das Wasser auf, bis es aussah wie gebürsteter Stahl. Die Luft war wie warmer, zähflüssiger Sirup, und Schwaden von Gewitterfliegen hingen in der Luft.

Bosch stand auf Aschenbachs Uferstreifen und ließ seinen Blick schweifen, um den Moment hinauszuzögern, in dem er sich unter das Partyvolk mischen musste. Er fasste an den Kragen seines weißen Kurzarmhemdes, das er zur Feier der Einstandsparty seiner Nachbarn angezogen hatte, und zog ihn von seinem schweißfeuchten Hals weg. Der See lag verlassen vor ihm. Alle Boote waren vor dem aufziehenden Unwetter geflüchtet und hatten Schutz in ihren Heimathäfen gesucht. Auf der anderen Seite der Bucht konnte Bosch die Lichter von Fürberg erkennen. Und darüber, wie einen dunklen Schattenriss zwischen den Bäumen, das Schloss. Hinter zwei Fenstern brannte bereits Licht.

Der Schlossherr selbst stand ein paar Meter von Bosch entfernt im Kreis einiger Gäste unter einer Trauerweide. Ihre lanzenförmigen Blätter hingen wie an Schnüren bis fast zum Boden und bildeten einen sacht schwingenden Vorhang um die kleine Gruppe. Fackeln erhellten den Baumschatten und warfen ihren flackernden Schein auf Henris weißen Leinenanzug. Wie ein Herrscher unter einem königlichen Baldachin schwenkte er sein Rotweinglas hin und her und hielt einen seiner Vorträge. Das Publikum klebte an seinen Lippen.

Bosch drehte sich um und ging den Kiesweg zum Bauernhaus hinauf. Auch hier loderten links und rechts des Weges Fackeln. Auf dem Rasen standen die Partygäste in Gruppen beisammen. Kellner in langen grünen Schürzen drehten Runden und boten auf Silbertabletts Getränke an. Vom Haus her war Musik zu hören. Hansi Hinterseer besang mit schmelzender Stimme seine Tiroler Heimat.

Alle Gäste trugen Dirndl oder kurze Lederhosen. Bosch fragte sich, ob zu späterer Stunde etwa zum Volkstanz gebeten würde. Henri und er schienen an diesem Abend die einzigen Menschen in Zivil zu sein.

Frau Aschenbach im rosa Dirndl stand neben einem Mann in einer Jägerleinenjacke und winkte ihm. Sie sagte noch ein paar Worte zu ihrem Gesprächspartner, dann kam sie über den Rasen auf Bosch zu.

»Schön, dass Sie sich Zeit genommen haben.« Frau Aschenbach lächelte so unbefangen, als wäre ihr letztes Zusammentreffen nicht durch die Zerstörung ihres Autos überschattet worden. »Haben Sie Herrn de Mortin schon gesehen?«

»Ja.« Bosch schaute zu den Bäumen hinunter. Henri stand noch immer im Kreis seiner Jünger. »Er scheint schon Freunde gefunden zu haben.«

»Allerdings.« Sie lachte. »Ein echter Charmeur. Er hat mir weiße Rosen mitgebracht, einen Riesenstrauß, ein Traum.«

An so etwas hatte Bosch natürlich nicht gedacht. In seiner Jackentasche steckte als Gastgeschenk ein kleiner Gedichtband von Trakl, seinem Lieblingsdichter. Aber was war das schon gegen weiße Rosen? Er beschloss, mit der Übergabe noch zu warten. »Wahrscheinlich hat er nur ein schlechtes Gewissen wegen Ihres Autos«, brummte er.

Frau Aschenbach gab keine Antwort.

»Na, wegen des zerstochenen Fahrersitzes. Immerhin …«

»Ich weiß schon, was Sie meinen.« Sie räusperte sich. »Das war einfach furchtbar.« Ihre Augen fingen an zu flackern. »Es hatte so was … Böses, finden Sie nicht?«

»Wissen Sie denn schon, wer's war?«

Sie schüttelte den Kopf.

»Haben Sie wenigstens irgendeinen Verdacht?«

»Nein.« Frau Aschenbach spielte mit den Bändern ihrer rosa Seidenschürze, auf der hellblaue Hirsche herumsprangen. Sie schaute zur Terrasse hinauf, wo ein Mann in kurzer Lederhose und weitem weißem Trachtenhemd stand. In der einen Hand hielt er ein Glas, mit der anderen umklammerte er den Hals einer Schnapsflasche. Ihre Mundwinkel zuckten. »Roland meint, ich soll daraus kein Drama machen.« Anscheinend war der Mann in der Lederhose der Hausherr.

»Und die Polizei? Was meint die Polizei?«

»Die hat dazu keine Meinung.« Sie lachte, aber es klang freudlos.

»Haben Sie denn keine Anzeige erstattet?«

»Gegen wen denn?« Frau Aschenbach beobachtete ihren Mann, der sich aus der Flasche einschenkte und das Glas zur Hälfte leerte. Sie runzelte die Stirn. »Roland hat kein großes Vertrauen in die Fähigkeiten unserer Polizei. Jeder ist selbst für seinen Erfolg verantwortlich und auch für seine Sicherheit.«

»Auch die Meinung Ihres Gatten?«

»Ja.« Sie ließ ihren Mann nicht aus den Augen. »Mein Mann ist ein Macher-Typ.«

»Ich finde das aber sehr leichtsinnig«, erlaubte sich Bosch einzuwenden. Jemanden, der mit einem Messer herumlief und wahllos teure Autositze zerstach, konnte man doch nicht so einfach ignorieren. Wenn es denn überhaupt wahllos gewesen war. Wurden die Aschenbachs etwa bedroht? »Haben Sie denn keine Angst? So ein Mensch ist doch gefährlich ...«

»Im Geschäftsleben macht man sich eben nicht immer nur Freunde.« Frau Aschenbach zog die Schürzenbänder auf und band die Schleife neu. Auf der rechten Seite, wie es sich für eine verheiratete Frau gehörte. »Ich denke, mein Mann hat recht. Zumindest in diesem Punkt.« Sie lächelte ihn an, aber das Lächeln erreichte ihre Augen nicht. »Waren Sie schon am Grill?«

»Nein ...« Der Gedanke, dass ein Messerstecher auf dem Grundstück der Aschenbachs herumschlich, ging Bosch nicht aus dem Kopf. Schließlich wohnte er im Nachbarhaus.

»Sie müssen unbedingt ... halt, was machen Sie denn hier bei den Gästen?« Frau Aschenbach hielt eine stämmige Frau auf, die, einen Stapel Schachteln in den Händen, an ihnen vorbeigehen wollte. »Gruber wird Ihnen wohl die Küche gezeigt haben.« Sie warf einen Blick auf die Kisten. »Ich hoffe, die Tomaten fürs Caprese sind diesmal frisch, Frau Geiersberger.«

Die alte Frau hatte ihr weißes Haar zu einem Dutt gesteckt. Aus harten Augen starrte sie erst Frau Aschenbach, dann Bosch an, der sofort die Ladenbesitzerin aus St. Gilgen erkannte. Auch die Frau schien sich an ihn zu erinnern, denn sie kniff den Mund zusammen.

»Das Buffet ist fertig.« Frau Geiersberger hielt die Kisten fest in ihren feisten Händen. »Ich muss das Leergut entsorgen. Wenn Sie also gestatten …« Sie drängte sich vorbei und setzte ihren Weg zum Haus fort.

»Alte Hexe«, zischte die Aschenbach so laut, dass Frau Geiersberger es noch hören musste, und schaute ihr nach. »Das nächste Mal suche ich die Lieferanten wieder selbst aus und nicht der Koch.«

»Ja, äh, ich schau dann mal weiter.« Bosch blickte zum Bauernhaus hinauf, das aus einem Meer aus Staudenpflanzen emporragte. Wie lange Finger bewegten sich die Stängel immer lebhafter im auffrischenden Wind.

Auf der Terrasse stand Frau Geiersberger vor dem Hausherrn und redete auf ihn ein, wobei sie immer wieder mit den leeren Kisten rüttelte. Aschenbach beugte sich zu ihr vor. Plötzlich schüttelte er den Kopf, drehte sich um und ließ die Frau mitten im Gespräch einfach stehen. Er ging zu dem Rosenbeet, das direkt vor der Terrasse lag, füllte sein Glas nach und kippte den Inhalt auf einen Zug hinunter. Frau Geiersberger stand wie in der Bewegung erstarrt da, die Schachteln schienen in der Luft zu schweben. Dann drehte sie sich um und verschwand im Haus.

Auch Frau Aschenbach hatte die Szene beobachtet. Ein Lächeln spielte um ihren Mund. Bosch nickte ihr zu und setzte seinen Weg hoch zum Haus fort.

Vor dem Bauernhaus hatte man einen großen Grill aufgestellt, von dem würziger Holzrauch und der Geruch nach gebratenem Fleisch den Hang hinabzogen und Boschs Nase kitzelten. Magisch angelockt folgte er der Duftspur, bis er sah, was die Ursache des würzigen Geruchs war. Über dem Grill drehte sich ein Spanferkel am Spieß. Fett troff von seinen Flanken und verursachte funkensprühende Explosionen auf dem Kohlebett. Die leeren Augenhöhlen waren an den Rändern schon schwarz, und die Haut schien zum Zerreißen gespannt. Die verbrannten Hufe waren wie im Lauf ausgestreckt, als versuchte das Schweinchen noch im Tode eine sinnlose Flucht.

»Keule oder Brust?« Der Koch trug eine hohe Mütze, und auf seiner weißen Bluse war rot der Name »Gruber« eingestickt. Zweifellos gehörte er der Kochelite an, die man Chef zu nennen hatte. In der einen Hand hielt er einen Teller und in der anderen ein langes Messer. Er musterte Bosch, dann schnitt er sorgfältig eine dünne Scheibe aus der Keule des Ferkels. Widerstandslos glitt das Messer durch das junge Fleisch. Der Koch spießte die Bratenscheibe mit der Messerspitze auf und legte sie auf den Teller. »Beilagen und Salat gibt's am Buffet. Alles regional, saisonal und bio.« Er hielt Bosch den Teller hin.

Der starrte auf den Braten, aus dem rosa Saft lief, und dann auf das Ferkel. Jetzt hatte die Keule eine Wunde.

»Möchten S' noch ein Stück Schwarte dazu?«

Bosch schluckte. »Nein, danke, ich …« Er legte die Hände auf den Bauch. »Ich bin auf Diät.« Auch auf die regionalen Beilagen der alten Geiersberger war er wenig erpicht.

»Darf ich Ihnen ein Steak auflegen?« Der Mann stellte den Teller auf den Tisch und zog ein Küchentuch von einer Schüssel. Zwischen Knoblauchzehen und Rosmarin schwammen dicke dunkelrote Fleischscheiben in einer Marinade. Blutschlieren zogen sich durch das grüngoldene Öl.

Bosch schüttelte den Kopf. »Vielleicht später.«

»Gerne.« Der Koch verschränkte die Arme hinter dem Rücken, hob das Kinn und richtete seinen Blick geradeaus.

Bosch beschloss, sich Henris Runde anzuschließen. Doch er hatte kaum ein paar Schritte gemacht, als er etwas abseits auf einem Stuhl einen Teller mit einem rohen Steak stehen sah. Es konnte wohl kaum zum Grillfleisch für die Gäste gehören. Bosch schaute zum Koch zurück, aber der stand wie eine Palastwache vor dem glühenden Grill. Auch sonst schien niemand Anspruch auf das Stück Fleisch zu erheben.

Er dachte an den Hund, der nur wenige Meter weiter hinter der Hecke lag und auf seine Rückkehr wartete. Der Streuner war geblieben und leistete Bosch Gesellschaft. Inzwischen sah er auch nicht mehr so verhungert aus. Bei dem Gedanken, wie sich der Hund über das Steak freuen würde, wurde Bosch ganz warm ums Herz. Nicht einmal Öl war darauf, nur ein paar dunkle Krümel. Wahrscheinlich war es zu Boden gefallen und deshalb beiseitegestellt worden. Er würde es später einfach mitnehmen. Aber wohin damit? Er konnte das Steak schlecht in die Hosentasche stecken. Kurzerhand packte Bosch den Stuhl bei der Lehne und zog ihn zwischen zwei Büsche. Sonst kam womöglich einer der Gäste auf die Idee, das verschmutzte Fleisch doch noch auf den Grill zu legen. Und verdarb sich dann den Magen damit. Aus der Ferne war erstes Donnergrollen zu hören.

»Na und? Das ist eben Geschäftsrisiko.«

Eine Männerstimme, zu laut und nicht mehr ganz nüchtern, kam von der nur wenige Meter entfernten Terrasse. Aschenbach, eine Hand in der Tasche seiner kurzen Lederhose, in der anderen Hand das halb volle Whiskyglas, sprach zu einem Gast mit kurz geschorenem grauem Haar. Bosch erkannte den Mann, der vor ein paar Tagen vor dem Bauernhaus auf der Straße gewartet hatte. Heute trug er keinen Anzug, sondern ein Polohemd und Jeans. Sein gebräuntes Gesicht überzog eine ungesunde Röte.

»Und jetzt mach die Fliege.« Aschenbach trat einen Schritt zurück und wäre beinahe über die Kante einer Steinplatte gestolpert. Die Eiswürfel in seinem Glas schepperten so heftig, dass ihr Klirren bis zu Bosch drang.

Der Mann im Polohemd gab eine Antwort, die Bosch nicht hören konnte, und tippte Aschenbach dabei mit dem Zeigefinger mehrmals auf die Brust.

»Finger weg«, brüllte Aschenbach. »Sind Sie völlig deppert?« Er fasste den Mann an der Schulter und gab ihm einen Stoß, sodass der zurücktaumelte. »Aus meinem Haus, sag ich, aber ein bisschen plötzlich.«

Mehrere Gäste drehten sich zu den Streithähnen um. Eine junge Frau im grünen Dirndl stellte rasch ein Gläsertablett ab und lief zu den beiden hin. Sie packte den Eindringling am Arm und versuchte ihn fortzuziehen. Der Mann stieß ihre Hand weg und hätte dabei fast Henri getroffen, der scheinbar aus dem Nichts auf der Terrasse aufgetaucht war und nun die Szene aus der Nähe verfolgte.

»Roland?« Frau Aschenbach kam den fackelgesäumten Kiesweg heraufgeeilt. »Schatz?«

Der Mann im Polo ging wieder auf den Hausherrn zu. Aschenbach, sichtlich um sicheren Stand bemüht, stellte sich breitbeinig hin. Dann hob er sein Whiskyglas in Augenhöhe. Der Mann sagte etwas. Aschenbach grinste. Plötzlich beugte er sich vor und schüttete seinem Gegner zielsicher den Alkohol ins Gesicht. Eine Frau kreischte.

Frau Aschenbach rannte auf ihren Mann zu. »Weg da, Jessica …« Sie stieß die junge Frau beiseite und streckte die Hände aus, aber Henri hatte den schwankenden Aschenbach bereits am Arm gepackt, konnte den Betrunkenen jedoch nicht mehr festhalten. Mit glucksendem Gelächter stürzte Aschenbach ins Rosenbeet. Der Mann im Polo wischte sich mit dem Handrücken den Whisky aus den Augen. Seine Brust hob und senkte sich, und für einen Moment dachte Bosch, er würde sich noch einmal auf Aschenbach stürzen. Aber da trat der Mann einen Schritt zurück, drehte sich um und verschwand hastig um die Hausecke.

»Roland, oh mein Gott …« Frau Aschenbach beugte sich über die Rosensträucher und versuchte, ihren inzwischen eher leblos wirkenden Mann am Arm zu fassen, ohne sich an den Dornen zu verletzen. »Schatz … Liebling … ist dir was passiert?«

»Lassen Sie mich das machen, Madame.« Henri zog sie in die Höhe. »Kommen Sie, kümmern Sie sich nur um Ihre Gäste, meine Liebe. Ich bringe Ihren Mann ins Haus. Wenn er sich ein wenig ausgeruht hat, geht es ihm gleich besser.«

Frau Aschenbach strich sich eine Haarsträhne hinters Ohr. Unschlüssig schaute sie zu ihren Gästen.

»Madame?«

»Ja?« Ihr Blick irrte suchend herum und richtete sich dann auf einen Punkt hinter Bosch. Ihre Augen weiteten sich, als sähe sie einen Geist.

Bosch drehte sich um, konnte aber niemanden entdecken.

Hinter ihm lag nur das Gebüsch, in dem er das Steak für den Hund versteckt hatte. Die Stuhllehne ragte ein wenig hervor.

»Wohin soll ich Ihren Mann bringen?«, fragte Henri.

Frau Aschenbach drehte sich zu Henri und sagte: »Entschuldigung, ich bin nur so erschrocken, ich … In den ersten Stock, ins Schlafzimmer.« Ihr Blick erfasste Bosch. »Vielleicht kann Ihnen mein Nachbar helfen.«

»Nicht doch, ich bitte Sie …« Henri bückte sich und fasste Aschenbachs Arm. »So, mein Bester, Zeit zum Aufstehen.« Er zerrte den Betrunkenen so weit hoch, dass er wie ein Haufen Elend inmitten der Rosenbüsche saß. *»Allez.«*

Aschenbach starrte Henri an, als sähe er eine Fata Morgana. »Was … was tun Sie denn da?« Er fasste sich an den Kopf und stöhnte. »Ich brauche einen Drink …«

Aber Henri schienen jetzt, wo die Augen aller Partygäste auf ihn gerichtet waren, ungeahnte Kräfte zu wachsen. Er zerrte Aschenbach hoch und fasste ihn um die Taille. Dann legte er sich den Arm Aschenbachs um den Hals und hinkte zur Terrassentür. Der Betrunkene ließ sich von ihm führen wie ein Kind, das man ins Bett bringt.

An der Tür drehte er sich noch einmal um und hielt sein nacktes Bein in der kurzen Lederhose hoch. »Seht mal her, Leute, ich bin ganz zerkratzt. Ich brauche einen …«

Henri zerrte ihn ins Haus.

Im Garten war es totenstill. Als wären das Handgemenge auf der Terrasse und der Abgang des Schurken und des verletzten Helden Teile einer Inszenierung gewesen, schienen alle auf den rechten Zeitpunkt für den Applaus zu warten. Bosch fühlte sich von dem Schauspiel peinlich berührt und überlegte, ob er wohl nach Hause gehen könnte, ohne allzu unhöflich zu erscheinen. Sein Blick begegnete dem von Frau Geiersberger, die, die Hände in den Taschen ihres weißen Kittels, in der ersten Reihe zwischen den Partygästen stand. Auf ihrem Gesicht lag ein breites Grinsen.

Ein Blitz zuckte über den Himmel und erhellte das ausladende Dach des Bauernhauses. Gleich darauf rollte Donner über den See. Der Bann war gebrochen, und alle fingen an durcheinanderzureden. Als wäre der Mechanismus einer Spielzeuguhr eingerastet, begaben sich die Kellner wieder auf die Runden mit ihren Getränketabletts. Vor dem Grill mit dem rotierenden Spanferkel bildete sich eine Menschenschlange. Jeder wollte noch ein Stück Braten ergattern, ehe das Unwetter losbrach und die Party zu Ende war.

Bosch hielt nach Frau Aschenbach Ausschau, um sich zu verabschieden, konnte sie aber nirgends entdecken. Hinter ihm knirschte der Kies.

»Hans, *mon cher*, ich hätte jede Wette gemacht, dass ich Sie hier nicht mehr finde.« Henri stand neben ihm. Sein heller Leinenanzug war zerdrückt. »Wollen wir noch etwas trinken, oder …?«

Ein Windstoß fuhr durch die Weiden vom Wasser herauf, wirbelte raschelnd durch die Zweige und riss Henri die Worte von den Lippen.

Bosch schüttelte den Kopf. »Ich will nach Hause. Wie geht's denn unserem Gastgeber?«

»Ruht sanft in Morpheus' Armen.« Henri lachte. »Soll heißen, er liegt mit einem Riesenrausch im Bett. In seiner Haut möchte ich morgen nicht stecken.«

Erste Regentropfen klatschten auf den Rasen. Vom Grill her waren Gelächter und Rufe zu hören. Die Gäste zogen los, um sich einen trockenen Platz zu suchen, oder gingen zu ihren Autos. Die Party löste sich nach und nach auf. Bosch zwängte sich ins Gebüsch, holte das Steak für den Hund und versuchte, die daran haftenden Erdkrumen abzuklopfen.

»Lunchpaket?« Henri deutete auf das rohe Fleisch in Boschs Hand. »Vielleicht nehmen Sie lieber was vom Grill.«

Bosch spürte, wie er rot wurde, und war froh, dass es inzwischen völlig dunkel geworden war. Nur die Fackeln loderten im stärker werdenden Wind und warfen zuckende Schattenbilder auf den Rasen. »Das Steak ist irgendwem runtergefallen.« Es klang wie eine Ausrede. »Ich wollte es für meinen Hund mitnehmen.«

Ein Blitz erhellte den Garten, dicht gefolgt von ohrenbetäubendem Donner.

Henri nickte, als wäre es das Selbstverständlichste der Welt, bei einer Einladung ein Filet für sein Haustier mitgehen zu lassen.

»Gute Idee.« Er schaute zum Grill hinauf, wo der Koch inzwischen Arbeitshandschuhe angezogen hatte und den Spieß mit dem verstümmelten Ferkel abnahm. Kellner eilten mit Gläsertabletts und Tellerstapeln ins Haus. »Ich werde mir noch schnell etwas Braten organisieren.« Er grinste. »Ich kann aber nicht behaupten, dass das Fleisch für meinen Hund ist.«

In diesem Augenblick brach das Unwetter mit aller Macht los. Der Himmel öffnete sich, und eine Wasserwand ging hernieder. Der Sturm fuhr unter die Weidenzweige und wirbelte sie herum, bis sie die Luft peitschten wie eine neunschwänzige Katze. Bosch hörte das Geschrei der letzten Gäste, die ihr Heil in der Flucht suchten. Schemenhaft konnte er die auf und ab hüpfende Silhouette von Henri erkennen, der sich hinkend, aber zielstrebig in Richtung Grill bewegte.

Grelle Blitze rasten über den schwarzen Himmel, im selben Moment ließ ein Donnerschlag die Erde erbeben. Für den Bruchteil eines Augenblicks umgab ein Leuchten Henris schwankende Gestalt, als stände er in Flammen. Dann schlossen sich die Regenschleier hinter ihm.

SECHS

»*Hund …?*« Der Streuner hatte noch immer keinen Namen. Bosch hatte sich zwar Gedanken darüber gemacht, aber wer wusste schon, wie Tiere in ihrer eigenen Sprache hießen? »Hund, komm, komm … na komm schon.«

In den letzten Tagen hatte der Streuner immer schon vor der Terrassentür gewartet, wenn Bosch aufgestanden war. Er kam nie ins Haus und ließ sich nicht anfassen, aber wenn Bosch tagsüber im Garten malte, schlief er neben der Staffelei. Abends saß Bosch auf dem Steg und sah zu, wie die Sonne unterging und der See seine Farben verlor, bis er schließlich nur noch die Sterne widerspiegelte. Oft merkte er erst, wenn er aufstand, dass der Hund in seiner Nähe lag. Die Augen halb geschlossen, die Nase im Wind, schien er die Gerüche der Nacht in sich aufzunehmen. Es war eine Freundschaft auf Augenhöhe.

Inzwischen hatte Bosch einen Sack Hundefutter gekauft, aber letzte Nacht hatte er seinem Freund das Steak gebracht. Nun, am Morgen, lag es halb aufgefressen im regennassen Gras, und der Hund war weg. Sein ganzes Leben hatte Bosch kein eigenes Tier vermisst. Jetzt wunderte er sich, wie sehr ihm der Streuner fehlte. Er ging zu dem verschmähten Fleischrest, hob ihn mit spitzen Fingern auf und machte sich auf den Weg zur Mülltonne.

Da hörte er den Ufersand hinter sich knirschen. Rasch drehte er sich um, in der festen Erwartung, den Hund auf sich zuspringen zu sehen. Aber es war schon wieder Frau Aschenbach. Sie trug einen schwarzen Seidenkimono, den sie mit einer Hand zusammenhielt. Mit der anderen wedelte sie durch die Luft.

»Hallo, hallo …« Sie ging über den Rasen, als balancierte sie über rohe Eier, und als sie näher kam, bemerkte Bosch, dass sie keine Schuhe trug. »Ach Gott, gut, dass Sie da sind, Sie müssen mir helfen …« Sie blieb vor Bosch stehen. Ihr Atem ging stoßweise, die Haare hingen strähnig um ihr Gesicht, und aus ihrem Kimono stieg ein Geruch nach Nachtschweiß und teurem Parfüm.

Bosch trat einen Schritt zurück. »Morgen …«

»Mein Mann … Was ist denn das?« Sie starrte auf den Fleischfetzen in Boschs Hand.

Schnell hielt er das Steak hinter den Rücken. »Das ist Hundefutter.« Am liebsten hätte er gefragt, warum sie ihn in aller Herrgottsfrühe störte. Noch dazu in diesem Aufzug.

Frau Aschenbach schlug die Hand vor die Stirn. »Ja, ja, verzeihen Sie, das sind … die Nerven.« Sie machte einen tiefen Atemzug. »Ich kriege meinen Mann nicht wach.«

»Was heißt, Sie kriegen Ihren Mann nicht wach?«

»Er liegt im Bett.« Sie zeigte auf das Dach des Bauernhauses hinter der Hecke, auf dem noch der Regen der letzten Nacht glänzte. »Er rührt sich nicht.« Ihre Stimme zitterte.

Einen irren Moment hatte Bosch den zerfetzten Autositz vor Augen. Aber dann fielen ihm Henris Worte vom Vorabend ein: *Er liegt mit einem Riesenrausch im Bett. In seiner Haut möchte ich morgen nicht stecken.* Frau Aschenbach sollte ihre bessere Hälfte in diesem Zustand doch kennen.

»Soviel ich weiß, hat Ihr Mann gestern ein wenig, äh, über den Durst getrunken.« Die Aschenbachs fingen an, Bosch auf die Nerven zu gehen. Er wollte nichts anderes, als einen Sommer lang in Ruhe am Wolfgangsee malen und seine Arbeit im Schloss machen. Und sich nicht in die Probleme fremder Leute hineinziehen lassen. »Gönnen Sie ihm halt noch ein wenig Schlaf.«

Frau Aschenbach zog den Kimono fest um sich. »Roland«, sie schluckte, »ich glaube, Roland schläft nicht mehr.«

Was sollte das jetzt wieder heißen? »Ja, dann …«

»Bitte, kommen Sie mit, bitte.«

»Ich wüsste nicht, wie ich Ihnen da helfen kann. Wenn Sie sich solche Sorgen machen, sollten Sie die Rettung …«

»Nein.« Ihr Blick flackerte. »Bloß nicht.« In dem schwarzen Seidenmantel wirkte sie noch dünner und durchscheinender als sonst. Fahl spannte sich ihre Haut über den Gesichtsknochen und über das vorstehende Schlüsselbein im Ausschnitt des Kimonos. Ihre Augen lagen in tiefen Höhlen. »Bitte kommen Sie mit. Sie haben mir doch das Leben gerettet, und ich weiß sonst niemanden, an den ich mich wenden könnte … Roland bringt mich um, wenn ich hier Aufsehen mache.«

Jetzt bekam Bosch doch Mitleid mit ihr. »Na gut«, sagte er und warf das Fleischstück ins Gras. Vielleicht würde es ja den Hund zurücklocken. »Dann schauen wir erst mal, ob wir überhaupt einen Arzt brauchen. Aber ich denke, Ihrem Mann fehlt nichts außer einem starken Kaffee.«

Der Garten des Bauernhauses erinnerte Bosch an Bilder von Pompeji. Das ganze Fest schien wie in einer Momentaufnahme auf seinem Höhepunkt erstarrt, als das Gewitter losgebrochen war. Fackeln mit verkohlten Köpfen säumten den zertretenen Kiesweg, auf den Bistrotischen standen Flaschen, Gläser und halb leer gegessene Teller, in denen Regenwasser schwappte. Neben einer aufgeweichten Papierserviette lag ein einzelner rosa Seidenschuh auf dem Rasen. Den Grill hatte man zum Schutz vor dem Regen unter die tief herabhängenden Zweige einer Weide gezogen. Nur die Gäste dieses Geisterfestes waren unsichtbar.

Frau Aschenbach führte Bosch über die Terrasse um das Haus herum. Auf den Schieferplatten standen Wasserlachen, in denen sich die goldgeränderten Wolken spiegelten. Rittersporn und Fingerhut warfen Schatten auf die in der Sonne leuchtende Fassade. Eine Hummel summte über den blauen und weißen Blüten. Der Morgen versprach zu einem jener endlosen Sommertage zu werden, die so träge dahintrieben wie ein führerloses Boot auf einem stillen See. Wenn da nicht die Frau gewesen wäre, die barfuß über die rauen Steine hastete. Ihr Kimono blähte sich auf ihrem Rücken, die flatternde Seide schien ihr schwarze Flügel zu verleihen.

»Kommen Sie.« Frau Aschenbach blieb an einer zur Hälfte verglasten Seitentür stehen und legte die Hand auf die geschmiedete Klinke. »Wir gehen gleich durch die Küche.« Sie winkte Bosch zu sich heran. »Das Schlafzimmer ist oben.«

Bosch blieb stehen. Er konnte dieser halb nackten Frau nicht ins Schlafzimmer zu ihrem betrunkenen Ehemann folgen. »Meinen Sie nicht, Sie sollten lieber die Rettung –«

»Na los …«

Bosch holte tief Luft und unterdrückte den Impuls, sich einfach umzudrehen und nach Hause zu gehen. Am liebsten hätte er den Tag noch einmal begonnen. An seiner Staffelei. Ohne eine Menschenseele. Nur seinen Hund zu Füßen. Aber es war zu spät. Er hatte diesen Leuten erlaubt, sich in sein Leben zu drängen. Und er hatte Frau Aschenbach bereits Hilfe zugesagt. »Komme schon.«

Die Küche war eine jener überladenen Landhausküchen mit geschnitzten Eichenfronten, polierten Kupferkesseln über dem Gasherd und Bündeln von getrockneten Kräutern und Blumen an der Decke. Neben der Küchentür hing ein Fernseher an der Wand. Wenigstens hier hatte das Personal in der Nacht noch aufgeräumt. Die Arbeitsplatten aus schwarzem Granit glänzten, und in einer silbernen Espressomaschine, auf der ein Adler thronte, spiegelte sich das Morgenlicht. Ein Geruch nach Zitrone hing in der Luft. In der Essecke, direkt unter dem Herrgottswinkel, standen leere Schachteln. »Der Hofladen«, stand darauf. Daneben lag ein Stapel Gartenbücher, aus denen Klebezettel ragten. Ein geschnitzter Jesus mit goldenem Heiligenschein schaute von seinem Kreuz gequält auf Frau Geiersbergers Leergut herab. Bosch unterdrückte einen Seufzer.

Frau Aschenbachs bloße Füße tappten irgendwo eine Treppe hinauf. Bosch beeilte sich, ihr zu folgen. Er fand sie in einem schummrigen Flur im ersten Stock. Sie stand vor einer geschlossenen Tür und hatte offensichtlich auf ihn gewartet. Als sie ihn kommen sah, straffte sie ihren hageren Körper und zog den Bindegürtel ihres Kimonos fest.

»Da drinnen«, flüsterte sie.

Wollte sie ihren Mann nicht wecken? Dabei war es doch gerade sein tiefer Schlaf, der ihr Sorgen zu machen schien. »Bitte.« Bosch deutete auf die Tür.

Frau Aschenbach legte die Fingerspitzen auf die Klinke, als erwartete sie, sich daran zu verbrennen. Dann drückte sie sie rasch hinab und stieß die Tür auf. Helles Sonnenlicht strömte in den dunklen Flur.

Bosch wartete, dass sie ihn ins Zimmer führen würde, aber sie blieb wie angewachsen stehen und machte nur eine unbestimmte Armbewegung in den Raum. Ihre Hand flatterte wie ein Vogel.

Boschs Unbehagen verwandelte sich in handfesten Ärger. Je eher er dieser unmöglichen Situation, in die er da geraten war, ein Ende machte, umso besser. Es würde ihm eine Lehre für die Zukunft sein. Entschlossen trat er über die Schwelle.

Das Schlafzimmer der Aschenbachs zeigte die gleiche Handschrift wie die Landhausküche im Erdgeschoss. Die grünen Leinenvorhänge an den schmiedeeisernen Stangen waren bereits aufgezogen, himbeerrosa gestrichene Wände glühten in der Morgensonne, deren Licht durch kleine Holzsprossenfenster fiel. Auf einer Biedermeierkommode stand ein Sammelsurium aus Silberrahmen und bemalten Spanschachteln. Ein vergilbtes Zebrafell bedeckte die Holzdielen.

Eine Seite des Schlafzimmers nahm ein breites Doppelbett ein, über dessen Kopfende ein Himmel aus grüner Seide hing. Zwischen makellosen weißen Kissen konnte Bosch den kurzen Haarschopf eines Mannes erkennen. Er hatte die Augen geschlossen, und sein Mund stand offen. Er schien zu schlafen. Bosch drehte sich zu Frau Aschenbach um.

»Ist doch alles in Ordnung«, flüsterte er.

Sie schüttelte wortlos den Kopf und trat einen Schritt zurück. Bosch entschloss sich, Aschenbach einfach zu wecken. Er räusperte sich laut und ging mit festen Schritten zum Bett hinüber. Das alte Zebrafell knisterte wie Pergament unter seinen Sohlen. Irgendwo summte eine Fliege. Es waren die einzigen Laute im Raum. Erst jetzt fiel Bosch auf, dass kein Atem des Schläfers zu hören war. Er trat ans Bett und schaute auf den Mann hinab, der da zwischen den Kissen lag.

Jemand hatte Roland Aschenbach die Decke bis zum Kinn hinaufgezogen. Wenn seine Frau nicht gewagt hatte, ihn zu berühren, musste es eine fürsorgliche Geste Henris gewesen sein, der den Betrunkenen in der Nacht zu Bett gebracht hatte. Dann hätte sich Aschenbach jedoch seit gestern Abend nicht mehr gerührt.

Der Mann schien in den letzten Stunden im Zeitraffer seine restliche Lebenszeit durchlaufen zu haben. Er wirkte um Jahrzehnte gealtert. Seine Züge waren erschlafft, der Unterkiefer hing herab, und sein Mund klaffte als schwarzes Loch. Es sah aus, als läge eine Maske aus Pappmachee auf seinem Gesicht, die bei der geringsten Berührung zerbrechen konnte. Bosch wusste nicht, wie man den Puls fühlte. Aber er brauchte nur noch einen Blick auf die Brust unter der Decke zu werfen, die sich weder hob noch senkte. Vor Bosch lag eine Leiche. Aschenbach war tot.

Langsam drehte er sich um. Er suchte nach Worten, aber Frau Aschenbach verstand ihn auch so. Für einen Moment schloss sie die Augen, dann nickte sie.

»Wir müssen einen Arzt rufen.« Bosch hörte seine eigene Stimme wie durch eine Wand. »Aber ich meine … also … es hat keine Eile.«

Sie strich sich eine Haarsträhne hinters Ohr. Dann schaute sie auf den Kimono und ihre erdverschmierten Füße hinab. »Ich muss was anziehen.«

»Ich warte solange hier.«

Sie nickte erneut. »Erst muss ich was anziehen.« Wie in Trance drehte sie sich um und verschwand im Gang.

Bosch vermied es, die Leiche anzusehen. Die Fliege summte vor der Fensterscheibe. Immer wieder stieß sie gegen das Glas. Dann setzte sie sich auf das Fensterkreuz und rieb die Vorderbeine aneinander. Irgendwo im Haus hörte Bosch Frau Aschenbach telefonieren. Die Fliege hob ab, drehte ein paar Runden in der Luft und schwirrte auf den Toten zu. Bosch folgte ihr mit Blicken, und ehe er es sich versah, saß das Insekt auf dem Kopfkissen. Es war eine dicke Fleischfliege. Ihr Panzer schillerte grün-schwarz. Zielstrebig krabbelte sie auf das wächserne Gesicht des Toten zu. Bosch wedelte mit der Hand, doch die Fliege ließ sich nur kurz vertreiben. Beim zweiten Mal landete sie auf Aschenbachs Stirn. Boschs Magen rebellierte. Er drehte sich um und flüchtete aus dem Schlafzimmer.

Eilig stieg er die Treppe hinab. Vor der Küchentür wäre er fast mit Frau Aschenbach zusammengestoßen. Sie trug jetzt Jeans und Turnschuhe. Die Ärmel ihres Karohemds waren hochgekrempelt und ihre Haare zu einem Pferdeschwanz gebunden. Hätte er nicht gewusst, dass im ersten Stock ihr verstorbener

Ehemann lag, wäre sie ihm wie eine Hausfrau am Morgen nach einer großen Einladung vorgekommen. Übernächtig, aber bereit, die angefallene Arbeit anzupacken.

»Der Arzt ist gleich da«, sagte sie und ging in die Küche voraus. Sie steuerte auf die große Espressomaschine zu. »Ich brauche einen Kaffee. Wollen Sie auch einen?«

Bosch wäre lieber nach Hause gegangen. Aber es gehörte sich wohl, bis zum Eintreffen des Arztes zu bleiben. »Gern.« Er setzte sich auf die Küchenbank im Herrgottswinkel und schob eine von Frau Geiersbergers Schachteln beiseite. Der Deckel verrutschte, und leises Rascheln war zu hören. Ein eigenartiger Geruch kitzelte Bosch in der Nase, aber als er einen Blick in das Innere des Kartons warf, konnte er nur ein paar graugrüne Krümel erkennen, Reste von getrockneten Kräutern. Bosch klappte den Deckel wieder zu.

Frau Aschenbach schaltete die Maschine ein. Mit einem Brummen, das Bosch unangenehm an das Summen der Fliege erinnerte, setzte sich der Apparat in Gang. Frau Aschenbach drehte sich nicht zu Bosch um. Sie schien ganz auf die Funktion der Kaffeemaschine konzentriert.

»Wie oft habe ich Roland gesagt, mit diesem Ziehen in der Brust ist nicht zu spaßen.« Ihre Stimme klang unsicher. Als traute sie ihren eigenen Worten nicht. Sie nahm zwei rote Espressotassen aus einem Hängeschrank, stellte sie in die Maschine und drückte auf einen Knopf. »Das ist das Herz, habe ich gesagt, geh doch endlich zum Arzt.« Fauchend und zischend strömte der Kaffee aus den Düsen und erfüllte die Küche mit seinem intensiven Duft. »Milch?«

»Äh, nein, danke.«

Frau Aschenbach brachte die Tassen zum Tisch und stellte eine vor Bosch hin. Dann setzte sie sich auf den Holzstuhl gegenüber und starrte auf die stumpfe gelbe Creme auf ihrem Kaffee.

Bosch schaute zu dem geschnitzten Jesus in der Ecke hinauf. »Haben Sie Ihren Mann genau so vorgefunden?« Die Figur war schlecht. Der ganze Ausdruck war grobschlächtig, die Hände und Füße klobig. Sein Freund Franz Schwarzenberger hätte dem

Gekreuzigten die Züge eines Gemarterten verliehen. Vielleicht mit einem Gesicht wie dem des Mannes, der im Stockwerk über ihnen still in seinem Bett lag. »Ich meine, so, wie er da liegt?«

Sie blickte auf. »Ja, natürlich. Wieso?«

Bosch warf einen letzten Blick auf die Christusfigur. Niemand wusste, dass Franz gegen gutes Geld Heiligenfiguren kopiert hatte. Der Kunstwelt war er nur als früh verstorbenes Genie bekannt, als großer Verlust für die zeitgenössische Malerei. »Weil ihm irgendwer die Decke bis unters Kinn gezogen hat. Und ich dachte, das wären vielleicht Sie gewesen.«

»Seltsam.« Frau Aschenbach runzelte die Stirn. »Aber nein, das war ich nicht. Ich hab ihn genau so gefunden. Erst wollte ich ihn wecken, aber dann hab ich sein Gesicht gesehen.« Sie räusperte sich und fing an, mit dem Zeigefinger Kreise auf die Tischplatte zu malen.

Das kalte Morgenlicht schmeichelte der Frau nicht. Über ihre Wangen lief ein Netz von Fältchen, die wie feine Sprünge wirkten. Die Augen lagen tief in den Höhlen, und kleine Narben saßen in ihren Winkeln, als hätte sie sich auf beiden Lidern gleichzeitig geschnitten. Das Blond ihres Haares bestand aus mehreren Farbtönen, die in der Natur nicht vorkamen und nicht miteinander harmonierten. Sie könnte dreißig, aber auch fünfzig sein. Dreißig, wenn sie lachte und angeregt plauderte, fünfzig in Momenten wie diesem.

Um Frau Aschenbach nicht weiter anzustarren, ließ Bosch den Blick durch die Küche wandern. Neben der Küchentür hing in Augenhöhe ein graues Kästchen mit einem Tastenfeld, und über dem Türsturz blinkte eine kleine Kamera. Ihre Linse zielte genau in die Raummitte.

»Ist das eine Alarmanlage?«, fragte er.

Frau Aschenbach hob den Kopf. Zuerst schien sie ihn nicht verstanden zu haben, aber dann besann sie sich. »Alle Türen sind mit einem Fingerprint-Scanner gesichert.« Sie hielt den Zeigefinger hoch. »Roland ist ein Technikfreak. Sicherheitstechnik gehört dazu.« Ihre Mundwinkel bogen sich nach unten. »Wenn Ihr Finger nass ist oder schmutzig, kommen Sie nicht ins Haus. Ist mir schon zigmal passiert.« In ihrem Ton schwang eine Spur von Missmut über die Technikgläubigkeit ihres Mannes.

»Ach.« Bosch fand sowieso, dass Technik das Leben nicht unbedingt vereinfachte. »Und was macht man dann?«

»Man nimmt den guten alten Schlüssel, ganz einfach. Ich hab immer einen draußen griffbereit versteckt.« Ihre Augen glitzerten. Dann, als wäre ihr bewusst geworden, dass sie einem Fremden vielleicht zu viel verraten hatte, setzte sie hastig hinzu: »Das wird ab jetzt natürlich anders.«

»Unbedingt.« Bosch schoss der Gedanke durch den Kopf, dass ihre Vorsicht zu spät kam. Dann besann er sich auf seine nachbarlichen Pflichten. »Kann ich irgendwen für Sie anrufen? Verwandte? Freunde? Oder einen Geschäftspartner, der …?«

»Nein.« Die Antwort kam wie aus der Pistole geschossen. »Sie brauchen sich nicht noch mehr Arbeit zu machen.«

Bosch bemühte sich, sich seine Erleichterung nicht anmerken zu lassen. Frau Aschenbach war wirklich tapfer. Er streckte die Hand aus und tätschelte ihren knochigen Arm. Ihre Haut war kalt und fühlte sich rau an. Dicke blaue Adern zogen sich über ihre Hände und standen im Kontrast zu den rot lackierten Fingernägeln. Unwillkürlich stieg die Erinnerung an den Leguan in Bosch hoch, den er als Kind einmal im Salzburger Haus der Natur hatte halten dürfen. An seine Klauen mit den messerscharfen Krallen. Schnell schob er den Gedanken beiseite, zog aber die Hand weg. Langsam genug, wie er hoffte, um Frau Aschenbach nicht zu kränken.

»Sie meinen also, es war ein Herzanfall?«

Frau Aschenbach nahm einen Schluck Espresso und schaute ihn über den Rand der Tasse an. »Was denn sonst?«

Bosch zuckte mit den Schultern. »Keine Ahnung.«

Henri hatte über Aschenbachs Vollrausch gespottet, aber nicht besorgt gewirkt. Also hatte Aschenbach auf ihn keinen kranken Eindruck gemacht. Sonst hätte Henri ihn nicht sorgfältig zugedeckt und seinem Schicksal überlassen. Jetzt fielen Bosch auch die makellosen Kopfkissen wieder ein. Außer Aschenbach hatte in dieser Nacht niemand in dem großen Bett geschlafen. Hatte das Ehepaar getrennte Schlafzimmer, oder wollte Frau Aschenbach nur nicht neben ihrem betrunkenen Ehemann liegen? Deswegen hatte sie vielleicht die ganze Nacht mit dem Toten im Haus verbracht. Und ihn erst vor ein paar Stunden entdeckt. Bosch hatte ein Gefühl, als sträubten sich ihm die Haare im Nacken. Ein Schauer lief ihm den Rücken hinunter. Er wollte nicht mehr länger in diesem Totenhaus bleiben. »Ich glaube, ich werde dann mal –«

»Nein, bitte … warten Sie doch noch.« Sie schob ihre kalten Finger über die Tischplatte und fasste nach seinem Ärmel. »Der Arzt muss ja gleich da sein. Sie müssen ihm sagen, wie Sie Roland gefunden haben.«

Genau genommen hatte Bosch den Toten gar nicht gefunden. Das war sie gewesen. Aber dies war nicht der rechte Zeitpunkt für Spitzfindigkeiten.

Frau Aschenbach ließ ihn nicht aus den Augen. Ihre Pupillen waren geweitet und fast schwarz. Hatte sie ein Beruhigungsmittel genommen? Bosch konnte es ihr nicht verdenken, aber er hätte sich wohler gefühlt, wenn sie geweint oder ein anderes Zeichen von Trauer gezeigt hätte. Als sie bei ihm aufgetaucht war, war sie völlig aufgelöst gewesen. Nun schien sie ihm auffallend gefasst. Ihre kühle Miene beunruhigte ihn, obwohl er nicht sagen konnte, warum. Sicher war das der Schock. Schließlich reagierte jeder Mensch anders auf den Verlust eines nahen Angehörigen.

Auf dem Weg hinter dem Haus war das Nageln eines näher kommenden Dieselmotors zu hören. Frau Aschenbach ließ seinen Ärmel los. Gleich darauf verstummte das Geräusch, und eine Autotür wurde zugeschlagen. Ein Summen ertönte. Neben der Tür leuchtete der Bildschirm auf. Ein großer Geländewagen kam ins Bild, dann ein Mann im weißen Polohemd, der, eine Tasche in der Hand, missmutig auf das große Eingangstor starrte. Das, was Bosch für einen Fernseher gehalten hatte, war die Videoüberwachung. Das Haus war wie ein Gefängnis gesichert.

»Dr. Steindl, na endlich.« Frau Aschenbach sprang auf und rannte aus der Küche.

Die Haustür fiel ins Schloss, und ein Luftzug strich vom Flur über den Küchenboden. Bosch hörte Frau Aschenbach mit diesem Dr. Steindl im Flur sprechen. Schritte polterten die Treppe hinauf. Er warf einen Blick auf seine Armbanduhr. Gleich halb elf. Er fasste sich in Geduld. Eine dicke Hummel summte vor dem Küchenfenster und stieß immer wieder gegen die Scheibe. Bosch stand auf, ging hinüber und öffnete einen Fensterflügel, um das Tier in die Freiheit zu entlassen. Die Sonne stand jetzt höher und zauberte goldene Reflexe auf den See, dessen Wasser zwischen den Weiden glitzerte. Eine frische Brise wehte vom Ufer herauf und spielte mit den blühenden Stauden vor der Terrasse. Waren das Glockenblumen? Bosch kannte sich mit Pflanzen nicht aus. Er ließ das Fenster offen und kehrte zu seinem Platz zurück. Um kurz vor elf hörte er Dr. Steindl im ersten Stock telefonieren.

Ärger machte sich in Bosch breit. Das Mindeste wäre wohl, ihm mitzuteilen, ob er noch gebraucht wurde. Der Arzt brüllte irgendetwas ins Telefon. Boschs Ärger wandelte sich in Sorge. Frau Aschenbach hätte doch gleich die Rettung rufen sollen, anstatt zu ihm hinüberzulaufen. Möglicherweise wäre Roland Aschenbach dann noch am Leben. Nun würde man auch ihm einen Vorwurf machen. Das war die Quittung dafür, dass er sich in das Leben dieser Leute hatte hineinziehen lassen.

Bosch stand auf und ging zu der Tür, die in den Garten führte. Die kleine Kamera über dem Türsturz fing an zu blinken. Das Tastenfeld in Augenhöhe schien auf die Eingabe eines Zahlencodes zu warten. Vor wem die ganze Technik die Bewohner dieses Hauses auch schützen sollte, gegen den Tod war sie diese Nacht nutzlos gewesen. Bosch stieß die Tür auf, und zu seiner Erleichterung erklang kein Sirenengeheul.

Er lief den Kiesweg zum See hinunter. Inzwischen war es richtig warm geworden. Die Weiden bewegten sich im leisen Sommerwind wie ein grüner Vorhang. Im Grill schwammen halb verglühte Holzkohlestücke in einer trüben Brühe. Kleine Äste trieben zwischen den schwarzen Brocken. Bosch duckte sich unter den Weidenzweigen hindurch und stapfte über den nassen Ufersand auf sein eigenes Grundstück.

Umrahmt von blauen und rosafarbenen Hortensien schien das Holzhäuschen auf ihn gewartet zu haben. Die Fensterläden hingen ein wenig windschief an den verwitterten Rahmen.

Bei seinem überstürzten Aufbruch hatte Bosch die Verandatüren offen gelassen. Wie kleine Sonnen sprenkelten die gelben Köpfchen des Löwenzahns die Wiese und schienen die Luft mit ihrem Leuchten zu wärmen.

Da hörte er das Winseln. Es war ein hoher Laut, als ob ein Kind leise weinte. Und er kam aus der Hecke.

Mit wenigen Schritten war Bosch bei den Büschen und zog die Zweige auseinander. Eingekeilt zwischen Ästen lag auf der nassen Erde der Hund. Zusammengekrümmt, den Kopf zur Seite gesunken und mit starrem Blick, schien er in den letzten Zügen zu liegen. Er hechelte, und die dünnen Flanken hoben und senkten sich wie im Krampf. Wieder drang ein Wimmern aus der halb offenen Schnauze.

»Hund …« Noch nie hatte Bosch ihn einen Laut von sich geben, geschweige denn bellen hören. Deshalb erschreckte ihn dieses Winseln umso mehr. Ohne weiter darüber nachzudenken, tauchte er in die Zweige. Scharfe Äste rissen die Haut an seinen Armen auf und zerkratzten sein Gesicht. Er griff unter die schlaffen Vorderpfoten, hob den Hund aus dem Gebüsch und hoffte, ihm nicht noch mehr Schmerzen zuzufügen. »Ach, was hast du denn gemacht?«

Bosch presste den Hund an die Brust. Kälte und Nässe drangen durch sein Hemd. Blutrinnsale liefen von seinen zerschnittenen Armen auf das gelbe Fell und färbten es hellrot. Er hatte keine Ahnung von Tieren, aber dass der Hund todkrank war, das wusste er. Ihm war zum Weinen zumute.

»Mach dir keine Sorgen.« Bosch bemühte sich, seiner Stimme Festigkeit zu geben, um den Hund und vor allem sich selbst zu beruhigen. »Wir schaffen das.«

Das schlaffe Fellbündel in den Armen, hastete er den Hang hinauf. Er musste ein Taxi rufen. Der Fahrer kannte bestimmt den nächsten Tierarzt. Nur noch wenige Schritte bis zum Haus.

Vor der Terrasse waberte Verwesungsgestank. Im Gras lag, von Nacktschnecken umzingelt, noch immer das angefressene Steak. Ein Fliegenschwarm summte über dem in der Sonne gärenden Stück Fleisch.

SIEBEN

»Gewaltig endet so das Jahr, mit goldnem Wein und Frucht der Gärten, rund schweigen Wälder wunderbar und sind des Einsamen Gefährten.« Bosch murmelte die Verse von Trakl, während er seinen Pinsel auf die Palette stupfte.

Das Licht war wärmer geworden und die Schatten länger. Mitte August war im Salzkammergut der Spätsommer da, und in der Luft lag bereits eine erste Ahnung vom kommenden Herbst. Die lanzenförmigen Weidenblätter, die vereinzelt den Rasen vor Boschs Holzhäuschen sprenkelten, waren gelb verfärbt. Die Hortensien waren verblüht und hatten bronzefarbenen Astern und blutroten Dahlien Platz gemacht. Über dem See waberten morgens Nebelschwaden, und die flaumigen Entenküken hatten ein glattes Gefieder bekommen.

Bosch fing seine Arbeit jetzt immer auf der Veranda an. Erst wenn es wärmer wurde, wechselte er mit Malutensilien und Staffelei in den Garten. Nun ging es schon auf Mittag zu, aber er war so vertieft in sein Bild, dass er die Zeit ganz vergessen hatte. »Das Narrenschiff« sollte sein neuestes Werk heißen. Ob es am ruhigen Landleben lag oder doch an dem See, der heute wie ein riesiger Opal, gefasst von Bergen, in seinem Bett ruhte – Bosch hatte noch nie so konzentriert und schnell gearbeitet. Bilder und Farben tauchten vor seinem inneren Auge auf und drängten auf Umsetzung. Es war ein ständiger kreativer Schwebezustand. Er genoss jeden Tag.

Er kniff die Augen zusammen und betrachtete das Boot, sein Narrenschiff, das auf grünen Wellen dahintrieb. An Bord zechte eine fröhliche Gesellschaft. Früchte und Fleischstücke quollen über die Reling, und am Mast hing an einem Hinterbein ein gebratenes Spanferkel. Das Segel flatterte und schlug im Wind. Die Menschen schienen nicht nur die Barke, sondern auch sich selbst führerlos ihrem Schicksal überlassen zu haben.

An der Wand lehnte eine mit einem grauen Tuch verhängte Leinwand. Es war das angefangene Bild »Der Magier«. Bosch hatte die Arbeit daran abbrechen müssen. Es lag nicht nur an den Gesichtszügen, die einfach keine Gestalt annehmen wollten. Bosch hatte auch keine Ahnung, wie er das Umfeld der Figur oder den Hintergrund gestalten sollte. Es war, als wollte sich ihm dieses Bild entziehen. Oder ihn verhöhnen.

Die Gartenpforte quietschte. Der Hund in seinem neuen Korb hob den Kopf. Seit er aus der Tierklinik zurück war, lebte er im Haus. Bosch hatte zunächst befürchtet, sein Freund habe Rattengift gefressen und müsse innerlich verbluten. Aber außer Herzrasen und Kreislaufstörungen hatte der Tierarzt nichts feststellen können. Was bei einem Streuner dunkelster Herkunft nicht verwunderlich war. Wieder zu Hause hatte der Hund den Platz im Haus sofort angenommen. Jetzt knurrte er und sträubte das Nackenfell. Die Glocke an der Haustür erklang.

»Hans? Jemand zu Hause?«

Bosch wischte den Pinsel an dem Leinenlappen ab. »Die Tür ist offen!« Er nickte dem Hund zu. »Das ist nur Henri.«

Gleich darauf polterten unrhythmische Schritte durchs Haus. Henri steckte den Kopf durch die Verandatür. In der einen Hand trug er eine Einkaufstüte, aus der ein Stangenweißbrot und eine Zeitung ragten. Mit der anderen Hand hielt er Bosch etwas entgegen, das wie ein nasses Wollknäuel aussah.

»Schauen Sie, was ich neben Ihrer Eingangstür gefunden habe.« Er hielt das Ding in die Höhe. »Betreiben Sie Abwehrzauber, *mon cher*, oder ist das Voodoo?«

Bosch legte den Mallappen und den Pinsel neben die Farbtuben auf den Tisch. »Was ist das?«

Henri musterte das wollige Ding in seiner Hand und drehte es hin und her. »Ich dachte, das könnten Sie mir sagen.« Er runzelte die Stirn. »Das letzte Mal habe ich so etwas beim Mardi Gras in New Orleans gesehen.«

Bosch ging zu Henri hinüber und betrachtete das schwarze Knäuel. »Wo, sagen Sie, war das?«

»In Ihrem Garten, neben der Tür.« Er drückte Bosch das Ding in die Hand. »Da hat jemand was gegen Sie, was?«

Es war eine kleine Puppe. Ihr Skelett bestand aus einem Kreuz, um das erst trockenes Moos und dann schwarzer Wollfaden gewickelt war. Auf dem dicken Kopf saß ein Haarschopf aus Moos und bunten Federn. Zwei Kaffeebohnen waren als Augen aufgeklebt. Die Hände bestanden aus Grasfasern, die lang herabhingen und wie Hunderte von Fingern aussahen. Über der Brust verlief kreuzweise eine goldene Schnur. Angewidert starrte Bosch auf das Ding. Die Wolle kratzte in seiner Hand, als wollte sich die Puppe aus seinem Griff befreien. Das Ding erinnerte ihn an Frauen in weißen Gewändern, die sich in Trance tanzten, und schwarze Hähne, die im Todeskampf flatterten. Bosch wurde schlecht. Er kniff den Mund zusammen.

Henri zog die Zeitung aus der Einkaufstüte und legte sie auf einen Stuhl. »Hier, die lag auf der Fußmatte. Gehen Sie auch manchmal vor die Tür?«

»Das ist ja ekelhaft.« Bosch warf die Puppe auf den Tisch, traf aber nur die Kante. Die Figur fiel herab und hoppelte über den Boden, bis sie mitten auf der Veranda liegen blieb. Der Hund sprang auf und lief in den Garten hinaus.

Henri stellte seine Einkaufstüte ab, hinkte zu der Puppe und hob sie auf. Dann setzte er sie auf den Mallappen und stützte ihren Rücken mit einer Stofffalte. Die Kaffeebohnenaugen starrten vor sich hin.

»Man muss vorsichtig damit umgehen«, meinte Henri. »Schließlich stellt sie den Geist einer bestimmten Person dar.« Er strich mit dem Zeigefinger über die Federn auf dem Kopf. »Ganz nass … liegt sicher schon länger da draußen.«

»Meine Hände sind voller Terpentin.«

Bosch ging in die Küche. Er musste nicht nur die Farbreste, sondern auch das Gefühl der nassen Wolle von den Händen waschen.

Henri schnappte sich seine Einkaufstüte und folgte ihm. »Ich wollte Sie mit einem Mittagessen überraschen«, sagte er und stellte die Tüte auf den Tisch. »Coq au Vin – was halten Sie davon?« Er zog eine Flasche Rotwein, Zwiebeln, Knoblauch, ein Stück Speck, ein Körbchen Champignons und die Baguette aus der Tüte. Dann griff er mit beiden Händen hinein und hob ein Paket heraus, aus dem der nackte Hals eines Huhnes baumelte. »Jeden Mittwoch gibt's Bio-Fleisch bei Madame

Geiersberger, was sagen Sie dazu?« Er hielt das Paket in die Luft. »Ich fürchte allerdings, dieses Tier hat sich eines langen Lebens erfreut. Schön für das Huhn, weniger schön für uns – wir werden es klein schneiden müssen.« Ein breites Grinsen lag auf seinem Clownsgesicht.

»Sie wollen hier kochen?« Bosch trocknete sich die Hände sorgfältig ab, obwohl er wusste, dass der raue Stoff des Küchenhandtuchs nicht ausreichen würde, um das wollige Gefühl von der Haut zu kriegen. Wer legte ihm eine Voodoopuppe vor die Haustür? Und wozu? »Bei mir?«

»Was dagegen?« Henri zog die Brauen hoch. »Im Schloss wütet die Baufirma. Alles ist voller Staub und Dreck, und erst der Lärm – aber wenn ich Sie störe …« Er blickte Bosch mit seinen vorstehenden Augen über das Huhn hinweg an.

»Nein, nein, natürlich nicht …« Lieber hätte Bosch an seinem Narrenschiff weitergearbeitet. »Sehr nett, dass Sie an mich gedacht haben.«

»Wozu hat man Freunde?« Henri riss bereits den Küchenschrank auf. »Ich brauche einen großen Topf. Man sollte das Fleisch vierundzwanzig Stunden marinieren und dann zweimal schmoren.« Er zog eine Kasserolle hervor, von der die dunkelrote Emailleschicht abblätterte. »Das wird gehen, denke ich … ein anständiger Coq au Vin braucht also zwei Tage. Oder drei mit Marinade.«

»Ah.« Bosch sah Henri schon als Dauergast in seinem Häuschen, bis das perfekte Huhn in Rotwein fertig war.

Henri zwinkerte Bosch zu. »Gesetze sind dazu da, dass sie gebrochen werden, *mon cher*. Hokuspokus – ich kann's auch in dreißig Minuten.« Jetzt war er nicht mehr der Clown, sondern ein Zauberer, der um keinen Preis einen Trick verriet.

Bosch zog einen Stuhl unter dem Küchentisch hervor und setzte sich. Henri entschied sich für ein Küchenmesser und zerlegte geschickt das Huhn damit. Dann würfelte er den Speck, entzündete die Flamme des alten Gasherdes und ließ den Speck in der Kasserolle aus. Würziger Bratenduft erfüllte die Küche.

»Wo haben Sie so gut kochen gelernt?«

»Nicht jede Expedition hat einen Koch, der den Namen

verdient.« Henri schnitt die Champignons blättrig. »Eine gute Mahlzeit hält die Mannschaft zusammen. Bei mir kriegen alle, Wissenschaftler und Arbeiter, das Gleiche vorgesetzt. Ist ein Erfolgsrezept von Grand-père.« Er warf die Pilze zum Speck und rührte in der Kasserolle herum. »Ihnen geht die Voodoopuppe nicht aus dem Kopf, stimmt's?«

»Was würden Sie denn sagen, wenn auf einmal so ein Ding vor Ihrer Haustür liegt?«

Henri zuckte mit den Schultern und rüttelte an dem Topf. »Dass da draußen jemand ist, der was von mir will.«

»Aber ist so ein Voodoozauber nicht ein Fluch?«

Henri warf Bosch einen schnellen Blick zu. »Nicht unbedingt. Diese Puppen stellen nur den Geist einer bestimmten Person – tot oder lebendig – dar, mit der man Kontakt aufnehmen will. Man kann ihnen Wünsche auftragen oder sie um ihren Segen bitten.« Er griff mit beiden Händen nach den Hühnerstücken und bettete sie zwischen das brutzelnde Gemüse. »Oder verfluchen, natürlich. Sie haben doch sicher einen Korkenzieher?«

Bosch zog die Schublade des Küchentischs auf und reichte Henri das Gewünschte. Der entkorkte den Rotwein und goss einen kräftigen Schuss in den Topf. Es zischte und rauchte.

»Möglicherweise ist die Puppe ja gar nicht für Sie.« Henri nahm zwei Wassergläser aus dem Schrank und schenkte vom Rest des Rotweins ein. Ein Glas stellte er vor Bosch. »Wer weiß, wie lange sie schon da draußen liegt? Ein Tier könnte sie hergeschleppt haben.« Er trank von seinem Wein und beobachtete Bosch dabei über den Rand des Glases. »Vielleicht Ihr Hund.«

Bosch nahm einen kräftigen Schluck Wein und fühlte sich gleich besser. Natürlich, der Hund hatte das grausige Ding irgendwo aufgelesen und für Spielzeug gehalten. Aber wem galt der Zauber dann? Noch dazu in St. Gilgen, Tausende Kilometer von Haiti oder New Orleans entfernt? Henri schüttete ein wenig Wasser in den Topf, tat Zwiebelstücke und ganze Knoblauchzehen hinein und legte den Deckel auf. Dann drehte er die Flamme des Gasherdes zurück und wandte sich um. »So, nun heißt es nur noch warten.« Voller Vorfreude rieb er sich die Hände. »Wie wär's jetzt mit einer Führung durch Ihr Atelier?«

»Ja, natürlich …« Bosch war überrascht. Henri hatte sein Leben zwischen Kunstschätzen verbracht, sein Interesse war daher schmeichelhaft. »Sehr gern.«

Die Sonne stand inzwischen so hoch, dass ihre Strahlen die Staffelei nicht mehr erreichten und das »Narrenschiff« in ein düsteres Licht getaucht war. Wolken ballten sich am Himmel, das Segel schlug im Wind, aber die Zecher hatten keinen Blick für die Gefahr. Ohne direktes Licht besaß das Bild eine unheilvolle Stimmung. Das war Bosch bis jetzt noch gar nicht aufgefallen.

Henri zog eine Lesebrille aus der Brusttasche seines Oxford-Hemdes, setzte sie auf die Nasenspitze und beugte sich zu dem Bild vor. »Phantastisch«, sagte er.

»Ach …« Boschs Gesicht wurde vor Freude heiß. »Es ist ja noch gar nicht fertig.«

Henri richtete sich auf. »Doch, *mon cher*, Sie sind ein echter Künstler.« Er nahm die Brille ab und kratzte sich am Ohr. »Was soll es denn kosten?«

»Das Narrenschiff?« Bosch zuckte mit den Schultern. »Ich weiß nicht, da müsste ich erst mit meinem Galeristen sprechen. John vertritt mich exklusiv, leider kann ich –«

»Wo ist Ihre Galerie? In Salzburg?«

Die Kaffeebohnenaugen der Puppe starrten Bosch an. Er zog den Mallappen über ihren Körper. »In London.«

John, sein Galerist, hatte am Institut für Kunstgeschichte nach Material über Hans Makart gesucht. Dabei waren ihm zwei von Boschs Bildern aufgefallen, die im Sekretariat hingen. Er hatte Bosch einen Agenturvertrag angeboten und die Bilder gleich mitgenommen. In ein oder zwei Jahren, so hoffte Bosch, würde er keine Vorlesungen über Kunstgeschichte mehr halten müssen, sondern von seinen Bildern leben können.

»Was würden Sie zu einer Sommerausstellung im Schloss sagen? Im nächsten Jahr, wenn alles fertig ist.« Über Henris Clownsgesicht huschte ein Lächeln. »Ihre Bilder scheinen mir gut zu der Umgebung zu passen.«

»Das … das wäre großartig. Ich … was ist das?« Bosch schnupperte. Irgendwie roch es stark nach Knoblauch.

»Der Coq au Vin!« Henri drehte sich um und hinkte in

Richtung Küche. Über die Schulter rief er: »Decken Sie den Tisch.«

Henri servierte das Essen auf dem Steg. Bosch hatte zwei Klappstühle aufgebaut und den kleinen Terrassentisch mit den angeschlagenen Tellern aus der Küche gedeckt. Die Kasserolle stand zwischen ihnen. Der Knoblauchduft des geschmorten Huhnes musste über den ganzen Wolfgangsee bis nach Strobl zu riechen sein. Dazu aßen sie Baguette und tranken den Rotwein weiter aus Wassergläsern. Unter dem Steg gluckerte das Wasser, links und rechts bogen sich die Schilfhalme und raschelten leise, als tuschelten sie miteinander. Am Fuße des Falkensteins zerfloss die Silhouette des Schlosses auf den Wellen. Bosch hatte sich lange nicht mehr so wohl gefühlt.

»Das Huhn ist gut.« Henri brach ein Stück Weißbrot auseinander, tunkte eine Hälfte in die Soße und schob sie zwischen seine dicken Lippen. »Madame Geiersberger hat mir wieder ewig in den Ohren gelegen. Das arme Huhn ist dabei ziemlich gealtert.« Er pickte mit zwei Fingern einen Streifen Hühnerhaut von seinem Teller und warf ihn dem Hund zu, der in der Nähe im Gras lag und das Fleisch geschickt mit der Schnauze auffing. Nur mit viel gutem Willen konnte man sein Verhalten nicht als Betteln bezeichnen. »Nettes Tier.«

Bosch schaute auf den Hund, der sich die Lefzen leckte und seinen Herrn ignorierte. »Hunde sind Opportunisten.«

Henri lachte. »Das macht sie ja so sympathisch.« Er griff nach der Weinflasche. »Aber was nun Madame Geiersberger angeht …«

Bosch schob ihm sein Glas hin. »Die Frau ist eigen.«

Henri wiegte den Kopf hin und her. »›Eigen‹ nennen Sie das? Das ist eine alte Hexe.« Er schenkte ihnen Wein nach und beugte sich dann, das Glas in der Hand, über den Tisch. »Wussten Sie, dass ihre Enkelin ein Verhältnis mit diesem Aschenbach hatte?« Er nahm einen großen Schluck.

Bosch kannte sich in den Familienangelegenheiten fremder Leute nie aus. »Wer?« Er wischte mit einem Stück Baguette seinen Teller sauber, um Platz für eine zweite Portion zu machen.

»Der kleine Rotschopf.« Henri grinste. »Das Mädel ist gerade mit der Schule fertig und hat schon einen Studienplatz in Wien. Medizin, die Kleine ist schlau.«

»Aha.« Bosch wusste nicht, was ihn das anging.

»Aber sie wollte den Platz an der Uni sausen lassen, um diesen Aschenbach zu heiraten.« Henri schüttelte den Kopf. Er nahm einen Hühnerflügel in die Hand und riss ihn am Gelenk auseinander. Die Kiefer des Hundes klappten gierig. »Können Sie sich das vorstellen? Kein Wunder, dass Madame Geiersberger außer sich war.« Er nahm die Flügelspitze zwischen die Zähne und zog das Fleisch vom Knochen.

Bosch starrte Henri an, dem die rote Soße von seinem breiten Mund troff, als wäre es Blut. »Wieso heiraten? Aschenbach war doch schon verheiratet.«

»Wäre er aber nicht mehr lange geblieben, *mon cher.*« Henri zog den spitzen Knochen zwischen den Lippen hervor. »Das Scheidungsverfahren war angeblich schon am Laufen.« Der Hund knurrte leise, aber Henri ignorierte die Aufforderung.

»Sagt wer?«

»Victoria, die Enkelin dieser Bio-Hexe.«

Damals, auf dem Gartenfest, hatten die Geiersberger und Aschenbach auf der Terrasse Streit gehabt. Vielleicht war es um seine Beziehung zu dem Mädchen gegangen. Und als er ins Haus getorkelt war, hatte die Alte zwischen den Gästen in der ersten Reihe gestanden. Und geradezu hämisch gelacht.

Henri senkte die Stimme. »Haben Sie mal gesehen, was die in ihrem Laden alles verkaufen?«

Bosch erinnerte sich an seinen ersten Besuch im Hofladen. Neben Gemüse wurden dort auch Kristalle und siderische Pendel angeboten. »Voodoopuppen?«

Henri legte seine Hühnerknochen sorgfältig auf dem Tellerrand ab. »Gesehen habe ich keine.« Er zuckte mit den Schultern. »Was nicht heißt, dass es dort keine gibt. Ich würde auch alles unternehmen, damit sich meine hoffnungsvolle Enkelin nicht ihr Leben mit so einem Filou ruiniert.« Seine Mundwinkel zuckten. »Immer vorausgesetzt, dass dieser Hokuspokus auch wirkt.«

Bosch fielen die Kisten mit den raschelnden Kräuterresten

auf dem Tisch in der Landhausküche ein. Der Sprengelarzt, dieser Dr. Steindl, hatte Tod durch Herzversagen festgestellt. Doch was hieß das schon? Versagte im Todesfall am Ende nicht immer das Herz? Bosch merkte, dass Henris Augen auf ihm ruhten, kalt und glänzend wie Delfter Keramik.

»Ich bin kein Arzt«, fuhr Henri fort, »aber ich hatte Mühe, den Mann ins Bett zu kriegen. Er war betrunken, das ja, aber sonst war er ziemlich munter.« Er legte sein Besteck auf den Teller und schob ihn von sich weg. »Als ich gehört habe, dass er gestorben ist, konnte ich es einfach nicht glauben.«

Unter dem Steg kam die Entenfamilie hervorgepaddelt. Erpel, Ente und drei Halbwüchsige. Das vierte Junge fehlte schon seit Tagen. Vielleicht gab es im Wolfgangsee ja Waller. Bosch zerpflückte den Rest seines Weißbrots und warf die Stücke ins Wasser. Der Hund sprang auf und rannte zum Wasser. Aber er war zu langsam. Laut schnatternd stürzten sich die Vögel auf die Brocken.

Henri deutete mit dem Kinn auf das Dach des Bauernhauses hinter der Hecke. »Wie geht's denn Ihrer Nachbarin?«

Bosch sah Frau Aschenbach zwar fast jeden Tag, wenn sie das Haus verließ und erst am Abend zurückkam, aber sie schien keine Zeit mehr für einen Plausch zu haben. Ihm konnte das nur recht sein. »Sie benutzt jetzt das Auto ihres Mannes.« Wahrscheinlich war der zerfetzte Fahrersitz des Cabrios noch nicht ausgetauscht.

Ein Windstoß fuhr in das Uferschilf und ließ die Rispen tanzen. Die scharfen Blätter leuchteten in der Sonne wie goldene Speerspitzen. Bosch legte den Kopf in den Nacken, verschränkte die Hände auf dem Bauch und schloss die Augen. Die Wellen schlugen schmatzend gegen die Holzpfähle, und die Enten quakten leise. Wenn er genügend Zeit neben seiner Arbeit im Schloss fand, konnte er mit dem »Narrenschiff« noch diese Woche fertig werden.

»Mon cher.« Henri sprach so laut, als müsste Bosch geweckt werden. »Hat es Ihnen geschmeckt?«

»Ja.« Bosch blinzelte ins Sonnenlicht. Weiße Zirruswolken trieben über den Himmel. Es musste schon früher Nachmittag sein. Auf einmal fand er, dass Henri – Coq au Vin hin oder her – seine Gastfreundschaft nun genug in Anspruch genommen hatte. Womöglich wollte er auch noch Kaffee trinken. »Sind Sie eigentlich mit dem Auto da?«

»Warum?« Henri schaute ihn an. »Ja, ich chauffiere gerne selber … oh, ich verstehe.« Er schmunzelte. »Die Leinwand ruft, was?«

Bosch seufzte. »Ganz ehrlich? Ja.«

Henri lachte und hievte sich auf sein steifes Bein. Der Klappstuhl ratterte über die Holzbohlen, und die Enten stoben schnatternd davon. »Ich muss ohnehin los. Wer weiß, was die Bauarbeiter inzwischen angestellt haben.« Er hinkte um den Tisch herum und klopfte Bosch auf die Schulter. »Ich finde, wir sollten das bei Gelegenheit wiederholen, *mon cher.*« Er zwinkerte Bosch zu. »Und jetzt überlasse ich Ihnen den Abwasch.«

Bosch begleitete ihn zur Tür. Vor dem Haus blockierte ein riesiger Oldtimer die Straße. Mit seiner altertümlichen Karosserie und ein paar Kratzern und Dellen im silbernen Lack erinnerte er an seinen Fahrer. In die Jahre gekommen, aber immer noch recht elegant.

»Was ist denn das für ein Modell?« Bosch interessierte sich nicht für Autos, aber dieses hier gefiel ihm. Es sah aus, als warte ein Dinosaurier auf seinen Herrn.

»Ein Rolls-Royce Silver Ghost, Baujahr 1920. Wenn Sie den größten Teil Ihres Berufslebens fernab der Zivilisation verbracht haben, können Sie auch so eine alte Mühle reparieren.« Henri seufzte. »Ein Erbstück von Grand-père, wie so manches andere auch.« Seine Stimme hatte einen nachdenklichen Unterton, aber Bosch konnte ihn nicht deuten.

Fast erwartete er, dass Henri sich nun Halbfingerhandschuhe aus gelochtem Leder anziehen würde, aber der öffnete nur die Beifahrertür und kletterte auf den direkt dahinterliegenden Fahrersitz. Der Wagen wurde rechts gelenkt. Ein kurzes Winken zum Abschied, dann glitt der Silver Ghost wie ein Schatten die schmale Straße hinter den Seevillen entlang, bis er am Ende in Richtung Mondsee abbog.

Es war schon fast vier Uhr, als Bosch die Küche aufgeräumt

hatte und endlich an seine Staffelei zurückkehren konnte. Er nahm seine Palette zur Hand und wählte zwei Pinsel aus. Das Licht auf der Veranda war noch schwächer geworden. Wie eine mittelalterliche Titanic pflügte das Narrenschiff durch die Wellen eines schwarzen Ozeans, dem sicheren Untergang entgegen.

»Es ist der Liebe milde Zeit, im Kahn den blauen Fluss hinunter, wie schön sich Bild an Bildchen reiht – das geht in Ruh und Schweigen unter«, murmelte Bosch. Bei Trakl fand er immer die rechten Worte.

Er ließ die Pinsel sinken. Irgendwie fühlte er sich schwach. Sein Kopf war wie mit Watte ausgestopft. Er konnte sich einfach nicht konzentrieren. Waren das die Vorboten eines Sonnenstichs? Er hatte zu lange in der Mittagshitze am Wasser gesessen. Seine Lust zum Malen war auf einmal vergangen.

»Also gut, Schluss für heute.« Manchmal führte er Selbstgespräche, aber es störte ihn nicht.

Bosch legte die Palette auf den Tisch und tauchte die Borsten der Pinsel in das Marmeladenglas mit Terpentin. Dann hob er den Mallappen hoch, um sie abzutrocknen. Dabei fiel ein schwarzer Gegenstand zu Boden. Zuerst war Bosch verwirrt, aber dann erkannte er die wollige Puppe mit dem Federhaarschopf.

»Ha, ab in die Mülltonne mit dir.« Er bückte sich und griff nach der Figur. Im nächsten Augenblick riss er die Hand zurück. Etwas hatte ihn gestochen. Er starrte auf die Kuppe seines Zeigefingers. Zwischen den feinen Spiralen in der Haut quoll ein Blutstropfen hervor. »Das ist ja …«

Er hob die Puppe vorsichtig hoch und nahm sie näher in Augenschein. Sie sah noch genauso widerwärtig aus wie am Morgen. Nur die gekreuzte Goldschnur um ihre Brust hatte sich, wohl beim Aufprall auf den Boden, verschoben. Da, wo sich bei einem lebenden Menschen das Herz befand, steckte eine Nadel. Ihr Kopf glänzte so rot wie die Blutperle auf Boschs Finger.

ACHT

Jadegrün schillerte der Fuschlsee an diesem heißen Morgen, als Marie Aschenbach im schwarzen Porsche ihres Mannes daran vorbeibrauste. Es war das zweite Mal seit Rolands Begräbnis, dass sie von St. Gilgen nach Salzburg fuhr. Dr. Steindl hatte Herzversagen festgestellt, dann war der Tote abgeholt worden, und alles andere war Sache des Beerdigungsinstituts gewesen. Nicht einmal den Blumenschmuck hatte Marie aussuchen müssen. Nur das schwarze Kostüm von Armani, das sie ohne Weiteres auch noch zu den Festspielen tragen konnte.

Marie warf einen Blick auf das Schlosshotel Fuschl, das malerisch zu ihrer Rechten am Seeufer lag. Seine Silhouette tanzte auf dem von kleinen Wellen gerippten Wasser. Wenn der Banktermin nicht zu lange dauerte, würde sie sich auf der Rückfahrt dort ein Mittagessen auf der Terrasse gönnen. Haubenküche hatte kaum Kalorien.

Auch Rolands Anwalt war auf der Beerdigung gewesen. Wie erwartet, hatte Roland kein Testament hinterlassen. Marie war die Alleinerbin. Sie hatte Roland richtig eingeschätzt. Es hätte nicht zu seiner Lebenseinstellung gepasst, ein Testament zu machen. Ein Mann wie Roland war unsterblich. Oder wurde mindestens hundert, und zwar bei bester Gesundheit. Und das mit einem Schulmädchen an seiner Seite.

Der kleine Mops, Victoria oder wie auch immer, war sich nicht zu blöd gewesen, im schwarzen Minikleid auf dem Friedhof aufzutauchen. Eines musste man ihr lassen – sie schien ehrlich erschüttert. Was man von ihrer Großmutter, die sie begleitet hatte, nicht sagen konnte. Auch wenn sich Maries Trauer in Grenzen hielt – das Grinsen der Alten bei der Begräbnisfeier war unpassend gewesen.

Lautes Dröhnen ließ die Luft vibrieren. Auf dem Salzburgring fand ein Motorradrennen statt. Das Donnern der Maschinen war sogar in ihrem ohnehin nicht leisen Sportwagen zu hören. Sie schloss das Schiebedach.

Jetzt roch der Innenraum des schwarzen Porsche intensiv nach Rolands Rasierwasser. Fast konnte man meinen, Roland säße neben ihr und würde gleich mit seinen bissigen Kommentaren über ihre Fahrkünste anfangen. Sollte er es unverdient in den Himmel geschafft haben, konnte einem der Lenker seiner Wolke nur leidtun. Aber Marie hatte zurzeit kein anderes Auto. Seit der Attacke im Schlosshof stand ihr Cabrio mit hochgeklapptem Verdeck in der Garage und wartete darauf, vom Händler abgeholt zu werden. Der sollte den Wagen verkaufen. Vor zwei Tagen hatte Marie dafür die Autopapiere aus dem Handschuhfach geholt. Dabei war ihr Blick auf den zerschnittenen Fahrersitz gefallen. Sofort war er wieder da gewesen, der schreckliche Moment im Schlosshof, der sie bis in ihre Alpträume verfolgte. Der Messerstecher hatte das Auto getroffen, aber den Fahrer gemeint. Marie fasste das Lenkrad fester.

Roland war in der letzten Zeit nervös gewesen. Schon beim Umbau des Hauses hatte sie sich über die ganze Sicherheitstechnik gewundert, die er für nötig hielt. Aber er hatte das mit der abgeschiedenen Lage des Hauses begründet. Alle Ferienhäuser hätten Alarmanlagen, hatte er gesagt. Aber nicht alle Ferienhausbesitzer schalteten jeden Abend die Videoüberwachung ein, kaum dass sie im Haus waren.

Immer wenn Marie die Kurve vom Gaisberg nach Salzburg hinunterfuhr, hatte sie das Gefühl, als tauche sie in ein stickiges Labyrinth aus Gassen, verwinkelten Dächern und Kirchtürmen. Gut sichtbar waberten darüber die Ausdünstungen der Stadt. Marie begann unwillkürlich, flacher zu atmen. Seit sie in St. Gilgen wohnte, meinte sie, den Unterschied zwischen Stadt und Land riechen zu können. Längst hatte sie beschlossen, das Penthouse im Nonntal, in dem es im Sommer immer so unerträglich heiß wurde, nur noch im Winter zu nutzen und den Rest des Jahres am Wolfgangsee zu leben.

Sie reihte sich in eine der Autokolonnen ein, die wie Meeresströmungen den Kapuzinerberg mitten in der Stadt umfluteten. Jetzt half auch kein starker Motor mehr, sondern nur noch Geduld. Marie griff in ihre Tasche auf dem Beifahrersitz und fischte Zigaretten und Feuerzeug heraus. Ein Jahr hatte sie nicht geraucht. Wenn man Kinder haben wollte, durfte man nicht rauchen. Am Tag, als sie in Rolands Büro vergeblich versucht hatte, in das Computerprogramm einzusteigen, hatte sie wieder damit angefangen. Als ihr klar geworden war, dass sie ihre Zukunft selbst in die Hand nehmen musste.

Die Autokolonne schob sich im Schritttempo voran. Auf Höhe der Nonntaler Brücke kam sie zum Stehen. Die Altstadt am gegenüberliegenden Flussufer war mit rot-weiß-roten Fahnen geschmückt. Halb nackte Touristen und aufgedonnerte Festspielbesucher bevölkerten die Kais. Die Salzach trieb in grünen Strudeln dahin, und die »Amadeus«, das weiße Ausflugsschiff, pflügte voll besetzt durch ihre Wellentäler. Über dem berühmten Panorama krönte die Festung wie eine Tiara den Mönchsberg. Im August war Hochsaison in Salzburg.

Marie öffnete das Schiebedach, legte den Kopf in den Nacken und blies den Zigarettenrauch zum Himmel empor. *Servus, Roland.*

Der Banktermin war für elf Uhr vereinbart. Um zehn Minuten vor elf fuhr Marie in die Tiefgarage und ergatterte einen der letzten Parkplätze.

Rolands Bankbetreuer, ein Herr Mayer, erwartete sie an seinem Schreibtisch in der Schalterhalle. Bei ihrem Anblick erhob er sich höflich, knöpfte seine Jacke zu und streckte die Hand aus. »Frau Aschenbach?«

Marie lächelte und schüttelte ihm die Hand. Der Mann konnte sie nicht kennen. Roland hatte sie nie zu seinen Bankgeschäften mitgenommen.

Herr Mayer deutete auf einen der zwei Sessel vor seinem Schreibtisch. Marie setzte sich auf den einen und stellte ihre große Hermès-Tasche auf den anderen. Jetzt war sie doch ein wenig aufgeregt. In wenigen Minuten würde sie wissen, über wie viel Vermögen sie in Zukunft verfügen konnte.

»Frau Aschenbach, ich darf Ihnen zunächst unser herzliches Beileid ausdrücken.« Herr Mayer machte eine angemessen ernste Miene.

Auch Marie ließ ihr Lächeln verblassen, schließlich hatte er sie gerade daran erinnert, dass sie eine trauernde Witwe war. »Danke«, hauchte sie.

»Sollten Sie irgendwelche Fragen haben, zögern Sie bitte nicht, sie zu stellen. Dazu sind wir ja da.« Er beugte sich über den Schreibtisch und senkte die Stimme. »Diskrete Vermögensveranlagung ist unser Geschäft.«

Das konnte Marie sich vorstellen. Wahrscheinlich hatte ebendieser Jüngling Roland geholfen, sein Vermögen vor ihr zu verstecken. Oder, wie er es nannte, diskret zu veranlagen. »Völlig klar.«

»Sehr schön.« Der junge Bankangestellte drehte einen teuren Kugelschreiber zwischen den Fingern. Sein Kurzhaarschnitt war mit Gel zu einer Bürste frisiert. Er ließ seinen Blick über ihren Seidenanzug von Versace gleiten. »Wir stehen natürlich auch Ihnen in Zukunft jederzeit mit unserem Fachwissen zur Verfügung.«

Marie lächelte. »Mein Anwalt hat gesagt, dass noch Unterlagen bei Ihnen im Tresor liegen. Ich möchte mir heute erst einmal einen Überblick verschaffen.«

Die Konten hatte sie sich schon vorgenommen, aber die waren noch genauso leer wie beim letzten Mal. Wenn Roland im Keller der Bank keine Goldbarren gebunkert hatte, sah es schlecht für sie aus. Hoffentlich faselte der Junge hier nicht grundlos von Vermögensveranlagung.

Herr Mayer nickte. »Ihr Mann hatte schon seit Jahren ein Schließfach bei uns.«

»Ich nehme alles mit.« Für den Fall, dass er Einwände hatte, legte sie so viel Geschäftsmäßigkeit wie möglich in ihre Stimme und warf einen Blick auf das brillantbesetzte Zifferblatt ihrer Uhr. »Wenn wir also jetzt …«

Tatsächlich straffte sich der junge Mann und legte endlich den Stift weg. »Dann darf ich Sie um die Legitimationskarte bitten. Den Schlüssel haben Sie dabei?«

Marie klappte ihre Handtasche auf und suchte nach dem weißen Briefumschlag, den ihr der Anwalt gegeben hatte. Sie fand ihn nicht sofort, aber es war ihr egal, schließlich war sie ab jetzt Kundin, und der Junge wurde für seine Zeit bezahlt.

Endlich hatte sie den Umschlag gefunden. Sie zog die Legitimationskarte heraus und reichte sie über den Schreibtisch. Den Schlüssel steckte sie griffbereit in die Jackentasche. Sie konnte es kaum noch aushalten.

Herr Mayer prüfte umständlich den Ausweis, dann schaute er hoch. »Gut, ich führe Sie jetzt in unseren Tresorraum, wenn es Ihnen recht ist.«

»Nur zu, nur zu.« Marie erhob sich, strich die inzwischen etwas zerknitterte Seide ihres Jacketts glatt und schloss die Finger fest um die Henkel ihrer Handtasche.

Der Tresorraum befand sich tatsächlich im Keller der Bank. Marie hatte einmal einen Film gesehen, der im Todestrakt eines amerikanischen Gefängnisses spielte, und fühlte sich unangenehm daran erinnert. Ein langer Gang, von grellem Neonlicht geflutet, endete an einem Gitter. Dahinter befand sich ein Raum, in dessen Mitte ein Tisch und vier Stühle standen. Wie silberne Ziegel bedeckten Schließfächer alle Wände. Als wäre das Bankgebäude auf verborgenen Schätzen errichtet worden.

Herr Mayer fasste in seine Jackentasche und zog einen Schlüsselbund hervor. Er schloss das Gittertor auf und ließ Marie den Vortritt. »Sie haben Ihren Schlüssel?«

Marie nickte. In all den Schließfächern um sie herum lagerten die wirklichen Schätze.

Herr Mayer öffnete eines der Fächer, entnahm ihm eine Kassette und stellte sie auf den Tisch. »Ich warte draußen im Gang auf Sie«, sagte er. »Drücken Sie einfach auf den Knopf dort auf dem Tisch, dann lasse ich Sie wieder hinaus.« Die Gittertür schloss sich scheppernd hinter dem Jungen.

Marie setzte sich auf einen Stuhl und stellte ihre Tasche auf den Boden. Dann starrte sie die Kassette an. Hier also hatte Roland seine Geheimnisse vor ihr versteckt. Nicht zum ersten Mal fragte sie sich, warum er nicht offen zu ihr gewesen und sie an seinen Geschäften hatte teilhaben lassen. Sie hätten ein so schönes Leben führen können. Aber Roland hatte es anders gewollt.

Sie schloss die Kassette auf und klappte den Deckel hoch.

Eine altmodische Taschenuhr glitt über eine Klarsichthülle. Darunter lag eine grüne Heftmappe. Die Taschenuhr hatte ihrem Schwiegervater gehört. Sie war nur aus Silber, viel wert konnte sie nicht sein. Marie legte sie beiseite und überflog das einzelne Blatt in der Plastikhülle. Hier hatte Roland die Nummern von Versicherungsverträgen und Bankkonten aufgelistet. Auch die Zugangsdaten für das Konto bei der Credit Suisse waren vermerkt. *Na also.* Marie konnte sich ein zufriedenes Lächeln nicht verkneifen. Sie schob die Klarsichthülle in ihre Handtasche. Dann nahm sie den grünen Hefter heraus.

Auf dem Umschlag stand »Arlberg Mountain Lodge« und darunter »Arlberg Summit GmbH«. Roland hatte die ehemalige Pension Alpenblick vor etwa fünf Jahren erworben, sie zu einer Luxusferienanlage erweitert und dafür einen Immobilienfonds aufgelegt. Die Anteilsscheine waren längst verkauft und das Geschäft abgeschlossen. Was war also die »Arlberg Summit GmbH?«

Marie schlug den Hefter auf und blickte auf einen Firmenbuchausdruck. Rasch überflog sie den Inhalt. Sie hatte lange genug in Rolands Büro gearbeitet, um einen Auszug aus dem Firmenbuch zu erkennen und ihn zu verstehen.

Vor gut einem Jahr war die »Arlberg Mountain Lodge« von einer »Arlberg Summit GmbH« erworben worden. Als Gesellschafter fungierte Dr. Peter Albrecht, Wirtschaftstreuhänder. Albrecht war Rolands Steuerberater gewesen. Die Geschäftsführerin hieß – Marie schnappte nach Luft – Jessica Hausmann. *Rolands Sekretärin.*

Marie ließ den Hefter sinken und starrte auf die Stahltüren, die kalt im Neonlicht glänzten. Das offene Schließfach gähnte sie an. Marie senkte den Blick wieder auf den Hefter.

Jessica. Völlig falsch hatte sie offenbar die Lage eingeschätzt. Sie war so auf dieses Schulmädchen, diese Victoria, konzentriert gewesen, dass sie Jessica keine Aufmerksamkeit geschenkt hatte. Ein unverzeihlicher Fehler. Der Frau musste sie sofort kündigen. Aber nein, so ohne Weiteres konnte sie das nicht tun. Jessica Hausmann hatte ganz sicher Zugang zu allen Daten und Informationen. Niemand wusste das besser als Marie selbst.

Schließlich war sie auch einmal Rolands Sekretärin gewesen. Trotzdem, sie würde sich Jessica aus dem Weg schaffen.

Marie fand noch ein paar ältere Kontoauszüge, die sie nur überflog und die ihr nichts Neues sagten, und ein paar Versicherungsunterlagen. Das alles ließ sie in der Kassette.

Den grünen Hefter steckte Marie in ihre Handtasche. Die Uhr warf sie in die Kassette zurück. Sie klappte den Deckel zu und schloss ab. Das Schließfach konnte ihr noch gute Dienste leisten. Aber erst einmal musste sie sich im Büro einen Überblick verschaffen.

»Herr Mayer?«

»Ja, bitte?« Herr Mayer erschien an der Gittertür. »Brauchen Sie meine Hilfe?«

»Nein, danke.« Marie schob die Kassette selbst an ihren Platz zurück und schlug die Stahltür zu. »Ich bin hier fertig. Kann ich meinen Wagen in der Tiefgarage stehen lassen? Ich habe noch einen Termin in der Nähe.« Diese Jessica konnte sich auf was gefasst machen.

Marie nahm die Abkürzung durch den Mirabellgarten. Im August quollen die Beete von blühenden Blumen und grünem Laub über. Reisegruppen bewegten sich wie in einer einstudierten Choreografie über die verschlungenen Kieswege. Ein japanisches Brautpaar mitsamt der Hochzeitsgesellschaft hatte vor einem Fotografen Aufstellung genommen.

Marie hatte kaum einen Blick dafür, sondern drängte sich zwischen den Menschenmassen hindurch. Immer wieder stieß sie jemanden an oder rannte einem Touristen ins Bild, der gerade ein Erinnerungsfoto schoss. Schnell überquerte sie die Rainerstraße vor dem Schloss Mirabell, hastete am Seitenschiff der Andräkirche vorbei und erreichte endlich das weiße Gründerzeithaus mit dem Säulenportal, den Sitz der »Austria Immo Development«.

Die Kälte im Inneren des alten Gebäudes, die Marie früher immer wie eine stumme Zurückweisung getroffen hatte, empfand sie heute als angenehm. Am Scherengitter des Aufzugs hing ein handgeschriebenes Schild, auf dem stand, dass der Lift außer

Betrieb war. Marie wandte sich nach rechts und lief leichtfüßig die ausgetretene Marmortreppe hinauf. Es war befreiend und sogar seltsam beglückend, dass sie Roland an diesem Ort nie wieder begegnen konnte.

Das Glasschild mit der Aufschrift »Austria Immo Development« glänzte an der Wand. Die Tür war nicht abgeschlossen, Jessica musste an ihrem Arbeitsplatz sein.

Marie drückte die Klinke und betrat den Empfangsbereich. Der Schreibtisch in der Mitte des Zimmers war verwaist. Rolands Bürotür neben der roten Ledergarnitur stand halb offen. Die Sekretärin war nirgends zu sehen.

»Jessica?« Die Schreibtischplatte war ungewohnt leer. Der Computer war ausgeschaltet, neben der Telefonanlage lag als einziges Schriftstück ein benutzter Notizblock. Der große Terminkalender war zugeschlagen.

Marie ging in Rolands Büro. Jessica kniete, umgeben von Papierstapeln, auf dem Boden. Bei Maries Eintreten hob sie den Kopf. Dann stand sie schnell auf und klopfte sich unsichtbaren Staub von ihrem lila Sommerkleid. Ihr dunkles Haar war zu einem Pferdeschwanz gebunden, und sie war barfuß.

»Frau Aschenbach …« Mit der großen Zehe schob Jessica mehrere Aktenordner herum, fand silberne Stöckelschuhe und schlüpfte hinein. »Ich wusste gar nicht, dass Sie heute kommen wollten.« Sie wischte die Hände aneinander ab, als wollte sie Staub abstreifen.

Marie ging wortlos an ihr vorbei und knallte ihre Tasche auf den Schreibtisch. Hier sah alles noch so aus, als hätte Roland sein Büro gerade eben verlassen. Sogar der Computer lief. Auf dem Bildschirm leuchtete der Sonnenuntergang mit der Überschrift »Make your dreams come true«. Vielleicht war Jessica ja gerade dabei, ihre Träume wahr werden zu lassen.

Marie ließ sich in Rolands schwarzen Ledersessel fallen und schlug die Beine übereinander. »Verraten Sie mir, was Sie da tun, Mädchen?«

»Ich?« Jessica riss die Augen auf.

»Sehen Sie hier sonst noch wen?«

»Die ganzen Unterlagen müssen doch geordnet werden, jetzt,

wo der Chef …« Jessica biss sich auf die Unterlippe. »Mein Beileid auch.«

»Besten Dank.« Marie betrachtete die Stapel von Ordnern und Papier auf dem Boden, die den türkischen Kelim fast völlig bedeckten. Bei dem Gedanken, was sich darin an Unannehmlichkeiten verbergen konnte, wurde ihr schlecht. So hatte sie sich das nicht vorgestellt. Warum hatte ihr Roland nicht einfach ein gut gefülltes Konto oder ein Treuhandvermögen hinterlassen können? »Ich komme gerade von der Bank.«

Jessica starrte sie an.

»Im Schließfach hab ich etwas Interessantes gefunden.«

»Ah.« Mehr schien dieser Person nicht dazu einzufallen.

»Ja.« Marie schwang ihren Sessel sachte hin und her. »›Arlberg Summit‹ – sagt Ihnen das was?«

»Ach so.« Jessicas Miene hellte sich auf. »Sie suchen die Pressemappe?« Sie stützte die Hände in die Taille und ließ den Blick über die Papierstapel zu ihren Füßen schweifen. »Arlberg Summit, Arlberg Summit …?«

»Also, Sie werden doch wohl wissen, wo die Unterlagen sind.« Maries Ton wurde schärfer. »Als Geschäftsführerin.«

Im Vorzimmer läutete das Telefon.

»Einen Moment.« Jessica wandte sich zur Tür.

»Hiergeblieben.« Marie schlug mit der Hand auf den Schreibtisch. Jessica drehte wieder um. Das Läuten hörte auf. »Also, Mädchen, ich höre.«

»Ja, was denn?« Jessica hob die Achseln. »Wollen Sie jetzt die Pressemappe, oder nicht?«

So viel Unverfrorenheit hätte Marie ihr nicht zugetraut. »Ich weiß, dass Dr. Albrecht der Gesellschafter dieses ominösen Unternehmens ist«, zischte sie. »Und Sie sind anscheinend die Geschäftsführerin. Wie immer Sie meinen Mann dazu gebracht haben.« Eigentlich konnte Marie es sich vorstellen. Es tat nicht weh. Sie hasste nur den Verrat.

Jessicas Brauen schossen in die Höhe. »Der Chef wird doch mit Ihnen über dieses Geschäftsmodell gesprochen haben?«

Marie gab keine Antwort. Sie wusste nichts von einem Geschäftsmodell.

Jessica löste ihren Pferdeschwanz und schüttelte ihr Haar aus. »Als die ›Arlberg Lodge‹ in die Insolvenz geschlittert ist …«

»Moment mal – was heißt ›in die Insolvenz geschlittert‹?«

»Na, pleitegegangen – was sonst?« Jessica blies sich eine Haarsträhne aus dem Gesicht.

Anscheinend hätte Marie darüber auch informiert sein müssen. »Ich denke, die Lodge war ein gutes Geschäft?« Roland hatte immerhin das Haus in St. Gilgen von dem Profit gekauft.

»Na ja, für uns natürlich schon. Aber das Hotel hat sich nicht gerechnet.« Jessica verlagerte ihr Gewicht auf einen Fuß und wippte mit dem silbernen Stöckelschuh am anderen. Offensichtlich verkannte sie ihre Lage und hielt diese Unterhaltung für ein gemütliches Plauderstündchen. »Irgendwann war halt kein Geld mehr da. Weder für die Kredite noch für die Gehälter der Angestellten.«

Marie konnte es nicht glauben. »Quatsch.«

Jessica zuckte mit den Schultern. »Wieso? Sie wissen doch, wo die Hütte liegt.«

»Ja, schon, aber«, Jessicas letzte Worte verwirrten Marie, »aber die Anteilsscheine sind doch weggegangen wie warme Semmeln.«

»Sowieso. Aber dann sind die Käufer halt draufgekommen, dass es dort null Infrastruktur gibt. Außerdem liegt die Lodge auf knapp achthundert Metern.«

»Soll heißen?«

Jessica lachte. »Klimaerwärmung.«

»Was?«

»Die Lodge ist nicht schneesicher.« Jessica deutete auf die Pläne an der Wand, die das Luxushotel von seiner schönsten Seite zeigten. Vor dem Eingang war ein Pferdeschlitten gezeichnet, Menschen in Pelzmänteln und Skikleidung standen um die Chalets herum. Im Hintergrund leuchteten verschneite Berggipfel.

»Da kann man doch Ski fahren«, wandte Marie ein.

»Aber Sie müssen mit dem Auto zu den höher gelegenen Liften fahren. Was glauben Sie, warum die Pension Alpenblick dichtgemacht hat? Irgendwann sind die guten Gäste ausgeblieben.

Daneben sind die Kosten explodiert.« Sie runzelte die Stirn. »Ich glaube, zum Schluss wurden die Zimmer sogar pauschal über so eine Kaffeekette verramscht. Wenn Sie die Sache interessiert, könnte ich Ihnen ein paar Zeitungsausschnitte dazu raussuchen.«

Das Telefon fing wieder an zu läuten.

Marie hob die Hand, aber Jessica machte keine Anstalten, dranzugehen. »Das heißt, mein Mann hat einen Riesenverlust eingefahren, ja?« Ihre Hand zitterte. Kein Wunder, dass alle Konten leer waren.

Jessicas Augen weiteten sich. »Nö, wieso denn? Das Fondskapital war halt weg.«

Nur das Geld der Anleger also. Marie atmete auf. Alles halb so schlimm. Dann fiel ihr noch etwas ein. »Und was ist mit dieser ›Summit GmbH‹?«

»Die hat der Chef gegründet.« Jessica nickte. »Der hat natürlich sofort zugegriffen. Die ›Arlberg Summit‹ hat die ganze Anlage in Bausch und Bogen gekauft. Zum Schnäppchenpreis, versteht sich.«

»Ach, so war das.«

Marie konnte sich eine gewisse Hochachtung für Roland nicht verkneifen. Der alte Gangster hatte tatsächlich zweimal an der Lodge verdient. Deshalb konnte er auch nicht offiziell als Käufer auftreten, sondern brauchte die GmbH. Und Jessica als Geschäftsführerin. Oder anders gesagt, als Strohfrau. Marie entspannte sich. Die letzten Tage hatten an ihren Nerven gezerrt. Kein Wunder, dass sie überall Gespenster sah.

Sie betrachtete Jessica in ihrem engen Sommerkleid. Das dunkle Haar floss seidig glänzend über ihre Schultern, und ihre Wangen waren rund und glatt. Mit dieser Frau hatte Roland also seine Geschäftsgeheimnisse geteilt. Wenn Marie alle Informationen hatte, würde sie einen Schnitt mit der Vergangenheit machen und diese Person aus ihrem Blickfeld entfernen. Sie faltete die Hände fest im Schoß.

Jessica fasste eine Haarsträhne und ringelte sie um den Zeigefinger. »Wissen Sie denn nun schon, wie es weitergehen soll? Ich meine, irgendwer muss den ganzen Laden hier doch übernehmen.«

Mit ihren dunklen Kuhaugen beäugte sie Marie voller Zuversicht. Offensichtlich wollte die Kleine ihren Arbeitsplatz retten. Dabei würde sie in ihrem Alter sicher sofort eine neue Stelle finden. Was Marie von sich nicht sagen konnte.

Sie unterdrückte einen Seufzer und schaute aus dem Fenster zum Mönchsberg hinüber. Baumriesen krallten sich in seine Flanken, und die Felsen hingen nach rechts, als lägen die Gesteinsschichten nur locker aufeinander und könnten jederzeit auf die Altstadt herabstürzen. Auf dem Schloss Mönchstein wehte eine rot-weiß-rote Fahne. Auch ein Luxushotel. Wie die »Arlberg Lodge«, in der laut Jessica Maries ererbtes Vermögen steckte. Wenn Roland sein ganzes Geld auf dieses Geschäft gesetzt hatte, war das Schweizer Konto sicher auch so gut wie leer. Adieu, Penthouse in Salzburg und Villa am Wolfgangsee. Aber das durfte einfach nicht sein. Es musste eine Lösung geben. *Es musste.*

Marie wandte sich wieder an Jessica, die die Hände auf dem Rücken verschränkt hatte und sie immer noch ansah. »Noch mal zur dieser Lodge ... Das heißt also, wir haben das Ding jetzt am Hals?«

»So gesehen – ja.«

»Okay, aber irgendwas muss mein Mann damit doch vorgehabt haben. Gibt es vielleicht einen Interessenten?«

»Ich glaube nicht.« Jessica strich sich eine Haarsträhne hinters Ohr. »Aber der Chef hat mit mir nie über seine Pläne gesprochen.«

Zu einem anderen Zeitpunkt hätte sich Marie über diese Mitteilung gefreut. Jetzt war Jessicas Ahnungslosigkeit nur ärgerlich. »Dann müssen wir die ganze Anlage eben so schnell wie möglich loswerden.« Und dann wäre auch wieder Geld auf dem Konto. Marie fühlte sich schon besser.

Jessica sagte zögernd: »An wen denn?«

»Ja – keine Ahnung.«

»Eben.« Jessicas Blick schweifte zu den Stapeln am Boden ab. »Außerdem gibt's da noch ein paar Schwierigkeiten – sozusagen.«

»Sozusagen«, äffte Marie ihren Ton nach. Sie hatte die Nase

voll von deren Andeutungen und Ausflüchten. »Im Klartext – wir können derzeit nicht verkaufen?«

»Keine Chance.« Jessica schüttelte den Kopf.

»Dann eben mit Verlust.« Es würde auch so noch genug übrig bleiben.

»Nicht mal dann.« Jessicas Ton war abschließend.

»*Verdammt.*« Marie legte den Kopf in den Nacken und schloss die Augen. Nahm sie die Erbschaft an, hatte sie den ganzen Schlamassel am Hals. Schlug sie sie aus, war sie mittellos. Eine Wahl zwischen Pest und Cholera.

»… sterben.«

»Was?« Marie schlug die Augen auf. »Was sagen Sie?«

Jessica breitete die schlanken Arme aus. »Gerade läuft alles so gut, und da stirbt der Chef.«

»Ich denke, es gibt Probleme?«

»Der Chef hat immer gesagt, es gibt keine Probleme. Nur Herausforderungen.«

Das stimmte allerdings. »Dann läuft das Geschäft, abgesehen von der Lodge, gut?«

»Der Laden brummt.« Jessica hob die Brauen. »Hat Ihnen Ihr Mann denn das nicht gesagt?«

»Selbstverständlich hat er das.« So weit, dass sie dieser naiven Schönheit Einblicke in ihre verflossene Ehe gab, war sie noch nicht.

»Und da ist ja auch noch dieses neue Projekt.« Jessica nickte. »Der Chef hat gemeint, das wird der Hammer.«

»Der Hammer?« Das klang ganz nach Roland. »Mein Mann hatte die Lizenz zum Gelddrucken, was?« Wenn er es nur nicht zur Gänze in ein unverkäufliches Hotel am Arlberg gesteckt hätte.

Jessica lachte. »Stimmt.«

Wieder ertönte im Vorzimmer dieses penetrante Telefongebimmel.

»Ich glaub, ich geh mal besser ran. Bin gleich wieder da.« Jessica lief ins Vorzimmer.

Marie stand auf und ging zum Fenster. Sie lehnte die Stirn gegen die kalte Glasscheibe und starrte in die Tiefe. Die Türme der Andräkirche ragten aus dem Parkplatz zu ihren Füßen. Wie eine Sammlung auf Nadeln gespießter Käfer schillerten die Autos in der Mittagssonne. Über dem Asphalt flirrte die Luft.

Und wenn sie die »Austria Immo Development« vorerst weiterlaufen ließ? Immerhin hatte sie jahrelang mitgearbeitet. Sie kannte das Geschäft.

Ein mit Touristen besetzter Fiaker fuhr im Schritttempo vor dem Portal von Schloss Mirabell vorbei. Mit hängenden Köpfen schleppten sich die Pferde durch die Hitze.

Sie musste sich einen Überblick über die Geschäftslage verschaffen und Zeit gewinnen. Inzwischen würde sie einen Käufer suchen. Wenn nicht für die »Arlberg Lodge«, dann für die »Austria Immo Development«. Marie beschloss, ihren Wechsel vom Sekretariat in den Chefsessel als Aufstieg im Unternehmen zu betrachten.

Ein Mann in Anzug und weißem Hut, ein Handy am Ohr, spazierte vom Dorotheum herüber. Irgendwas kam ihr an dem Mann bekannt vor. Sie war sich sicher, ihn schon einmal gesehen zu haben. Vielleicht ein Kunde, der ins Büro gekommen war. Direkt unter Maries Fenster blieb der Mann stehen, steckte das Telefon in die Tasche und schaute zum Himmel empor. Die Hutkrempe verdeckte sein Gesicht. Der Mann schien direkt zu ihr heraufzusehen. Marie trat einen Schritt vom Fenster zurück.

»Frau Aschenbach?«

Marie drehte sich um. Jessica stand im Türrahmen.

»Ja?«

»Da war gerade ein Mann am Telefon.«

»Ja …?«

»Der Anruf war eigentlich für Sie.« Jessica fuhr sich mit der Zungenspitze über die Lippen. »Aber, also …«

»Wer war's denn?«

»Ich weiß nicht.« Jessicas Stimme klang verstört. »Der Typ hat einfach aufgelegt.« Sie zwinkerte nervös. »Aber ich soll Ihnen was ausrichten.«

War dieses Mädchen noch bei Trost? »Ja, *was* denn?«

»Es ist noch nicht vorbei.« Sie holte tief Luft.

»Was ist nicht vorbei?«

»Das soll ich Ihnen ausrichten. ›Es ist noch nicht vorbei.‹ Sonst hat der Typ nichts gesagt.« Sie zögerte einen Augenblick. »Die Stimme kam mir irgendwie bekannt vor, aber sie klang so wütend, dass ich sie einfach nicht zuordnen kann.«

Maries Mund wurde trocken. Schnell schob sie die Hände in die Taschen ihres Hosenanzuges. Jessica sollte nicht sehen, dass sie zitterten. »Seltsam.«

»Wissen Sie, was ich mich frage?« Jessicas wie Rabenflügel gezeichnete Brauen zogen sich zusammen. »Woher weiß dieser Typ überhaupt, dass Sie heute hier sind?«

Marie trat wieder ans Fenster und schaute nach unten. Der Mann mit dem weißen Hut war weg. Litt sie unter Verfolgungswahn? Aber jemand hatte die roten Ledersitze ihres Autos aufgeschlitzt. Marie holte tief Luft, setzte ein Lächeln auf und drehte sich um.

»Da hat sich jemand einen Scherz erlaubt«, meinte sie.

Jessica sah sie zweifelnd an. »Klang aber nicht so.«

»Ganz bestimmt.« Marie ging zum Schreibtisch hinüber. Ihre hohen Absätze hämmerten über das spiegelblanke Parkett. Höchste Zeit, dass sie die Kontrolle über ihr Leben zurückbekam. »Jessica, ich muss mit Ihnen reden.«

Jessicas schlanke Figur straffte sich. »Ja?«

»Ich habe einen Entschluss gefasst, der auch im Sinne meines Mannes wäre.« Marie legte die Hände vor sich auf die Schreibtischplatte. Wo ihr Ehering gesessen hatte, war nur noch ein schmaler weißer Streifen auf der Haut zu sehen. Bald würde ihn die Sommerbräune unsichtbar werden lassen. »Ich werde die Geschäfte weiterführen.«

Jessica legte den Kopf zur Seite. »Okay?«

Marie machte einen tiefen Atemzug. »Abgesehen von der ›Arlberg Lodge‹ – was ist denn dieses neue Projekt, von dem Sie vorhin gesprochen haben?«

»Das ist was ganz Tolles, kann ich Ihnen sagen. Ich hol Ihnen gleich die Pläne.« Wie ein Kind, das ein neues Spielzeug zeigen will, sauste Jessica los.

Marie ließ sich in den Ledersessel sinken und betrachtete die Zeichnungen der »Arlberg Mountain Lodge« an der Wand.

Wenn Roland die Entscheidung getroffen hatte, das insolvente Luxushotel zu kaufen, dann hatte er sicher seine Gründe dafür gehabt. Als Ehemann hatte der Gute nicht getaugt, aber seine Fähigkeiten im Geschäftsleben konnte ihm niemand absprechen. Dann war das Vermögen, das sie geerbt hatte, eben eine florierende Immobilienkanzlei.

»Tra-ra, hier ist unser neuestes Projekt.« Jessica kam mit einer Rolle Baupläne zurück. »Das sind schon mal die Entwürfe vom Architekten. Die Bankunterlagen und das Gutachten vom Wirtschaftsprüfer – Dr. Albrecht, Sie wissen schon – richte ich Ihnen her.« Sie rollte die Pläne auseinander, legte sie auf den Schreibtisch und drehte sie um, sodass Marie die Zeichnungen gut erkennen konnte.

»Das ist ja … prachtvoll.« Marie traute ihren Augen kaum. Ein stilvolles Grandhotel, eine Terrasse am Hang, umgeben von weitläufigen Rasenflächen, und ein endlos langer Pool, der direkt zwischen die umliegenden Berggipfel zu zielen schien. Am Rand der Zeichnung klebten Fotos von der grandiosen Aussicht. Daneben hatte Roland eine Telefonnummer gekritzelt. »Wahnsinn.« Marie schaute auf. »Und das ist alles schon unter Dach und Fach?«

»Die Bank hat Ja gesagt.« Jessica strahlte. »Und das ist schließlich die Hauptsache, nicht wahr?«

»Ich denke schon.« Marie spürte ein warmes Gefühl der Erleichterung. »Dann haben wir ja richtig Glück.«

»Das können Sie laut sagen.« Jessica lachte. »Weil, wenn nicht …«

»… dann?«

Jessica verschränkte die Arme vor der Brust. »Der Chef hat die ganze letzte Zeit daran gearbeitet und sich voll darauf konzentriert. Weil, wenn das Geschäft platzt, sind wir so pleite wie die ›Arlberg Lodge‹«, sagte sie in so leichtem Ton, als teilte sie Marie nur mit, dass der Kühlschrank leer sei.

»*Was?*« Marie starrte Jessica an. »Ich denke, der Laden läuft so gut?«

»Aber das Firmenkapital steckt in verschiedenen Projektentwicklungen.« Jessica begann, an den Fingern abzuzählen. »Die

Lodge wird mal eine Riesennummer, trägt aber noch nichts. Die Präsentation in Rom ist gut gelaufen, aber ob und wann diese Ferienanlage auf Sardinien nun realisiert wird, das steht noch in den Sternen. Wir warten seit Wochen auf die Pläne von diesem italienischen Stararchitekten.« Sie zuckte mit den Schultern. »Genau deswegen sind wir ja derzeit nicht flüssig.«

»Ach du großer … Alles hängt also von diesem Deal ab.« Marie zeigte auf die Pläne. Jetzt hatte sie schon »Deal« gesagt. Wie Roland.

Jessica nickte. »Kann man so sagen.«

Marie fielen wieder die leeren Konten ein. Ein hässlicher Gedanke schlich durch ihren Kopf. Vielleicht war ihr Misstrauen gar nicht berechtigt gewesen. Vielleicht hatte Roland am Ende sein Geld nicht vor ihr in Sicherheit bringen wollen, sondern er hatte nur alles ins Unternehmen gesteckt. »Ja, dann …«

»Dann?«

Marie nahm ihre Handtasche vom Schreibtisch und schob sie hinter ihren Sessel außer Sichtweite. Ab jetzt brauchte sie einen Aktenkoffer. »Bringen Sie mir einen Espresso, ohne Milch und Zucker, und ein großes Glas Mineralwasser, ohne Kohlensäure. Und dann machen wir Nägel mit Köpfen.«

Jessica starrte sie an.

»Sie wollen Ihren Job doch behalten, Mädchen, oder?«

Sie nickte.

»Also, worauf warten Sie dann noch?«

»Auf nichts.« Jessica machte auf den silbernen Hacken kehrt. »Bin gleich zurück, *Frau Chef.*«

Marie wartete, bis sie die Tür hinter sich geschlossen hatte. Dann lehnte sie sich zurück und verschränkte die Hände hinter dem Kopf. Heute Morgen war sie als Witwe in St. Gilgen losgefahren, unsicher, wie ihre Zukunft aussehen würde. Und nun, wenige Stunden später, war sie eine Geschäftsfrau. Kurz meldete sich Maries schlechtes Gewissen und erinnerte sie daran, dass dieses Unternehmen Rolands Verdienst war. Aber sie brachte es gleich zum Schweigen. Sie würde Rolands Lebenswerk weiterführen.

Sie beugte sich wieder über die Entwürfe und überflog noch

einmal die Telefonnummer, die Roland an den Rand gekritzelt hatte.

Marie hob den Hörer ab und wählte. Am anderen Ende der Leitung läutete es endlos, sodass sie schon wieder auflegen wollte. Aber dann wurde doch noch abgehoben, und eine Männerstimme meldete sich.

»Hallo?«, sagte Marie mit einem Lächeln. »Nun raten Sie mal, wer hier ist.«

NEUN

Es war einer jener stillen Regentage, für die das Salzkammergut berühmt ist und die sich aneinanderreihen wie schimmernde graue Perlen einer endlosen Kette. Die Berggipfel waren mit Nebel verhangen, über den See liefen raue Wellen, und auf der Uferpromenade verwelkten die ersten Blätter.

Vor den Spitzbogenfenstern der Schlossbibliothek waberte farbloser Dunst und hinterließ feuchte Schlieren auf den Scheiben. Bosch, tief in seinen Sessel gekuschelt, konnte nicht mehr ausmachen, wo Wasser, Berge und Himmel ineinander übergingen.

Obwohl es erst kurz nach vier Uhr am Nachmittag war, loderte im Kamin bereits ein Feuer. Das Bild des Mokomokai auf dem Sims lag im Schatten, die Linien auf dem Gesicht waren kaum zu erkennen. Leise brodelte der Samowar. Auf einem Silberteller lagen noch ein paar belegte Brote.

Bosch war den ganzen Tag durch Mauerdurchbrüche gestiegen, über Schuttberge geklettert und hatte in zugigen Kellergängen auf Bauarbeiter eingeredet, denen die Witterung nichts auszumachen schien. Wenigstens die groben Arbeiten mussten vor dem ersten Frost fertig werden. Mit dem Innenausbau konnte man sich über den Winter Zeit lassen. Irgendwann hatte er das Gefühl gehabt, seine Knochen wären zu Eiszapfen gefroren.

Die Rettung war in Gestalt von Henri gekommen, der nur einen Blick auf Bosch geworfen und ihn dann kurzerhand zu Tee und Sandwiches in der Bibliothek eingeladen hatte.

Bosch drückte sich noch weiter in den Sessel vor dem Kaminfeuer und wärmte seine klammen Finger an der Tasse mit russischem Tee. Dabei schaute er Henri zu, der auf dem Sofa saß und auf dem kleinen Tisch vor sich alte Fotos sortierte. Zu seinen Füßen lag eine zerlesene Tageszeitung. Daneben standen Kartons, aus denen er immer wieder sepiafarbene Bilder mit gezackten Rändern nahm und sie einer genauen Betrachtung unterzog, um sie dann auf einen der stetig wachsenden Stapel zu legen.

»Wärmer?« Henri blickte von seiner Arbeit hoch.

Bosch nickte.

»Cesario ist für mich in Salzburg. Wenn er zurück ist, soll er Sie nach Hause fahren.« Ein Lächeln spielte um Henris Mund. »Ich hatte den Eindruck, der Silver Ghost hat Ihnen gefallen.«

»Cesario fährt den Rolls-Royce?« Auch wenn sich Bosch auf die Fahrt im Oldtimer freute, so wunderte er sich, dass Henri seinem Faktotum den kostbaren Wagen überließ.

»Ich kenne Cesario von meiner letzten Südamerikareise. Der Junge hat Arbeit gesucht, und da habe ich ihn eben als Fahrer eingestellt.« Henri griff nach einem Foto und deutete damit zum Fenster, als läge dahinter der Amazonas und nicht der Wolfgangsee. »Er hat mich gefragt, ob ich ihn mit nach Europa nehme. Inzwischen ist er mir unersetzlich.« Er ließ seinen Blick über die Bilderstapel vor sich wandern. »Keine Sorge, *mon cher*, Cesario fährt Sie so sicher über die Alpen wie über die Anden.«

»Das beruhigt mich natürlich.« Bosch nahm einen Schluck Tee. »Sind das Fotos für die Ausstellung?«

»Auch.« Henri deponierte das Bild in seiner Hand auf dem höchsten Stapel. »Eigentlich arbeite ich an einem Bildband über Grand-pères Jahre in Südamerika.« Er stieß einen tiefen Seufzer aus. »Wir leben in einem Zeitalter der Zerstörung. Der Regenwald wird abgeholzt, und seine Ureinwohner verschwinden spurlos für immer. Das hier sind unschätzbare Zeugnisse der Existenz und Geschichte indigener Völker, von denen wir nicht einmal mehr die Namen kennen.« Er bückte sich nach dem nächsten Bild, drehte es um und las die Handschrift auf der Rückseite. »Hier – ein Kopfjäger der Aguaruna in Peru. Eine ganz seltene Aufnahme von 1913.« Henri betrachtete das Porträt, dann huschte ein Lächeln über sein Gesicht, als hätte er auf der über hundert Jahre alten Aufnahme einen Bekannten wiederentdeckt. »Ach, Grand-père – ich wünschte, du hättest dir die Mühe gemacht, deine Schätze zu ordnen.« Er warf dem Porträt seines Vorfahren über dem Kamin einen vorwurfsvollen Blick zu und legte das Foto dann zur Seite.

Aus den Räumen unter der Bibliothek war Baulärm zu hören. Ein Presslufthammer ratterte, und trotz der dicken Schlossmauern hatte Bosch das Gefühl, der Boden vibriere unter den schweren Orientteppichen.

»Haben Sie übrigens heute schon in die Zeitung geschaut?« Henri stieß die zerstreuten Seiten auf dem Boden mit der Spitze seines auf Hochglanz polierten Stiefels. »In den Wirtschaftsteil?«

»Ich, äh, hatte leider noch keine Zeit.« Bosch las immer nur das Feuilleton. Von Wirtschaft verstand er nichts, aber das mochte er Henri gegenüber nicht zugeben.

»Ist ein Interview mit Ihrer Nachbarin drinnen.« Henri nahm seine Lesebrille ab und lehnte sich zurück. »Sollten Sie unbedingt lesen. Die scheint eine richtige Geschäftsfrau geworden zu sein. Wer hätte das gedacht?«

Bosch zuckte mit den Schultern. »Davon weiß ich nichts.« Er sah die Aschenbach nur hin und wieder, wenn sie in Kostüm und hohen Schuhen, eine Aktentasche aus Krokodilleder in der Hand, in den schwarzen Porsche ihres Mannes stieg. »Ich habe sie in der letzten Zeit nicht gesprochen.«

Von draußen waren schwere Schritte zu hören, die näher kamen. Männerstimmen diskutierten lautstark. Gleich darauf wurde angeklopft und eine Antwort gar nicht abgewartet. Die Tür ging auf, und zwei von Kopf bis Fuß mit Staub bedeckte Bauarbeiter in ehemals blauer Montur, gelbe Helme auf dem Kopf, standen im Türrahmen. Wie zwei Höhlenforscher, die gerade aus dem Berginneren ans Tageslicht aufgetaucht waren, zwinkerten sie im Feuerschein der Bibliothek.

»Herr Mortin?« Der Ältere der beiden zog seine Arbeitshandschuhe aus und schlug sie aneinander. Sofort rieselten Staub und Kalk auf das glänzende Parkett.

Henri schenkte diesem Vandalenakt keine Beachtung. »Ja, was gibt's?«

»Vielleicht könnten S' rasch einmal schauen?« Der Mann deutete mit einem Handschuh über seine Schulter zurück. »Ich mein, wir hätten da was gefunden, was Sie interessieren könnt.«

»Oha.« Henri stemmte sich aus seinem Sofa. »Ich hoffe sehr, dass es sich dabei um eine Kiste mit Gold handelt.«

»Was?« Der Bauarbeiter schaute ihn an. »Wir haben nur den Wanddurchbruch gemacht, da, wo der Herr Architekt gesagt hat, dass dahinter –«

»Alles klar, mein guter Mann.« Henri hinkte zur Tür. »Was haben Sie denn gefunden?«

»Na, diesen Altarraum oder was immer das ist.«

Henri wandte sich zu Bosch um. »Wird nicht lange dauern. Nehmen Sie doch inzwischen noch Tee.«

Die Tür schloss sich hinter den drei Männern.

Bosch schenkte sich Tee nach, hatte aber keine rechte Lust mehr darauf. Etwas gelangweilt stand er auf und wanderte durch das Zimmer. Bücher über Bücher, aber die meisten Titel sagten ihm nichts oder waren in französischer Sprache verfasst. Vor dem Tischchen, auf dem Henri die alten Fotos geordnet hatte, blieb er stehen.

Er hob ein Schwarz-Weiß-Foto auf, das zuoberst auf einem Stapel lag, und betrachtete es. Es zeigte eine Tempelmauer. Fabelwesen und Köpfe mit Federschmuck waren aus dem Stein gehauen. Aus ihren aufgerissenen Mündern rann stilisiertes Wasser. Agaven und Gestrüpp überwucherten die Anlage. Im Vordergrund lagen auf einer Plane kleine Kunstgegenstände, die Bosch auf der grobkörnigen Aufnahme nicht identifizieren konnte, und zahlreiche Knochen. Jemand hatte fünf Totenschädel für die Kamera arrangiert. Bosch hatte gelesen, dass die Mayas ihrem Regengott Menschenopfer dargebracht hatten. Wahrscheinlich war der alte Mortin bei dem Tempel auf ein paar Überreste gestoßen. Bosch drehte das Bild um. Auf der Rückseite stand in schwarzer Tinte: »Chichén Itzá 1912«. Die Schrift war schräg, großzügig und wirkte selbstbewusst. Er legte das Bild zurück und griff wahllos nach einem anderen.

Dieses Foto war eher ein Schnappschuss, aufgenommen nach einer erfolgreichen Jagd. Ein schwarzes Tier, einem Schwein nicht unähnlich, lag auf dem trockenen Steppengras. An einem Hinterlauf lehnte ein großer Bogen, und davor stand ein kleiner Flaschenkürbis. Auf dem Bauch des Tieres hatte man vier Holzstöcke drapiert. Bosch hielt sich das Bild näher vor die Augen. Die Stöcke waren Pfeile mit gekerbtem Schaft und lanzenförmiger Spitze. Deutlich hoben sie sich von dem dunklen Fell ab. War das Tier – möglicherweise ein Tapir – damit erlegt worden? Bosch drehte auch dieses Foto um. »Strychnos toxifera«. Die gleiche Schrift, die gleiche schwarze Tinte. Anscheinend die Dokumentation einer archaischen Jagdmethode. Bosch überlegte, wo er das Foto weggenommen hatte, konnte sich aber nicht genau erinnern. Er legte es auf den nächstbesten Stapel.

Dann ging er zum Fenster. Die Regentropfen perlten wie an grauen Seidenschnüren aus den tief hängenden Wolken herab – Schnürlregen. Vom Wolfgangsee stieg Dampf wie in Rauchsäulen zum Himmel, als brenne sein schwarzes Wasser. Das Ofenfeuer, das Bosch am Morgen in seinem Holzhäuschen entzündet hatte, war sicher längst erloschen. Außerdem hatte er wie immer die Verandatür für den Hund offen gelassen. Ihnen beiden stand ein ungemütlicher Abend bevor.

»Ich hoffe, Sie haben sich nicht zu sehr gelangweilt.« Henri warf die Tür hinter sich ins Schloss und durchquerte die Bibliothek. »Diese Baufirma hat einfach ein Loch in eine Wand gestemmt.« Er schüttelte den Kopf über so viel Unverstand.

Bosch horchte auf. »Dann sollte ich mir das anschauen.«

Aber Henri winkte ab. »Nicht nötig. Nur ein alter Lagerraum voll Staub und Dreck. Jetzt müssen die Leute den Durchbruch eben wieder zumauern. *Crétins*«, knurrte er. Henri blieb vor dem Tisch mit den Bilderstapeln stehen. Sein Blick wanderte über die Aufnahmen und fiel auf das Jagdfoto. Er runzelte die Stirn. Entweder der Schaden an der Wand war doch größer, als Henri ihm anvertrauen wollte, oder Bosch hatte das Foto falsch abgelegt. »Ich sehe, Sie interessieren sich für die alten Aufnahmen?«

»Sie sind faszinierend.« Bosch kehrte zu seinem Sessel zurück. »Aber dafür muss man Fachmann sein. Sie werden in Ihrer Ausstellung jede Menge Untertitel anbringen müssen.«

Henri ließ sich auf das Sofa fallen und lächelte Bosch zu. »Das werde ich.« Seine gute Laune war auf einen Schlag zurückgekehrt. »Aber wissen Sie, *mon cher*, ich habe noch mal über unser Gespräch nachgedacht.«

»Welches?« Bosch setzte sich, griff nach seiner Teetasse und trank sie aus. Der Tee war stark gezuckert und hatte die Farbe dunklen Goldes, war aber nur noch lauwarm und hatte einen bitteren Nachgeschmack.

»Wir haben über den Tod dieses Aschenbach geredet.« Henri nickte aufmunternd. »Erinnern Sie sich nicht?«

Bosch setzte die leere Tasse ab. Eigentlich hatten nicht *sie* über den Todesfall gesprochen. Das war Henri gewesen. »Doch, ja.«

»Schön.« Henri nahm seine Brille ab und ließ sie an einem Bügel rotieren. »Finden Sie den Tod dieses Mannes – immerhin eines relativ jungen Mannes – nicht auch, sagen wir mal, überraschend?« Er breitete die Arme über die Rückenlehne des Sofas. Die Brille baumelte von seinem Zeigefinger wie ein Pendel. Dann legte er den Kopf in den Nacken und starrte zur stuckverzierten Decke hinauf, als erwarte er dort die Antwort auf seine Frage.

Bosch überlegte sich seine Worte. »Na ja, soviel ich weiß, war es ein Herzanfall. Aschenbach hatte eine Vorerkrankung und hatte an dem Abend zu viel getrunken. Das haben Sie selbst gesagt.«

Als Frau Aschenbach an jenem Morgen bei ihm aufgetaucht war, hätte er alles gewettet, dass ihr Mann nur seinen Rausch ausschlafen musste. Aber dann hatte er in Aschenbachs gealtertes Gesicht geblickt, das so gar nicht zu dem lebenslustigen Mann auf dem Fest passte. Diese graue Maske, die aussah, als wollte sie vom Schädel gleiten und ein Geheimnis preisgeben. Doch, er hatte sich gewundert. Bosch hob den Kopf und bemerkte, dass Henri ihn fixierte. In seinen Froschaugen flackerte das Kaminfeuer.

»Man macht sich halt so seine Gedanken.« Henri lächelte. Ein wenig spöttisch, wie Bosch fand. »Zunächst ist man erschrocken, voller Teilnahme, nicht wahr? Aber dann, mit einem gewissen Abstand, kommen einem Zweifel. Zumindest ist es bei mir so.«

Henri griff nach der silbernen Teekanne und schenkte sich den fast schwarzen Sud ein. Dann stand er auf und hinkte zum Samowar hinüber. Zischend lief das heiße Wasser in seine Tasse.

Die alten Buchrücken in den Regalen verschwanden hinter goldenem Dampf.

Bosch schluckte. »Welche Zweifel denn?«

Henri ließ seine Finger über dem Silberteller mit den Sandwiches kreisen. Endlich schnappte er sich ein Sandwich mit fast blutigem Roastbeef. Henri musterte den Happen zufrieden und kehrte zu seinem Sofa zurück. »Ein Mann wie Aschenbach – noch dazu in seinem Metier – muss doch jede Menge Feinde haben.« Er verschlang das dünne Brot mit zwei Bissen. »Denn seien wir ehrlich«, er zwinkerte Bosch zu, »sein Metier war Betrug.«

Bosch dachte an die Auseinandersetzung auf der Gartenparty und den Mann mit dem kurz geschorenen Haar, der sich Tage vorher schon in der Nähe des Bauernhauses herumgetrieben hatte. War er einer von Aschenbachs Geschäftspartnern? Ein Anleger oder ein Kunde?

»Aschenbach hatte an dem Abend Streit«, sagte er zögernd. Ganz offensichtlich war der Mann kein Freund des Finanzhändlers gewesen. Aschenbach hatte ihn rausschmeißen wollen. Aber er hatte keine Angst vor dem Mann gezeigt. Das war möglicherweise ein Fehler gewesen.

»Und vergessen Sie nicht den zerstochenen Autositz.« Henri schüttelte den Kopf. »Sehr unangenehm, dass das ausgerechnet hier im Schloss passieren musste.« Ein unnötiger Fauxpas als Gastgeber, besagte sein bekümmerter Tonfall.

Bosch ließ sich die Sache durch den Kopf gehen. Man musste ziemlich viel Geld verloren haben, um mit solcher Kraft und Wut zuzustechen. Aber ein Fremder wäre doch sicher Cesario aufgefallen, der immer im Schloss herumschlich. »Ja, das ist wirklich seltsam.«

»Sehen Sie, *mon cher*, sehen Sie.« Henri nickte. »Angenommen, wir gehen von einem gewaltsamen Tod aus«, er hob die Hand, um Boschs Einwand zuvorzukommen, »nur mal angenommen. Die Frage, die sich uns angesichts Aschenbachs Tod dann stellt, ist die klassische: *Cui bono?* Zu wessen Nutzen?«

Später war Bosch der festen Überzeugung, dass ihn die Tageszeit und die weltferne Atmosphäre in der Bibliothek hoch über dem See zu diesem Gespräch verführt hatten, das die tödlichen Ereignisse auslösen sollte. Er hatte einmal gelesen, dass Hinrichtungen und Duelle absichtlich im Morgengrauen stattfanden, in dieser trügerischen Stunde zwischen Nacht und Tag. Die gleiche unwirkliche Stimmung fühlte er am späten Nachmittag, wenn die Ränder des Tages verschwammen und die Nacht ihre Phantasien entfaltete. Seine besten Bilder waren um diese Zeit entstanden.

»Ich weiß es nicht«, meinte Bosch. »Mord?«

Kaum war das Wort gesagt, schwebte es zwischen ihnen im Raum und war auf dem besten Weg, zur Tatsache zu werden. Bosch hatte den Gedanken ausgesprochen, der ihm beim Anblick der Leiche durch den Kopf geschossen war. Und den er sofort als undenkbar wieder daraus verbannt hatte.

Vom Schlosshof war Motorengeräusch zu hören. Kies knirschte unter den Rädern eines schweren Wagens. Dann schlug eine Autotür zu, und jemand eilte die Stufen zur Eingangstür hinauf.

Henri wandte den Kopf zum Fenster. »Das wird Cesario sein, endlich.« Er faltete die Hände unter dem Kinn wie zum Gebet. *»Mord?«* Er zog die Brauen zusammen, als müsste er über Boschs Worte nachdenken. »Ich fürchte, ja.«

»Meinen Sie, wir sollten die Polizei informieren?« Bosch hielt das eigentlich für keine gute Idee. Erstens hatte der Arzt plötzlichen Herztod festgestellt, und zweitens ging ihn das Ganze sowieso nichts an. Er hatte diesen Aschenbach ein einziges Mal am Abend des Festes gesehen. Diese kurze Bekanntschaft verpflichtete ihn zu nichts. »Was könnten wir denen schon sagen?«

»Nichts, natürlich nichts.« Henri winkte ab. »Da machen wir uns mit unserem Verdacht nur lächerlich.«

Bosch atmete auf. »Genau meine Meinung.« Er war so erleichtert, dass er sich ein Gurkensandwich vom Silberteller fischte. Einen Verdacht hatte er ohnehin nicht gehabt. Nur ein mulmiges Gefühl. Doch wer hätte das nicht angesichts einer Leiche.

»Aber«, fuhr Henri fort, »wir können die Sache natürlich auch nicht auf sich beruhen lassen.«

»Wieso denn nicht?« Henris kriminalistische Energie ging Bosch langsam auf die Nerven.

»Ihretwegen.«

»Was?« Die Gurkenscheiben im Sandwich waren kalt und glasig.

»Immerhin wohnen Sie direkt neben dem Tatort.« Henri senkte das Kinn und warf Bosch von unten einen Blick zu. »Möglicherweise haben Sie etwas gesehen und sind nun eine Gefahr für den Täter. Im Film stirbt immer als Nächstes der Zeuge.«

»Aber ich habe doch gar nichts gesehen«, protestierte Bosch. Er hatte das Gartenfest bei Einsetzen des Regens verlassen und war, wenn auch mit schlechtem Gewissen, dankbar für das Ende des Partylärms gewesen.

»Das glauben *Sie.*« Henri lächelte. »Aber – weiß das auch der Mörder?« Er umkreiste mit dem Zeigefinger den Rand seiner Tasse. Das quietschende Geräusch ließ Bosch eine Gänsehaut über den Rücken laufen. »Wer könnte der Mörder sein, was meinen Sie?«

Vor so viel Hartnäckigkeit resignierte sogar Bosch. »Die Frage ist doch nicht, wer der Mörder ist, sondern ob es überhaupt Mord war«, meinte er. »Aschenbach hat doch in keiner Blutlache gelegen.«

»Aber es hat keine Obduktion gegeben.«

»Natürlich nicht. Der Sprengelarzt hat als Todesursache plötzlichen Herztod festgestellt.« Bosch war erleichtert über diesen Beschaubefund gewesen. Er hatte zwar nicht sofort die Rettung gerufen, aber es traf ihn auch keine Schuld an Aschenbachs Tod. »Selbst wenn seine Frau bei ihm gewesen wäre, hätte sie ihm nicht mehr helfen können.«

Henri sah Bosch scharf an. »Aber sie war nicht bei ihm?«

»Henri, ich bitte Sie.« Bosch wurde die Unterhaltung langsam peinlich. »Aschenbach war total betrunken. Kein Wunder, dass sich seine Frau einen ruhigeren Platz zum Schlafen gesucht hat.«

»Mhm.« Henri trommelte mit den Fingern auf der Sofalehne. »Oder sie hatten getrennte Schlafzimmer.«

»Was ja auch noch kein … Mordmotiv wäre, oder?«

»Nein, aber in diesem Fall ein starkes Indiz.« Henri hielt den Zeigefinger wie ein Oberlehrer in die Luft. »Denken Sie doch an die Scheidungsgerüchte. Aschenbach hatte eine Liaison mit Victoria Geiersberger und wollte sich von seiner Frau trennen.«

»Dann wäre ja bei unserer Scheidungsrate die halbe Bevölkerung in Gefahr.« Bosch musste lachen. »Aber dabei fällt mir gleich noch eine Verdächtige ein. Erinnern Sie sich an die Voodoopuppe?«

»Ja, natürlich.«

»Im Herz der Puppe steckte eine Nadel.«

»Was?« Henris Augen schienen noch weiter aus den Höhlen zu treten, wenn das überhaupt noch möglich war.

»Ich habe mich daran gestochen, als ich das ekelhafte Ding entsorgen wollte.« Die Puppe hatte ihr Grab in der Biotonne gefunden. »Ich denke, mein Hund hat es von einem seiner Streifzüge mitgebracht. Vielleicht lag es ja ursprünglich vor der Haustür der Aschenbachs.«

Henri schüttelte den Kopf. »Sie glauben doch nicht etwa an Voodoo?« Seine Stimme klang überrascht, obwohl er es gewesen war, der Bosch auf den Zauber aufmerksam gemacht hatte. »Dass eine Nadel im Herzen einer Puppe einen Herzanfall bei einem Menschen auslösen kann?«

»Nein, aber was, wenn die alte Geiersberger anders nachgeholfen hätte?« Irgendwie machte Henris Gedankenspiel Bosch doch Spaß. Und Analysen waren schließlich sein Beruf. »Am Morgen, als wir den Toten gefunden haben, lagen noch leere Schachteln aus ihrem Geschäft in der Küche. Darin waren Reste von Pflanzen. Die Alte gilt als Kräuterhexe, soviel ich weiß. Und sie handelt mit diesem ganzen esoterischen Mist.«

»Also nein, *mon cher.*« Wieder schüttelte Henri den Kopf. »Das hieße ja, Madame Geiersberger hätte diesen Aschenbach vergiftet. Obwohl …« Er lehnte sich vor und ließ den Blick über die Fotostapel wandern. Dann griff er nach dem Bild mit dem toten Tapir und betrachtete es eingehend. »Haben Sie sich mal den Garten der Aschenbachs näher angesehen?«

»Wieso?«

Henri kniff den Mund zusammen.

»Was ist mit dem Garten?«

Henri sah Bosch nicht an.

»Er ist vielleicht ein wenig – bunt.«

Endlich sagte Henri: »Er besteht aus Giftpflanzen. Haben Sie das nicht bemerkt?«

Bosch hatte sich noch nie mit Pflanzen beschäftigt. Er verschenkte immer nur fertig gebundene Blumensträuße. Und die suchte er unter rein farblichen Gesichtspunkten aus.

»Es ist mir am Abend der Party aufgefallen«, fuhr Henri fort. »Vor der Terrasse wachsen Rosen inmitten von kleinen blauen Beeren. Wissen Sie, welche ich meine?«

Bosch nickte. Aschenbach war total betrunken in das Beet gestürzt. Jeder hatte hingestarrt. »Heidelbeeren.«

Henri lächelte nachsichtig. »Dafür sind sie zu groß. Aber sehr ähnlich, *mon cher*, sehr ähnlich. Auch diese Beeren sind lackschwarz und – wie es heißt – süß und saftig. Leider ist das nur eine Vermutung, denn wir können niemanden mehr fragen, der genügend von ihnen gegessen hat.« Ein Lächeln zuckte über sein Gesicht. »Atropa belladonna, auch Tollkirsche, Teufelskirsche oder – ein wenig verharmlosend – Schlafkirsche genannt.« Er fixierte Bosch durch seine dicke Brille. »Der Tod tritt durch Atemlähmung ein.«

Bosch sah den betrunkenen Aschenbach wieder vor sich. Den Mann mit dem kurz geschorenen grauen Haar. Das Handgemenge. Hatte der Randalierer die Gelegenheit genutzt und eine Giftbeere in Aschenbachs Glas geworfen? »Woher wissen Sie das?«

»Atropin wird in der Augenheilkunde verwendet.« Henri zeigte auf seine Glupschaugen. »Ich bin in ständiger Behandlung. Außerdem wirkt die Tollkirsche krampflösend und ist ein gutes Gegenmittel bei Vergiftungen mit Pflanzenschutzmitteln. Leider werden die in der Dritten Welt auf unverantwortliche Weise eingesetzt. So was weiß man als Expeditionsleiter.« Er seufzte. »Aber wie Paracelsus sagt: Die Dosis macht das Gift.«

»Aber Aschenbach ist nicht an einer Atemlähmung gestorben.« Sein Mund war jedoch weit aufgerissen gewesen. Als hätte er verzweifelt nach Luft gerungen.

»Deswegen kommt die Tollkirsche auch nicht in Frage.«
»Na bitte.« Bosch war auf einen Schlag erleichtert.
Henri musterte ihn. »Aber was ist mit dem Fingerhut?«
Bosch zuckte mit den Schultern.
»Blaue und rosa Glockenblüten mit pelzigem Stiel.«
Bosch konnte sich an irgendwelche Glockenblumen erinnern. Vielleicht war das der Fingerhut gewesen.
»Vor der Terrasse der Aschenbachs gibt es ein ganzes Beet davon.« Henri legte das Jagdfoto auf den Stapel zurück.
»Na und?«
»Wissen Sie, wie Fingerhut auf Latein heißt?«
»Natürlich nicht.«
»Digitalis.«
Boschs Mund wurde trocken. Das wusste sogar er. Digitalis war ein starkes Herzmittel. »Digi…?«
»…talis.« Henri hob die Hände. »›Der Herrschaft Zauber aber ist das Geld‹«, rezitierte er. »›Ich weiß mir Bessres nichts auf dieser Welt, als Gift und Geld …‹« Er runzelte die Stirn. »Adelbert von Chamisso. Das ist, meine ich, aus der ›Giftmischerin‹.«
»Giftmischerin?« Bosch schaute auf die Bilderstapel auf dem Tisch. Das Foto mit dem Tapir war zu Boschs Seite herabgerutscht. Er konnte das tote Tier und die Pfeile wieder deutlich erkennen. »Etwa Frau Aschenbach?«
»Das haben jetzt Sie gesagt.« Henri lehnte sich zurück und verschränkte die Arme vor der Brust. »Aber vielleicht sollten wir uns einmal mit ihr beschäftigen.«
»Wie – beschäftigen?«
»Na ja, reden.« Henri nickte. »Sie sind doch Ihr Nachbar. Fragen Sie sie doch mal …«
»Liebe gnädige Frau, haben Sie zufällig Ihren Mann ermordet?« Ärger ergriff Bosch. Es war Zeit, diese wahnwitzige Unterhaltung zu beenden. »Erzählen Sie mir lieber von diesem Mauerdurchbruch. Ich hoffe, es war keine alte Bausubstanz. Vielleicht sollte ich einen Vergleich mit den alten Plänen anstellen.«
Aber wenn Bosch gehofft hatte, Henri mit der subtilen Drohung, ihm bei seinem Umbau Schwierigkeiten zu machen, vom

Thema abzulenken, so hatte er sich getäuscht. Henri ignorierte seinen Einwurf.

»Ich glaube es ja auch nicht«, sagte er leise. »Warum sollte Frau Aschenbach die Hand abschlagen, die sie füttert? Nein, das glaube ich eigentlich nicht.«

»Ach, nicht?« Bosch war inzwischen ganz auf Widerspruch gepolt. »Ich denke, Aschenbach wollte sich scheiden lassen?«

Henri runzelte die Stirn. »Ja, das stimmt allerdings.« Er starrte ins Feuer. Die Ärmel der Tweedjacke spannten über seinen Armmuskeln. Dann stieß er sich vom Sofa ab und stellte sich vorsichtig auf sein steifes Bein. »Hm.« Er begann, durch die Bibliothek zu hinken. Immer an den Regalen entlang. Dabei ließ er seinen Zeigefinger über die Bücher gleiten und entlockte ihren Rücken eine hohl klingende Melodie. *Tock-tock-tock.* »Allerdings kenne ich Ihre Nachbarin natürlich nicht gut.« *Tock-tock-tock.* »Haben Sie sie nicht mal mitgebracht?« Er blieb stehen und schaute zu Bosch hinüber. »Ja, genau, sie hat sich Bücher ausgesucht.«

Bosch fielen die wertvollen Bände ein, die Henri der Aschenbach zu ihrem Porsche getragen hatte, der zerstochene Autositz und die blinkende Alarmanlage in Aschenbachs Haus.

Henri tappte mit den Fingern auf den Regalboden. Ein Klopfen an der Tür unterbrach sein Getrommel. »Ja?« Er drehte sich um. »Herein.«

Die Tür ging auf, und Cesario trat ein. »¿Jefe?«

Der junge Mann machte ein paar Schritte ins Zimmer und verschränkte die Hände hinter dem Rücken. Mit erhobenem Kopf schien er einen neuen Auftrag zu erwarten. Er trug Jeans und eine rote Outdoorjacke und wirkte eher wie ein Student, der ein Auslandssemester absolviert, als wie der Laufbursche von Henri. Bosch wäre er in seinem Hörsaal nicht aufgefallen.

»Ah, ja, Cesario, sehr gut.« Henri wandte sich wieder an Bosch. »Wir setzen diese spannende Unterhaltung ein andermal fort, *mon cher.* Wenn es Ihnen recht ist, fährt Cesario Sie jetzt nach Hause.«

Cesario richtete seine schwarzen Augen auf Bosch, als hätte er Henris Worte verstanden. Er war kaum älter als zwanzig. Das

Kaminfeuer warf zuckende Lichter auf seine hohen Wangenknochen und verzerrte sein Gesicht zur Grimasse. Der Name eines römischen Imperators wollte so gar nicht zu dem Jungen passen.

»Das wäre nett.« Bosch stand auf.

»Ausgezeichnet.« Henri rieb sich die Hände und wandte sich an seinen Fahrer. *»Cesario, lleva a este señor – el doctor Hans Bosch – a su casa.«*

Cesario nickte. *»De acuerdo, jefe.«* Er ging zur Tür und hielt sie für Bosch auf. »Don Hans?«

Don Hans beeilte sich, der Einladung seines Chauffeurs Folge zu leisten und zu dem wartenden Rolls-Royce zu kommen. Aber kaum hatten er und Cesario die Tür erreicht, hörte er hinter sich einen gepressten Laut. Bosch drehte sich um. Henri stand noch immer an derselben Stelle vor dem Bücherregal. Aber jetzt starrte er auf eine Lücke zwischen den Bänden. Sein Rücken hob und senkte sich, als fiele ihm das Atmen schwer.

»Henri?« Bosch schaute zu Cesario, doch der erwiderte nur gelassen seinen Blick. Offensichtlich war er nicht gewillt, seinem Dienstgeber zu Hilfe zu kommen. Bosch lief zu Henri hinüber. »Kann ich Ihnen helfen?«

»Es fehlt ein Buch …« Hektisch schob Henri die anderen Bücher herum, als vermutete er den vermissten Band irgendwo dahinter. »Das ist unmöglich.«

Er zog einen dicken Band aus dem Regal. Das Titelbild zeigte alte englische Rosen, dunkelrote, gelbe und rosafarbene. Es war der Nachdruck eines handkolorierten Stiches aus dem 19. Jahrhundert. Fast meinte man, den schweren Duft der Blumen riechen zu können. »Old Roses«, stand darauf. Und: »The Royal Horticultural Society«. Boschs Blick glitt über den Rücken des nächsten Bandes im Regal: »Die weißen Gärten von Sissinghurst«.

»War das Buch denn wertvoll?«, fragte er, ohne nachzudenken. Natürlich war es das. In dieser Umgebung.

Henris Lachen klang wie das Meckern eines Ziegenbocks. »Kommt drauf an, wer es in die Finger kriegt …« Er stellte den Bildband an seinen Platz zurück. Dann schob er die Hände in die

Hosentaschen. »›Ich weiß mir Bessres nichts auf dieser Welt …‹« Er wandte sich abrupt zu Bosch um. »Wie lange bleiben Sie noch in Ihrem Seehaus?«

»Was?«

»Ziehen Sie aus.«

»Aber …«

»Sofort.«

»Ich kann doch nicht einfach –«

»In Ihrem eigenen Interesse.« Henris Froschaugen schienen noch weiter hervorzuquellen als sonst. »Vertrauen Sie mir, *mon ami*.«

ZEHN

Die dicke Hummel summte vor dem Küchenfenster. Immer wieder stieß sie mit ihrem pelzigen Körper gegen das Glas.

»Nimm halt den offenen Fensterflügel daneben, Blödmann.« Marie schüttelte den Kopf. Die Freiheit war nur Zentimeter entfernt, und das dumme Insekt rannte sich den Schädel an der Fensterscheibe ein. So viel zum untrüglichen Instinkt der Tiere. Auch nicht besser als die Menschen.

Sie stellte die große Tasse mit den aufgemalten Bauernrosen in die Espressomaschine und drückte auf den Einschaltknopf. Die Hummel krabbelte eifrig über das Fensterkreuz. Schon war sie auf dem Weg in die Freiheit, doch dann hob sie wieder ab und kehrte zu der trügerischen Scheibe zurück. Mit unermüdlicher Energie versuchte sie, das unsichtbare Hindernis zu überwinden.

Während Marie darauf wartete, dass ihr doppelter Morgenkaffee aus der Espressomaschine in die Tasse lief, schaute sie dem Überlebenskampf des Insektes zu. Wie lange konnte so ein kleines Tier das durchhalten? Das Summen ging ihr auf die Nerven.

Marie nahm die Fliegenklatsche, die immer griffbereit neben dem Kühlschrank lag, und schlich zum Fenster hinüber. Als sie nur noch einen Meter entfernt war, holte sie aus. Der Pelz der Hummel glänzte golden in den Strahlen der Morgensonne, ihre schwirrenden Flügel schimmerten bläulich. Eigentlich ein schönes Tier. Der Gedanke an die blutigen Überreste auf der sauberen Fensterscheibe ließen Marie kurz innehalten. Dann schlug sie zu. Aber sie hatte zu lange gezögert und schlecht gezielt. Die Hummel spürte den Lufthauch und wich nach rechts aus. Direkt zum offenen Fensterflügel hinüber und hinaus in die Freiheit. Marie klopfte mehrmals mit der Fliegenklatsche in die Handfläche.

Sie schaute dem kleinen Punkt nach, der jetzt über dem üppigen Staudenbeet vor der Terrasse hin und her gaukelte. Die blauen und rosaweißen Glockenblüten des Fingerhutes leuchteten in der Sonne, die um neun Uhr schon kraftvoll auf den Garten brannte. Die Farben der Blumen stachen geradezu ins Auge. Schwarze Wollfäden kräuselten sich auf den dicken Stängeln.

Marie musste das Beet neu bepflanzen lassen, vielleicht mit alten englischen Rosen. Die hatten zwar Dornen, aber ihr süßer Duft passte besser zu ihrem neuen Leben. Der schwere Eisengrill stand auch noch immer unter den Weiden. Im Haus fehlte eindeutig ein starker Mann. Zwischen ihrem grüngoldenen Laub schimmerte der Wolfgangsee. Eine Armada von Segelbooten kreuzte bereits zwischen Abersee und Falkenwand und nutzte die steife Brise für eine Regatta. Ihre weißen Segel leuchteten zwischen den lanzenförmigen Blättern, wenn der Wind den Weidenvorhang teilte. Aus der Ferne kroch wie ein schwarzer Wasserkäfer der Ausflugsdampfer, die »Franz Josef«, heran. Unbeeindruckt von der eleganten Konkurrenz hielt das Schiff Kurs auf St. Gilgen.

Marie drehte sich um und ging zurück in die Küche. Sie warf die Fliegenklatsche auf die Holzbank unter dem Kruzifix, direkt neben ihre dicke Aktentasche. Mit umwölkter Stirn schaute der geschnitzte Jesus darauf hernieder. Als wüsste er, was für eine Hypothek sich darin verbarg. Marie hatte den ganzen Stapel an Unterlagen mitgenommen. Wenn sie unpopuläre Entscheidungen treffen musste, wollte sie das nicht tun, während Jessica ihr über die Schulter sah. Ab jetzt musste sie auf ihr eigenes Fortkommen achten. Marie nahm die Aktentasche und ihre Kaffeetasse und ging auf die Terrasse.

Auf dem alten Holztisch stand immer noch das Windlicht, das Roland und sie in glücklicheren Tagen aus Venedig mitgebracht hatten. Die Kerze war halb herabgebrannt, und in dem erstarrten Wachs, das sich um den gelben Kerzenstumpf gebildet hatte, steckten tote Insekten wie in Bernstein eingeschlossene Fossilien. Marie setzte ihre Tasse ab und schob das Windlicht beiseite, um Platz für die vier Aktenordner zu schaffen, die sie durchsehen musste.

Im ersten Ordner waren Kopien der Baupläne abgeheftet, die sie im Büro bereits kurz durchgeblättert hatte. Dazu Fotos und

Bankunterlagen zum Projekt. Der zweite war die Pressemappe, von der Jessica gesprochen hatte. Zeitungsausschnitte und Ausdrucke waren säuberlich nach Medium und Datum beschriftet und sortiert. Der dritte und der vierte Ordner enthielten Korrespondenz.

Marie entschied sich zunächst für die Zeitungsausschnitte. Vielleicht waren ja ein paar Society-Artikel dabei, die sie noch nicht kannte. Bei gesellschaftlichen Anlässen achtete sie immer darauf, wo der Fotograf war, und dirigierte ihren Mann dann vor die Kameralinse. »Immobilienentwickler Roland Aschenbach und seine charmante Marie amüsierten sich prächtig bei soundso«, stand dann am nächsten Tag unter dem Foto in der Zeitung. Außer bei Boutique-Eröffnungen oder Charity-Events ihrer Freundinnen, da musste sie immer allein hingehen. »Hausfrauen-Scheiße«, hatte Roland diese Veranstaltungen genannt und hatte mit solchen Terminen nicht behelligt werden wollen. Die Gastgeber waren aber ohnehin egal, es waren sowieso immer dieselben Leute da.

Enttäuscht stellte Marie fest, dass die Mappe nur Berichte über Rolands Geschäfte enthielt. Gleich auf der ersten Seite, herausgeschnitten aus einem Wirtschaftsmagazin vor etwa einem halben Jahr, prangte ein Farbfoto der »Arlberg Mountain Lodge«. Durch die Fenster mit den grünen Läden schien warmes Licht. Über dem Eingang hingen mit Weihnachtskugeln, riesigen Brezeln und roten Schleifen geschmückte Tannenzweige. Ein flamingofarbener Abendhimmel leuchtete über dem stattlichen Dach und den schneebedeckten Bergen im Hintergrund. Es war die blaue Stunde, in der die Skifahrer nach einem Tag in Sonne und Schnee in ihr gemütliches Hotel zurückkehrten.

Marie kannte das Bild. Es stammte aus einem der Prospekte, die für die Anleger gedruckt worden waren … Fast konnte man die klare, kalte Bergluft riechen und den Schnee unter den Kufen der Pferdeschlitten knirschen hören. Dort wollte man Urlaub machen oder besser noch – leben. Egal, was es kostete.

Sie nahm einen Schluck von ihrem Kaffee und begann, den Artikel zu lesen.

Ausgeträumt
Nach der Pleite der Arlberg Mountain Lodge gerät Roland Aschenbach in die Kritik: Hat der Immobilienentwickler nur zu hoch gepokert? Oder trieb er das Fünf-Sterne-Plus-Hotel zu seinem Vorteil in den Konkurs?

Lautes Geschnatter störte Maries Lektüre. Auf dem Rasen hatten sich drei Enten niedergelassen und konnten sich anscheinend nicht über die Liegeplatzverteilung einigen.

Nur ein Jahr nach der Eröffnung ist die Arlberg Mountain Lodge, Aschenbachs Prestigeobjekt, zahlungsunfähig. Was die Anleger, die mehrere Millionen in den Fonds investiert haben, bereits befürchteten, ist eingetreten. Das chronisch unterbelegte Hotel ist in die Pleite geschlittert. Missmanagement oder doch Vorsatz?

Was? Marie schaute auf. Der Artikel unterstellte ja geradezu, dass Roland ein Betrüger gewesen war.

Die Enten lagen nun friedlich beieinander. Eine von ihnen bewegte lautlos den Schnabel, als wenn sie eine für Menschen unhörbare Botschaft weitergeben wollte. Es schien, als flüsterten die Vögel miteinander.

Maries Gesicht war heiß. Dieses Schmierblatt erschien österreichweit. Über die Auflagenzahl durfte sie gar nicht nachdenken. Bestimmt hatten ihre ganzen Bekannten hämisch hinter ihrem Rücken getuschelt. Und dabei war das nur der erste Presseausschnitt. Roland, der elende Schuft, hatte sie nie gewarnt, sondern überallhin rennen lassen. Fast wünschte sie, er wäre noch am Leben und sie könnte ihm ihre Meinung sagen.

Vor gut zwei Jahren erwarb die Austria Immo Development die Hotelanlage Pension Alpenblick mit den umliegenden Grundstücken. Kaum waren die Anteilscheine für ein Fünf-Sterne-Plus-Hotel verkauft, zirkulierte das Anlegervermögen in Aschenbachs Unternehmen. Alle Bauaufträge gingen an eine Tochterfirma, die Austria Immo Bau, und die gesamte Inneneinrichtung wurde an die Austria Immo Interior vergeben. Aschenbach hatte auch dafür gesorgt, dass der Fonds nur das Haupthaus erwarb. Nebengebäude, umliegende Gründe und die ganzjährig bewirtschaftete Alm blieben im Eigentum der Austria Immo Development. Das Hotel musste ständig zukaufen, pachten oder mieten – natürlich von Roland Aschenbach. Sogar die Parkplätze und die Unterkünfte für das Personal.

An dieser Stelle war ein Foto von Roland abgedruckt. Braun gebrannt und in Trachtenjacke stand er neben dem Architekten vor der Pension Alpenblick, riesige Baupläne in den Händen, und strahlte wie Luis Trenker nach einem Gipfelsieg. Er war wirklich ein attraktiver Mann gewesen. Marie konnte die Kritik des Journalisten nicht verstehen. Das Konstrukt, das Roland für die Hotelanlage gewählt hatte, zeugte doch von Unternehmergeist. Die Anleger hatten eben Hotelanteilscheine gekauft. Natürlich hatte sich Roland den Rest der Liegenschaft zurückbehalten.

Zu den hohen Kosten kamen Probleme mit der Auslastung. Die Lodge, auf knapp achthundert Metern Seehöhe gelegen, ist nicht mehr schneesicher. Gäste, die zum Skifahren kommen, müssen mit Zubringern in höhere Gebiete gebracht werden. Bars oder Luxusgeschäfte sucht man im Dorf vergeblich, was für Kunden in diesem Preissegment auf Dauer indiskutabel ist. War die Pleite des ambitionierten Projekts also vorprogrammiert? Der Verdacht drängt sich auf. Denn die Arlberg Mountain Lodge ist gerade in Bausch und Bogen weiterverkauft worden. Auf Kosten der Anleger luxussaniert, aber weit unter dem Marktwert. An die Arlberg Summit GmbH. Und wem gehört die? Richtig – Roland Aschenbach. Man darf gespannt sein, welche internationale Kette zugreifen und ein All-Inclusive-Hotel am Arlberg eröffnen wird. Von Nikolaus Tarsini

Mit einem Ruck schob Marie den Ordner auf den Tisch. Ihr Herz schlug schneller. Das war ja genial. Ihre Hochachtung für Rolands Geschäftssinn stieg noch, als ihr klar wurde, dass Hotel, Gründe und Alm nun ihr gehörten. Und sie hatte sich Gedanken um leere Konten gemacht. Fast hätte sie laut herausgelacht. Natürlich war sie nicht flüssig, aber das Vermögen war da. Sie musste nur die Durststrecke überstehen, bis sie einen

Käufer gefunden hatte. Eine, sie warf noch einmal einen Blick auf den letzten Absatz des Artikels, internationale Kette für ein All-Inclusive-Hotel. Aber da gab es sicher schon Vorgespräche.

Marie ließ sich gegen die Rückenlehne der Bank sinken und schloss die Augen. Umso wichtiger war natürlich ein neues Projekt. Je schneller sie die Anteilscheine dafür verkaufen konnte, umso eher verfügte sie wieder über genügend Kapital. Es würde ihr die nötige Zeit verschaffen, um in Ruhe auf das beste Angebot für die Lodge zu warten. Eine warme Welle der Erleichterung durchströmte sie. Zum ersten Mal seit Rolands Tod hatte sie das Gefühl, dass nicht alles auf sie einstürzte. Das Gesetz des Handelns war wieder auf ihrer Seite. Sie konnte es schaffen. Alles würde gut werden.

»Dacht ich mir schon, dass ich Sie hier find.«

Marie riss die Augen auf. Zwei Meter vor ihr stand die massige Gestalt der alten Geiersberger. Das Haar wie immer zum Dutt über dem flächigen Gesicht aufgetürmt und die Hände in den Taschen einer grauen Strickweste vergraben, stand sie breitbeinig dort, als hätte man sie auf die Terrasse gepflanzt.

»Ich habe Sie gar nicht kommen hören.« Mit einem Ruck setzte sich Marie auf. Sie schätzte es nicht, beobachtet zu werden.

»Ich hab geläutet.«

»Auf der Terrasse höre ich die Klingel manchmal nicht.« Marie strich sich eine Haarsträhne aus dem Gesicht. »Wie sind Sie denn hereingekommen?«

»Das Tor war nicht zugesperrt.«

»Was? Das Eingangstor?« Maries Herz schien einen Satz zu machen. Hatte sie etwa vergessen, das Tor abzuschließen? Sie war so müde aus Salzburg zurückgekommen. Abgekämpft und froh, endlich zu Hause zu sein. Wenn ab jetzt die tägliche Routine zurückkehrte, würde ihr das nicht mehr passieren. Durfte ihr das nicht mehr passieren.

»Wüsste nicht, welches sonst«, erwiderte Frau Geiersberger. Sie musterte Marie mit einem durchdringenden Blick. »Sie sollten es lieber verschlossen halten. Man weiß ja nie, wer sich heutzutage so alles herumtreibt.« Breit und massig stand die Alte da, fast bedrohlich.

»Was gibt's denn, Frau Geiersberger?«, fragte sie im Ton einer Schlossherrin, die die Köchin empfängt.

»Die Rechnung.«

»Wie bitte?«

»Die Rechnung für meine Arbeit und den Wareneinsatz fürs Buffet.« In der Stimme der Alten schwang eine gehörige Portion Stolz mit. »Auf Ihrem Gartenfest. Sie erinnern sich doch? Biogemüse, Caprese aus Büffelmozzarella …«

»Ja, ja, natürlich.« Diese elende Party verfolgte Marie. »Lassen Sie die Rechnung einfach da.« Sie deutete auf eine entfernte Stelle auf dem Tisch.

Die Alte rührte sich nicht.

»Sonst noch was?«

Frau Geiersberger drehte den Kopf und zeigte Marie ihr Profil. Von der Seite erinnerte das alte Weib an eine englische Bulldogge. Sie ließ ihren Blick durch den Garten schweifen. Wahrscheinlich bedauerte sie, dass dieses ganze blühende Paradies am See nun nie ihrer Vicky gehören würde.

»Wie geht's denn Ihrer Enkelin?«, erkundigte Marie sich. »Sehr nett, dass Sie beide auf der Beerdigung waren.« Rache war süß.

Die Alte wandte ihr das Gesicht zu. Ihr Gesichtsausdruck lag irgendwo zwischen Argwohn und Feindseligkeit. »Vicky geht im Herbst nach Wien. Zum Medizinstudium.« Das letzte Wort sprach sie so sorgfältig aus, als wollte sie Marie vor Augen führen, dass ein Studium weit außerhalb ihrer geistigen Möglichkeiten lag. »Die ist ein schlaues Mädel.«

»Oh, absolut.« So, wie Marie den kleinen Blutsauger einschätzte, würde er sich bald ein neues Wirtstier suchen. Wien bot da sicher noch ganz andere Möglichkeiten als Salzburg. »Dann wünsch ich ihr viel Erfolg.« Zuckersüß fügte sie hinzu: »Natürlich auch beim Studium.«

Aber damit hatte sie Perlen vor die Säue geworfen, denn die Geiersberger überhörte entweder die Unverschämtheit oder, was noch wahrscheinlicher war, sie verstand sie gar nicht. Schade eigentlich, meistens fielen Marie die passenden Antworten zu spät ein.

»Schöner Garten«, meinte die Alte nur.

»Ich habe mich gerade heute entschlossen, ihn ganz neu anlegen zu lassen.« Marie machte eine Handbewegung, die den Garten, die Weiden am Ufer und den dahinterliegenden Wolfgangsee umschloss. »Im Country-Stil, englische Rosen und Buchskugeln und so. Vielleicht können Sie mir ja einen guten Landschaftsgärtner empfehlen?« Damit war das gesellschaftliche Gefälle zwischen ihnen beiden wohl klar.

Aber die Geiersberger hatte keinen Sinn für feine Nuancen und ließ sich Maries Frage wirklich durch den Kopf gehen. »So einen Gärtner gibt's hier nicht«, meinte sie schließlich. »Den Garten hier hat die Rosi auch selbst angelegt. Der ist uralt.«

Einen Moment überlegte Marie, wer »die Rosi« war, aber dann fiel ihr ein, dass der Name der alten Frau, die bis zu ihrem Ende in dem Bauernhaus gelebt hatte, Rosalie gewesen war. Rosalie Meierhuber. Oder Meierhofer? Oder Meier?

»… nach dem Tod vom Alfons ganz allein hier gelebt.« Die Geiersberger bedachte Marie mit ihrem ausdruckslosen Starrblick. »War fast ihr ganzes Leben lang Witwe. Seitdem heißt's auch das Witwenhäusl.« Sie deutete mit dem Kopf auf Maries prächtigen Landsitz.

Die Maklerin hatte es ›Bauerngut am See‹ genannt. *Witwenhäusl.* Wenn das kein böses Omen war. »Wirklich?«

»Ja, es heißt, der Mann von der Rosi ist auch an einem Herzinfarkt gestorben. Genau wie Ihr Mann«, sagte die Alte. »War keine vierzig, der Alfons. Hätt keiner für möglich gehalten. Aber Ihr Mann war ja auch noch so jung. Und gesund.«

Das sollte die alte Hexe wohl wissen, nachdem ihre Enkelin Roland ständig nachgestiegen war. »Mein Mann war fünfzig und hatte seit Jahren ein Herzleiden.«

»Tja, die Rosi hat ja dann nicht mehr geheiratet. Hat wohl genug schlechte Erfahrungen mit den Mannsbildern gemacht.« Frau Geiersberger zog die Mundwinkel nach unten. »Der Alfons war ein Saufkopf. Hat die Rosi regelmäßig vermöbelt.«

Marie hatte sich nie Gedanken über die Vorbesitzerin ihres Hauses gemacht. Aber natürlich hatten sich in so einem alten Gemäuer Schicksale abgespielt. »Sehr traurig«, sagte sie aus Höflichkeit. Obwohl sie diese Rosi nur zu gut verstehen konnte. Nie wieder würde sie heiraten und sich von einem Mann abhängig machen. Zum Glück hatte sie das auch nicht mehr nötig. »Dann war sie ja ziemlich lange allein.«

»Zumindest nach dem Tod vom Toni«, sagte die Geiersberger. Auf einmal schien sie weit weg, in sich gekehrt. »Und natürlich der Bernadette.«

Offenbar ging diese Dorfsaga sogar noch weiter.

»Die Kinder«, fuhr Frau Geiersberger mit sanfter Stimme fort. »Acht und zehn Jahre alt.«

Das war nun aber doch was anderes. »Die arme Frau hat auch ihre Kinder verloren?«

»Stiefkinder, die Kinder vom Alfons«, berichtigte die Geiersberger. »Sind kurz vor ihrem Vater gestorben.« Sie machte eine Pause. »Die Rosi war die zweite Frau.«

»Das ist ja furchtbar.« Marie konnte ihr Entsetzen nicht verbergen. Kinderschicksale gingen ihr einfach ans Herz. Sie kaufte auch immer wieder ausgefallene Seidenschals bei UNICEF. »Sind die Kleinen etwa hier im Haus gestorben?« Das hätte die Maklerin ruhig erwähnen können.

Die Alte nickte. »Beide am selben Tag. Das Mädel am Morgen, der Bub gegen Abend.«

»*Nein.* Woran denn?«

Die Geiersberger zuckte mit den Schultern. »Magen-Darm-Grippe, würde man heute wohl sagen. Vielleicht war's aber auch Typhus. Ist schon ewig her, damals waren tote Kinder keine Seltenheit.« Eine Hummel kam vom Staudenbeet herübergeflogen und summte um den Kopf der Alten. Die schenkte ihr keine Beachtung. »Zwei Tage später war auch der Alfons hinüber.«

Kein Wunder. »Das hat dem armen Vater sicher das Herz gebrochen«, meinte Marie.

»Möglich«, sagte die Alte. »Die Rosi hat sie jedenfalls alle auf einmal beerdigen können.« Sie ließ den Blick über das Staudenbeet wandern. »Ich sehe, Sie haben den Fingerhut stehen lassen. Den hat die Rosi auch immer so gern gehabt. Gleich bei ihrem Einzug hat sie welchen gepflanzt.«

»Ach so?« Trotz der hochsommerlichen Temperatur wurde

Marie kalt. Wozu erzählte ihr die Alte diese ganze Geschichte? Es gab keinerlei Parallelen zwischen dem Tod von diesem Alfons und Roland. Wahrscheinlich war sie nun Teil des Dorfklatsches geworden. So wie die arme Rosi, die sicher nichts anderes gewollt hatte, als ihren Peiniger loszuwerden und den Rest ihres Lebens ungestört zu verbringen. »Jetzt kommen die Stauden jedenfalls weg.«

»Gute Idee.« Die Geiersberger zeigte mit ihrem dicken Zeigefinger auf die schwarz geäderten Blumen am Rande des Beetes, deren gläserne Schönheit in der Sonne leuchtete. Marie betrachtete sie immer nur aus der Ferne. Ihr unangenehmer Geruch stieß sie ab. »Und tun Sie vor allem das Bilsenkraut weg, ehe noch was passiert. Die meisten Leute wissen ja heute gar nicht mehr, was da alles wächst.«

»Bilsenkraut?«

»Schwarzes Bilsenkraut, wir nennen's auch Teufelskraut.« Die Alte musterte Marie. »Die Samenkapsel schaut aus wie die vom Mohn, nur länglicher. Und wenn sie reif ist, klappern die Samen darin herum. Kinder können die Finger nicht davon lassen. Fünfzehn kleine Samen reichen, und Sie können das Kind nicht mehr retten.«

Obwohl sie auf der Hausbank saß, wurden Marie die Knie weich. Sie hätte sich vor dem Kauf nach den Vorbesitzern des Hauses erkundigen sollen. Nie wäre sie mit Roland in ein solches Hexenhaus gezogen. »Kommt alles weg«, stammelte sie. Gleich morgen würde sie den nächstbesten Gärtner aus dem Telefonbuch anrufen. Womöglich waren die ganzen verflixten Pflanzen Sondermüll und mussten entsorgt werden.

»Sie könnten's aber auch trocknen.« Die Alte musterte Marie. »Sind genauso gut wie frische.«

»Ich mag keine Trockensträuße«, sagte Marie. Das hatte sie bei der Einrichtung des Hauses schon ihrem Interior-Designer gesagt. »Wenn Sie wollen, nehmen Sie das ganze Zeug mit. Ich kann sie sowieso nicht mehr brauchen.«

Die Geiersberger lachte. »Ich hab so viele Kräuter bei mir im Garten, dass ich sie verkaufen muss.«

»Schön.« Marie schlug mit den Handflächen auf den Tisch.

»Wo ist denn jetzt diese Rechnung? Ich gebe sie meiner Sekretärin, sobald ich wieder im Büro bin.«

Die Geiersberger zog ein Kuvert aus der Tasche und legte es direkt unter Maries Nase auf den Artikel über die »Arlberg Mountain Lodge«. »Da wär die Rechnung. Zahlbar innerhalb einer Woche ohne Abzüge.« Sie musterte Marie. »Wenn Sie das Ihrer *Sekretärin* sagen.« Das Kuvert war aus grauem Recyclingpapier und verströmte einen schwachen Duft nach Zitronenverbene.

»Wird erledigt.«

Marie suchte gerade nach einem passenden Satz, um der Alten klarzumachen, dass ihre Geschäftsbeziehung damit beendet war, als die das Kuvert wieder wegzog. Mit ihrem klauenartigen Zeigefinger klopfte die Geiersberger auf das kleine Foto neben dem Luis-Trenker-Bild von Roland in der Zeitung. »Ist das da nicht dieser Krawallbruder?«

»Der was?« Marie betrachtete das Brustbild, das einen Mann mit Anzug und Krawatte zeigte. »Wer soll das sein?«

»Na, der mit Ihrem Mann aneinandergeraten ist, auf dem Gartenfest.« Die Geiersberger nickte. »Sie wissen schon, auf der Terrasse.«

Marie beugte sich tiefer über den Zeitungsausschnitt. Tatsächlich, das war er. Das Haar war noch nicht so grau, aber auf die gleiche Art geschoren. Auf dem Bild lachte der Mann. Deswegen hatte Marie ihn nicht gleich erkannt. An jenem Abend hatte er ein Polohemd getragen, und sein Gesicht war vor Wut verzerrt gewesen.

»Tatsächlich«, sagte Marie. »Sie haben recht.«

Die Geiersberger schob die Hände in die Taschen ihrer Strickweste. »Hören Sie, ich weiß, was Sie über meine Vicky denken.«

Das war also der eigentliche Grund für ihren Besuch. Vielleicht glaubte die Kleine, sie habe nach Rolands Tod irgendwelche Ansprüche. Oder war sie etwa – Marie schnappte innerlich nach Luft – schwanger? Sie ließ sich gegen die Lehne fallen und verschränkte die Arme vor der Brust. »Das glaube ich kaum.« Sie legte so viel Sarkasmus in ihre Stimme, wie sie konnte. »Aber keine Sorge, Ihre Enkelin wird's noch weit bringen.«

»Das wird sie, aber nicht so, wie Sie meinen.«

»Nicht?«

»Meine Vicky ist achtzehn. Wie, glauben Sie, wirkt das auf so ein Mädel, wenn da einer daherkommt wie Ihr Mann und der Kleinen den Kopf verdreht?«

Marie gab keine Antwort. Roland hatte immer Frauen gesucht, die zu ihm aufschauten. Jede andere wäre Zeitverschwendung gewesen.

»Mit den ganzen teuren Klamotten und dem Sportwagen und immer ins Restaurant? Und übers Wochenende nach Venedig?«

Nach Venedig. Der Scheißkerl. Und ihr hatte er immer etwas von Präsentationen in Italien erzählt. Marie hob das Kinn. »Und das haben Sie Ihrer Enkelin erlaubt, Frau Geiersberger?«

»Regen Sie sich nicht auf. Ihr Mann war's nicht wert.«

Die Hummel kam jetzt hinter dem Windlicht hervorgekrabbelt. Ihre Fühler tasteten sich voran, während sie die Tischplatte nach Fressbarem absuchte. Ihr kugeliger Leib wippte auf und ab.

»Ich hab immer dagegengeredet. Aber was erzählen Sie denn einem Teenager? Glauben Sie mir, so einen wie Ihren Mann wollte ich nicht für meine Vicky.«

Marie fühlte den Blick der alten Geiersberger auf sich ruhen. Aber auf einmal hatte er nichts Bedrohliches mehr. Im Gegenteil, die Alte schien eher eine Art mütterliche Strenge auszustrahlen. Trotz des Kittels, der über ihrem plumpen Körper spannte, und der alten Strickweste wirkte sie wie ein archaisches Sinnbild der Weiblichkeit, voller Verständnis für die Nöte ihrer Töchter. Stark und verzeihend.

»Roland war ein Arsch.« Das hatte Marie noch nie ausgesprochen. Aber es fühlte sich gut an.

Ein freudloses, schnaufendes Auflachen war die Antwort. »Ja, das war er.« Die Geiersberger hob ihre kräftige Hand und zielte. Dann ließ sie sie auf die Hummel niederkrachen. »So wie der Alfons von der Rosi.« Sie zog die Hand zurück, hielt sie über die Terrasse und streifte das zerquetschte Insekt mit der anderen Hand ab. »Oft lösen sich die Probleme eben von ganz allein.« Mit der Spitze ihrer Gesundheitssandale schabte sie die Reste der Hummel von den Steinplatten. »Die Biester leben in den Blüten vom Fingerhut. Wenn Sie meinen Rat hören wollen, schneiden Sie das Zeug so bald wie möglich um. Dann sind Sie alle Quälgeister für immer los.«

Marie hoffte, dass hier von Hummeln die Rede war.

Die Mundwinkel der Geiersberger zuckten. Sie ließ ihren Blick über die Beete wandern. »Ein englischer Garten wird hier sehr schön aussehen. So, und jetzt muss ich den Laden aufsperren. Ich mach das Tor zu.«

Marie schaute ihr nach, wie sie schwerfällig, aber aufrecht über die Terrasse tappte und um die Hausecke verschwand. Der Abgang einer Königin. Kurz darauf fiel das eiserne Gartentor ins Schloss. Marie hatte das deutliche Gefühl, als hätte die Alte ihr eine Botschaft übermitteln wollen. Fragte sich nur, welche.

Sie beugte sich wieder über den Zeitungsausschnitt. Der Mann mit dem geschorenen Haar hieß Dr. Hans-Peter Berger, war Manager und arbeitete den Großteil des Jahres in Dubai. Achthunderttausend Euro hatte er über den Fonds in die »Arlberg Mountain Lodge« investiert. Jetzt fürchtete er nicht nur um sein Kapital, sondern um das aller Anleger.

Wir gehen davon aus, so wurde Berger als Sprecher zitiert, *dass das Arlberg-Lodge-Investment von Anfang an zum alleinigen Vorteil von Roland Aschenbach konstruiert war. Denkbar wäre, dass Aschenbach das Hotel ein zweites Mal übernimmt, billig aus der Insolvenzmasse herauskauft und mit staatlichen Fördermitteln weiterbetreibt. Oder mit Gewinn weiterveräußert. Das werden die Geschädigten auf keinen Fall hinnehmen. Wir werden Aschenbach persönlich – und zwar mit allen Mitteln – zur Verantwortung ziehen.*

Das Interview war über ein halbes Jahr alt. Inzwischen war das Hotel in Konkurs gegangen und das Kapital der Anleger verloren. Kein Wunder, dass der Mann hier in St. Gilgen aufgetaucht war und Roland die Hölle heißgemacht hatte. *Mit allen Mitteln.* Zweifellos gab es noch jede Menge andere wütende Anleger. Auf einmal wusste Marie, warum Roland auf der ganzen Sicherheitstechnik im Haus bestanden hatte. Aber jetzt war Roland tot, und das Hotel und die ganzen umliegenden Gründe gehörten der »Arlberg Summit GmbH«. Die vorgeschobenen

Strohmänner, ein Steuerberater und eine Sekretärin, mochten rechtlich in Ordnung sein. Aber sie täuschten niemanden. Ziel der Anleger war ab jetzt Rolands Geschäftsnachfolgerin. Seine Witwe.

Marie fiel der zerstochene Autositz wieder ein. Vielleicht war das eine Drohung für Roland gewesen, von Berger. Vielleicht wollte der Mann so das verlorene Geld auf dem kurzen Weg zurückbekommen. Nein, das konnte sie sich nicht vorstellen. Das war eine theatralische, aber auch kindische Aktion gewesen, die nicht zu dem seriösen Geschäftsmann auf dem Foto passte. Und der Telefonanruf im Büro? Der schon eher. Ein Mann hatte vom Mirabellplatz zu ihrem Fenster hinaufgeschaut. Sein Gesicht war unter der Hutkrempe verborgen gewesen.

Energisch schlug Marie den Aktenordner zu. Wenn der Protest der Anleger irgendeine Aussicht auf Erfolg gehabt hätte, wäre sie jetzt nicht stolze Eigentümerin einer Traumliegenschaft am Arlberg. »Viel Feind', viel Ehr'.« Das waren Rolands Worte. Sie hatte nicht umsonst fünfzehn Jahre ihres Lebens mit ihm verbracht.

Ein zischendes Geräusch ließ Marie auffahren. Zwischen den Weidenzweigen glitt ein roter Surfer knapp vor dem Ufer vorbei. Das Segel lag so schräg im Wasser, dass es seine Oberfläche streifte. Wie ein Messer, das durch die Wellen schnitt.

ELF

Das Klirren riss ihn aus dem Schlaf. Jemand war im Haus. Bosch schlug die Augen auf. Deutlich hatte er das Zerbrechen von Glas gehört. Er rührte sich nicht, sondern lauschte nur in die Dunkelheit hinein. Die Holzbohlen auf der Veranda knarrten. Glasscherben knirschten.

Jetzt hörte er leise Schritte. Schwacher Lichtschein kroch durch die Türritzen ins Schlafzimmer. Jemand ging im Haus umher. Die Schritte kamen näher und verstummten vor der Tür. Bosch unterdrückte den Impuls, sich unter dem Bett zu verstecken. Stattdessen lag er ganz still und bemühte sich, flach und lautlos zu atmen. Nichts war zu hören. Nur sein Wecker tickte. Bosch brach der Schweiß aus. Sein Puls raste, und in seinen Ohren rauschte das Blut. Auf der anderen Seite der Tür raschelte etwas. Bosch hielt den Atem an. Der Holzboden knarrte. Die Schritte entfernten sich. Bosch atmete aus und schloss die Augen.

Aus dem Wohnraum war ein Geräusch zu hören, als würden Stoffbahnen auseinandergerissen. Etwas polterte auf den Boden. Wieder das Klirren von Glasbruch. Die Stufen in den Garten knirschten. Stille. Bosch machte vorsichtig die Augen auf und zählte bis zwanzig. Erst dann wagte er, sich zu bewegen.

Langsam schob Bosch die Decke zurück. Kalter Schweiß bedeckte seinen Körper, und seine Glieder waren so schwer wie nach einer ungeheuren Anstrengung. Er schob die Füße über den Rand des Bettes und blieb so lange sitzen, bis das Zittern in seinen Beinen nachließ. Barfuß tappte er über den rissigen Holzboden und öffnete die Tür einen Spalt. Er horchte. Im Haus war alles dunkel und still. Nur ein Lufthauch, der den Geruch nach See in sich trug, strich an ihm vorbei. Bosch streckte den Kopf in den Gang.

»Hund?«

Das Dunkel blieb stumm.

Bosch machte die Tür ganz auf und ging zum Wohnraum. Er

tastete nach dem Lichtschalter. Die Deckenlampe flammte auf. Die Tür zum Garten stand offen, das Glas neben der Türklinke war zerbrochen. Seine Scherben bildeten ein surreales Muster auf dem Verandaboden. Sonst sah das Zimmer aus wie immer. Auf dem Tisch stand noch der Teller vom Vorabend, darauf lagen der halb gegessene Apfel und das Schälmesser. Die Pinsel ausgewaschen und nach Größe geordnet, die Farben für den nächsten Tag hergerichtet. Nur der Malschemel war umgefallen. Das musste das Poltern gewesen sein … Und der Hundekorb war leer – sehr ungewöhnlich.

»Hund? Kannst rauskommen, du Feigling.«

Nichts rührte sich. Nur der Seewind kroch durch das zerbrochene Verandaglas und schlängelte sich in den Raum. Es raschelte leise hinter Boschs Rücken. Er fuhr herum. Das weiße Tuch war von der Staffelei geglitten. Das Narrenschiff pflügte durch die grünen Wellen, und die Reisenden feierten ihr unheimliches Bacchanal. Auf den ersten Blick schien alles in Ordnung. Aber auf den zweiten Blick stimmte etwas nicht. Ein neuer Schatten fiel über das weiße Segel. Bosch kniff die Augen zusammen. Wann hatte er den gemalt? Dann sah er es.

Im Bauch des Spanferkels, das unter der flatternden Fahne an den Hinterbeinen aufgehängt war, steckte ein Messer. Sein Griff ragte wie ein Querbaum ins Zimmer und gab dem Bild eine dritte Dimension. Ein Schnitt kroch im Zickzackkurs über das ganze Bild. Bosch schnappte nach Luft. Wo war der Hund?

»Hund?« Bosch rannte in den Garten hinaus.

Draußen war es taghell. Ein riesiger Mond hing tief über dem See, sein Widerschein tanzte auf den Wellen und verlieh dem schwarzen Wasser silbernen Glanz. Bosch konnte das Schlagen der Brandung an den Pfosten des Steges hören. Und noch etwas hörte er. Ein Hecheln und Fiepen. Es kam ebenfalls vom Steg. Bosch rannte den Pfad zum Ufer hinunter.

Der Hund saß am Ende des Steges. Als er Bosch kommen sah, sprang er auf und trippelte aufgeregt auf der Stelle. Aber er lief seinem Herrn nicht entgegen.

»Hund, Gott sei Dank.« Bosch hastete mit bloßen Füßen über die rissigen Holzbohlen. »Was machst du denn da?«

Der Hund bellte zweimal und wedelte wie verrückt mit dem Schwanz. Es sah aus, als wedelte der Schwanz mit dem Hund.

»Bin schon da.« Endlich hatte Bosch das Tier erreicht. Er fasste den Hund am Halsband und wollte ihn mit sich an Land ziehen. Doch dann merkte er, dass er das nicht konnte.

Ein dicker Strick lag um den Hals des Hundes. Das andere Ende lief über den Rand des Steges und hatte sich offenbar darunter verfangen. Bosch versuchte, den Knoten aufzuknüpfen, doch er war auf eine so eigenartige Weise in sich verschlungen, dass er ihn nicht lösen konnte. Er ließ sich auf die Knie nieder. Der Hund leckte enthusiastisch über seine Wange.

»Bedank dich später.« Bosch legte sich schwerfällig auf den Bauch, robbte zum Ende der Holzbohlen und spähte unter den Steg. Zum Glück war Vollmond und die Sicht gut. »Was hast du denn jetzt wieder angestellt?« Der Strick hing gerade ins Wasser. Bosch packte ihn fest und zupfte probeweise daran. Das Seil bewegte sich ein wenig und gab zögernd nach. Etwas schien daran zu hängen. Zentimeter für Zentimeter zog Bosch es heraus. »Wieso bellst du eigentlich nicht, wenn wir Einbrecher … Was ist denn das?«

Mit einer letzten Anstrengung riss Bosch an dem Seil und wäre um ein Haar von dem schweren Gegenstand getroffen worden, der an seinem Ende hing. Ein großer Stein polterte über die Bretter und blieb knapp vor dem Hund liegen. Der machte einen Satz zur Seite und setzte sich vor Schreck hin.

Ungläubig starrte Bosch auf den Felsbrocken. Wasser tropfte von seinen Zacken und färbte die Bretter schwarz. Obwohl die Nacht warm war, breitete sich eine Gänsehaut über Boschs Körper aus. Jemand hatte seinem Hund einen Stein um den Hals gebunden.

Auf einmal hatte Bosch das Gefühl, als könne er nicht mehr atmen. Rasch beugte er sich vor, zerrte dem Hund die Schlinge über die Ohren und warf sie beiseite. Dann gaben seine Beine nach, und er sank auf die harten Holzbohlen. Er stützte die Ellenbogen auf die Knie und vergrub das Gesicht in den Händen. Seit seiner Kindheit hatte er nicht mehr geweint, aber jetzt spürte er ein beengendes Gefühl im Hals und ein Brennen in den Augen. Was, wenn der Hund ins Wasser gesprungen wäre, wie er es manchmal tat? Um einen Fisch zu fangen oder eine Ente zu ärgern? Der Gedanke an eines seiner besten Bilder, das jetzt zerstört auf der Staffelei stand, schien ihm dagegen ganz unbedeutend. Wer tat so etwas? Und warum? Der, der ihm die Voodoopuppe geschickt hatte.

Eine raue Pfote legte sich zaghaft auf seinen Arm. Bosch hob den Kopf. Der Hund schaute ihn an. Der Mond spiegelte sich in seinen Augen. Warum hatte er den Einbrecher nicht verbellt? Weil der kein Fremder war, natürlich. Diese Einsicht nützte Bosch jedoch nichts. Ein Streuner kannte Gott und die Welt. Vielleicht war der Täter sein ehemaliger Herr. Oder nur jemand, der ihm einmal einen Kanten Brot hingeworfen hatte.

»Weißt du, was ich glaube?« Bosch stupste die feuchte Nase an. Der Hund nieste. »Irgendwer will uns loswerden.«

Da spitzte der Hund die Ohren und wandte seine Schnauze dem Wasser zu. Seine Nase bewegte sich. Eine Brise trug das Sirren eines Elektromotors über den See. Es wurde rasch leiser. Ein Boot musste ohne Positionslichter mitten in der Nacht unterwegs sein. Dann war nur noch das Schlagen der Wellen zu hören. Dreiecke aus silbernem Licht tanzten auf dem schwarzen Wasser.

Der Hund legte die Ohren an und kroch auf Boschs Knie. Mit einem Seufzer schob er seinen schmalen Kopf zwischen die Vorderpfoten und schloss die Augen.

Bosch legte seinen Arm über den Hunderücken, und die Stille ergriff von ihm Besitz und ließ ihn ruhig werden. Nur sein Herz schien schneller zu schlagen, seine Augen schienen mehr zu sehen als sonst. Der volle Mond tauchte die Landschaft in alle Grautöne und schuf eine Schattenwelt. Ein Windhauch wehte kühle Luft heran und fächelte durch das fahle Schilf. Die trockenen Halme knisterten, und das Wasser murmelte zwischen ihren Stängeln.

Dort lag er, der dunkle und doch so verlockende See. Unter dem flüssigen Silber seiner Oberfläche konnte Bosch seine Tiefe spüren, die die Geheimnisse einer unsichtbaren Welt barg. Auf einmal wurde ihm klar, dass er die stille Zwiesprache mit dem

See, der ihn anzog, der seine Phantasie beflügelte und ihm die Bilder schenkte, die ihm eine Zukunft als Maler garantierten, brauchte. Der See war zum Antrieb seiner Kreativität geworden. Bosch war ihm verfallen. Er konnte ihn nicht verlassen, und wenn er es täte, würde er immer wieder zurückkehren müssen. Viele Künstler vor ihm, Maler und Schriftsteller, waren zur Arbeit ins Salzkammergut gekommen. Vielleicht hatten sie das Gleiche gefühlt wie er.

Bosch starrte lange auf das Wasser. Der Hund war in seinen Armen eingeschlafen, und sein Körper strahlte eine tröstliche Wärme aus. Was sollte aus ihm werden, wenn Bosch in die Stadt zurückkehrte? Bosch konnte die Enge seiner Zwei-Zimmer-Wohnung am Papagenoplatz fast körperlich spüren, die schmalen Gassen der Altstadt, durch die nie ein Windhauch strich, und die staubigen Hörsäle. Das war kein Leben für ein Tier. Und für einen Menschen eigentlich auch nicht.

Bosch umfasste den Hund fester. Das dunkle Ufer von Fürberg zeichnete sich als schwarze Linie vom silbernen Wasser ab. Im Schloss waren zwei Fenster erleuchtet. Henri war ebenfalls wach. Im Wald über der Falkenwand flackerte ein Licht, das Bosch noch nie aufgefallen war. Vielleicht saß Cesario dort nachts am Lagerfeuer und träumte von seiner Heimat.

Bosch hatte Henris Warnung nicht ernst genommen. Jetzt wusste er es besser. Trotzdem konnte er sich nicht vorstellen, dass Frau Aschenbach nachts in sein Haus einbrach, seine Arbeit zerstörte und seinen Hund mit einem schweren Stein ertränken wollte. Und die Aschenbach war doch ebenfalls Opfer einer Messerattacke geworden. Es war nur ein seelenloses Auto gewesen, doch sie hing bestimmt an dem Cabrio. Der Tod ihres Mannes war jedenfalls kein plötzliches Herzversagen gewesen. Davon war Bosch jetzt überzeugt. Und er wusste nun auch, dass der Mörder ihn loswerden wollte. Offensichtlich stellte er eine Gefahr für den Täter dar, auch wenn er sich nicht vorstellen konnte, weshalb.

Bosch fiel das Steak ein, das er von Aschenbachs Gartenfest mitgenommen hatte. Am nächsten Tag war sein Hund sterbenskrank gewesen. Aber in der schwülen Hitze eines aufkommenden Gewitters verdarb Fleisch eben leicht. Sollte er die Polizei wegen des Einbruchs rufen? Nein, da hatte Henri recht. Sie würden sich mit ihren Spekulationen nur lächerlich machen. Zwei verschrobene Wissenschaftler auf Mörderjagd. Der Hund knurrte im Schlaf und streckte sich.

Bosch dachte an die verstümmelte Leinwand auf der Veranda, sein Narrenschiff, das er demnächst nach London hatte schicken wollen. Es hätte ein Meilenstein auf dem Weg in seine Unabhängigkeit vom Universitätsbetrieb sein sollen. In die Freiheit, in der er arbeiten konnte, an was und wann und wo er wollte. Bosch biss die Zähne zusammen.

Schon einmal wäre seine Karriere als Maler fast gescheitert, als sein Studienfreund Franz Schwarzenberger die Galerie, die sich für Boschs Bilder interessierte, überredet hatte, ihm statt Bosch eine Chance zu geben. Es hatte Bosch um Jahre zurückgeworfen. Auch, so gestand er sich inzwischen ein, weil er sich beleidigt zurückgezogen hatte. Vielleicht wäre alles anders gekommen, wenn er nachgefragt und auf seinem Vertrag bestanden hätte.

Bosch packte das Hundefell so fest, dass der Hund im Schlaf knurrte. Auf einmal hatte er keine Angst mehr. Natürlich könnte er sich ein neues Quartier suchen. Wahrscheinlich würde sich sogar Henri freuen, wenn er ihm Gesellschaft leistete. Für einen kurzen Moment schien ihm die Idee verlockend. Er würde auf dem Schloss über dem Wolfgangsee residieren, mit Henri gelehrte Gespräche in der Bibliothek führen und sich von Cesario bedienen lassen. Aber er verwarf den Gedanken gleich wieder. Rückzug, das hatte ihn die Geschichte mit Franz gelehrt, war keine Lösung.

Nein, Bosch würde wachsam sein, aber er würde sich um keinen Preis vertreiben lassen. Hier wollte er diesen Sommer lang leben, hier konnte er arbeiten. Diesmal würde er sich nicht geschlagen geben, sondern um sein Recht kämpfen. Schluss mit den Übergriffen auf sein Leben, seine Bilder und seinen vierbeinigen Freund.

Da erlosch im Schloss das Licht. Die kirchenähnliche Silhouette verschmolz mit dem Wald. Nur durch die Bäume über der

Falkenwand fiel noch schwacher Lichtschein und zauberte ein goldenes Fischernetz auf das Wasser des Sees.

Bosch schob den Hund vom Schoß, der diesen unfreundlichen Akt mit einem Brummen quittierte, und stand auf. Der gezackte Stein am Ende des Steges sah wie ein mittelalterlicher Morgenstern aus.

»Zeit, schlafen zu gehen.«

Der Hund riss die Schnauze auf und gähnte herzhaft. Seine Zähne glänzten bläulich im Licht des Vollmonds.

»Zu spät, um den Werwolf zu spielen, mein Lieber. Hier – pass mal auf.«

Bosch ging zu dem Stein hinüber und warf ihn in den See. Mit einem Gluckern versank der Brocken, und das Seil verschwand schlängelnd in der schwarzen Tiefe. Ein paar Wellen verliefen sich in konzentrischen Kreisen, dann war das Wasser wieder so glatt, als wäre nichts geschehen.

ZWÖLF

»Das waren die Nachrichten um zehn. Und nun zum Wetter. Mit einem Hochdruckgebiet strömt warme Mittelmeerluft in den Alpenraum …«

Marie stand auf der Terrasse und schaute auf den Wolfgangsee hinaus. Weißer Dunst, ein Gespinst aus Wasser und Luft, lag über der spiegelglatten Oberfläche, und die Berge schienen hinter einer Milchglasscheibe verborgen. Ein heißer Tag kündigte sich an. Die Luft war dick und schwer von Feuchtigkeit. Ein ideales Klima für Insekten.

Sie schob einen Ärmel ihres Bademantels hoch und musterte die neu hinzugekommenen Mückenstiche der vergangenen Stunden. Jeder redete immer nur von der gesunden Luft am Wasser, aber niemand erwähnte die im Schilfgürtel brütenden Quälgeister.

Die ganze Nacht hatte sie sich zwischen den verschwitzten Bettlaken hin und her gewälzt und dabei dem durchdringenden Sirren der Blutsauger gelauscht, um rechtzeitig zuschlagen zu können. Irgendwann hatte sie sich sogar Schritte und seltsame Geräusche am Haus eingebildet. Aber ehe sie sich dazu durchringen konnte, nachzuschauen, waren sie schon wieder verstummt.

Endlich hatte das Quaken der Frösche im Schilf den Tagesanbruch angekündigt, und sie war in einen tiefen, traumlosen Schlaf gefallen. Jetzt ging es schon auf Mittag zu.

»Die nächsten Tage werden heiß, aber unbeständig, mit Höchsttemperaturen weit über der Dreißig-Grad-Grenze. Lokale Gewitter sind in den Abendstunden möglich, die im Seengebiet auch teils heftig ausfallen können.«

Marie ging ins Wohnzimmer zu Rolands Hightech-Anlage und drehte die penetrante Stimme des Moderators ab. Ihr war nicht nach fremder Fröhlichkeit. Kaum schwieg das Radio, bimmelte die Glocke am Gartentor. Der nächste Störenfried kündigte sich an. Hoffentlich nur die Post. Marie zog den Gürtel ihres Bademantels fester und ging über die Terrasse zum Eingang.

Der Postbote streckte ihr bereits einen Packen Briefe über das Tor entgegen. »Morgen, Frau Aschenbach. Einschreiben für Sie.«

Marie nahm die Briefe und unterschrieb das Formular. Das Schreiben war vom Anwalt, sicher noch Unterlagen zur Erbschaft. Außerdem Werbesendungen, die neue Vogue und der Lokalanzeiger. Sie wollte sich gerade umdrehen und ins Haus zurückkehren, als der Postbote sie aufhielt.

»Hier«, sagte er und hielt ein kleines Kuvert hoch. »Das hat im Briefschlitz festgesteckt.« Er warf einen Blick darauf. »Hat sicher wer eingeworfen.«

»Ach ja?« Marie nahm ihm das Kuvert ab.

»Na dann, schönen Tag noch.« Der Postbote stieg in seinen gelben Polo und brauste davon, als gelte es, ein Paket mit lebensrettender Medizin zu überbringen.

»Ja, schönen Tag auch«, murmelte Marie.

Sie öffnete den cremefarbenen Umschlag und zog eine Karte, steif und glatt wie Elfenbein, heraus. Am oberen Rand war ein Monogramm eingeprägt. H d M. Kein verschnörkeltes Wappen, keine prätentiöse Schlossadresse. Sehr stilvoll. Und der Schreiber hatte eine Füllfeder benutzt. In großen fliehenden Buchstaben stand dort mit schwarzer Tinte geschrieben:

Chère Madame,
ich bin den ganzen Tag zu Hause und würde mich über Ihren Besuch freuen. Sie wollten doch das Schloss sehen? Wie wäre es mit einer Führung und einem leichten Mittagessen? Bitte nehmen Sie diese Karte mit, damit Cesario Sie einlässt.
Ihr ergebener H.

Der Tag war gerettet. Wahrscheinlich hatte dieser Cesario die Karte auf seiner Einkaufstour im Ort eingeworfen. *Chère Madame … Ihr ergebener …* Sie musste sich beeilen. Und die Gartenbücher konnte sie bei der Gelegenheit auch gleich zurückgeben. Das würde einen guten Eindruck machen.

Voller Vorfreude warf sie die Post einfach auf den Tisch zu den Ordnern, die sie am Abend nicht mehr weggeräumt hatte. Dann rannte sie ins Haus. Zwanzig Minuten reichten Marie, um zu duschen, ein dezentes Make-up aufzulegen und ihr blondes Haar zu einem Knoten aufzustecken. Sie entschied sich für ein weißes Leinenkleid, es sollte ja heiß werden, und flache Sandalen. Im Spiegel ihres Ankleidezimmers warf sie sich einen anerkennenden Blick zu. Ihr Outfit war elegant, aber einem Sommertag auf dem Land angemessen, gleichzeitig businesslike und sehr weiblich.

Marie nahm ihre große Handtasche und holte die Gartenbücher aus der Küche. Dann schloss sie sorgfältig die Haustür ab und ging zu dem schwarzen Porsche, der auf dem Vorplatz stand.

Sie warf die Tasche und die Bücher auf den Beifahrersitz, klemmte sich hinter das Lenkrad und drehte den Zündschlüssel. Nichts geschah. Das Auto sprang nicht an. Das war so ungewöhnlich, dass sie ein paar Sekunden brauchte, um sich der Tatsache überhaupt bewusst zu werden.

Marie probierte es erneut. Nichts. Nicht einmal das leiseste Geräusch. Als wäre unter der nachtschwarzen Haube gar kein Motor. Sie ließ die Hände in den Schoß sinken.

Und was jetzt? Sie hatte seit Jahren keine öffentlichen Verkehrsmittel mehr benutzt. Und heute war sicher nicht der Tag, um sich mit in Sonnenöl frittierten Urlaubern in einen Linienbus zu quetschen. Wenn es denn nach Fürberg überhaupt einen gab.

Marie stieg aus und warf einen Blick auf das Zifferblatt ihrer goldenen Rolex. Die Brillanten versprühten blaugelbes Feuer im Sonnenlicht. Noch nicht einmal elf. Wenn sie einen Spaziergang machte, wäre sie um halb zwölf im Schloss. Genau richtig für die Führung. Außerdem würde sie sich schon im Voraus die Kalorien für das Mittagessen abtrainieren. Sie angelte ihre Handtasche und die Bücher vom Beifahrersitz und machte sich beschwingt auf den Weg nach Fürberg.

Vierzig Minuten später, das Schlosstor endlich vor Augen, bereute sie, den Bücherstapel mitgenommen zu haben. Die

Dinger waren verdammt schwer. Aber zum ersten Mal fielen ihr die Worte auf, die in Stein gemeißelt über dem Tor standen. *Scientia potentia est.* Marie wusste nicht, was sie bedeuteten – sie konnte kein Latein –, fand aber den Platz für einen netten Willkommensspruch gut gewählt. Sie balancierte über den kiesbestreuten Vorplatz, stieg die Stufen zur Eingangstür hinauf und zog kräftig an einem rostigen Seilzug, der anscheinend die Klingel ersetzte. Auch sehr stilvoll.

Während sie dem verklingenden Glockenspiel nachlauschte, ließ sie den Blick die Schlossfassade hinaufwandern. Die Fratzen der Wasserspeier beugten sich über verbogene Regenrinnen und schienen jeden Ankömmling in Augenschein zu nehmen. Gespaltene Zungen lugten zwischen den spitzen Zähnen hervor. Mit einem leichten Schauder senkte Marie den Kopf.

Im Inneren des Schlosses waren Schritte zu hören. Gleich darauf wurde die Tür geöffnet. Cesario, Henris Diener, starrte ihr entgegen. Er trug Jeans und ein am Hals offenes weißes Hemd. Um seinen Hals lag eine Lederkette, in die bunte Federn geflochten waren. Der junge Mann wirkte eher wie der weltenbummelnde Sohn des Hauses als wie der Laufbursche.

»Grüß Gott, Cesario.« Marie trat auf die oberste Stufe, in der Erwartung, dass der Diener ihr den Weg freigeben würde. »Ich nehme an, Herr de Mortin hat Sie über mein Kommen informiert.« Sie hob den Bücherstapel, damit er ihn ihr abnehmen konnte.

Er bewegte sich nicht. Sein Gesicht war dunkel wie Bronze, und auch seine schweren Gesichtszüge schienen wie in Metall gegossen. Henri hatte recht, Cesario war kein geborener Empfangschef. Marie stützte die Bücher auf ein Knie, kramte die elfenbeinfarbene Einladungskarte aus ihrer großen Handtasche und hielt sie dem Diener unter die Nase.

»Hier, die Schrift werden Sie wohl kennen, oder?«

Ein kurzes Zucken der Brauen war die einzige Antwort.

Wahrscheinlich konnte dieser Eingeborene nicht einmal lesen. *»Chef?«,* fragte Marie so laut, als wäre der Mann auch schwerhörig.

Cesarios Blick tastete sich über ihre Gestalt, dann schaute er flüchtig auf die Karte. Endlich verzog sich sein Mund zu einem breiten Grinsen, und er trat zur Seite.

»Na endlich.« Marie betrat die halbdunkle, aber angenehm kühle Schlosshalle. »Also, guter Mann, dann führen Sie mich mal zu Ihrem Boss.«

Cesario kratzte sich am Ohr und machte ein dümmliches Gesicht. Deutsch sprach er also auch nicht.

»Chef?«, fragte Marie. »Wo ist Chef? Herrgott noch mal, das gibt's doch nicht.«

In den schwarzen Augen des Dieners glitzerte es. Anscheinend hatte er endlich begriffen. Er streckte den rechten Arm wie ein Verkehrspolizist aus und zeigte in den Gang hinein, der sich an die Halle anschloss. Sollte sie etwa führerlos durch das alte Gemäuer laufen? Aber hier war jedes weitere Wort verschwendet. Zum Glück war sie als gebürtige Salzburgerin von klein auf gewohnt, mit Ausländern zu kommunizieren. »Mozarts Geburtshaus geradeaus«, konnte sie in vier Sprachen sagen. Akzentfrei, wie man ihr schon bestätigt hatte.

»Da lang?«, sagte sie, zog fragend die Augenbrauen hoch und betonte sorgfältig jedes Wort. »Ja? *Chef, ja?*«

Cesario drehte sich um und schloss die Tür.

Marie ersparte sich einen Seufzer. »Na gut«, sagte sie und packte ihre Handtasche fester. Dann ging sie auf gut Glück in die angegebene Richtung.

Ihr Weg führte sie durch ein Spalier von Glaskästen, deren Scheiben dringend geputzt werden mussten und in denen geschmacklose Tonfiguren standen. Mit weit aufgerissenen Mündern glotzten sie Marie an. Niemand würde auch nur einen Cent bezahlen, um diese Art von Kunst anzuschauen. Auch die Schiffsbilder in ihren abblätternden Rahmen, die zwischen den Vitrinen hingen, hatten schon bessere Zeiten gesehen. So etwas fand sich auf jedem Flohmarkt. Und was war das für ein riesiger Fächer aus türkisfarbenen Federn? Das Ding erinnerte irgendwie ans Moulin Rouge. Der alte Weltreisende, dieser Tibo, schien ein Bonvivant mit einem Faible für Pariser Revuegirls gewesen zu sein. *Oh, là, là.*

Eine Doppelflügeltür stand halb offen. Dahinter konnte

Marie mit Bücherregalen bedeckte Wände erkennen. Erleichtert stellte sie fest, dass sie hier bei ihrem ersten Besuch schon gewesen war, und ging auf die Bibliothek zu.

Henri de Mortin stand am Fenster und starrte mit auf dem Rücken verschränkten Händen hinaus. Der See war hier so nah, dass es aussah, als schlüge das Wasser an die Scheiben. Vom Sonnenlicht reflektierte Wellen liefen über die Wände. Wie durch Zauberhand schien die ganze Bibliothek auf den Grund des Sees versetzt.

Marie klopfte an die Tür. »Henri?«

Sofort drehte sich der Schlossherr zu ihr um. Seine vorstehenden Froschaugen und der breite Mund gaben ihm in dieser Umgebung das Aussehen eines Wassermannes. »Ah, Madame. Treten Sie ein. Wo ist denn Cesario?«

»Der hat mir nur den Weg gezeigt.« Marie legte die Gartenbücher auf den Kamintisch neben eine große Glaskugel. Ihr Arm war schon ganz lahm, und eigentlich hätte es sich gehört, dass Henri ihr entgegengegangen und den ganzen Stapel abgenommen hätte. »Wahrscheinlich musste er nach unsrem Essen sehen.« Sie ging zum Fenster hinüber und hielt ihm ihre Hand unter die Nase.

Sofort ergriff Henri ihre Fingerspitzen und deutete einen Handkuss an. Dann verschränkte er wieder die Arme hinter dem Rücken. »Cesario ist ein ausgezeichneter Koch«, meinte er. »Auch wenn er in Österreich auf die Zubereitung seiner heimatlichen Spezialitäten verzichten muss.«

»Ach, schade.« Marie hätte nichts gegen ein paar Tapas als Vorspeise gehabt. »Was kocht er denn so?«

»Meerschweinchen. Sie werden allerdings gebraten.«

»Gebraten?« Marie lachte unsicher. Da hatte sie sich wohl verhört. »Nicht Ihr Ernst, oder?«

»Mein voller Ernst.« Henris Glupschaugen richteten sich auf die Tür. Anscheinend war sein Interesse an Küchengeheimnissen begrenzt. »Ich hoffe, Cesario hat Sie ohne Umstände hereingelassen?«

Marie, noch immer etwas schockiert, zog die elfenbeinfarbene Karte aus der Tasche und wedelte damit durch die Luft.

»Ich hatte zum Glück meine Eintrittskarte mit.« Obwohl dieser Cesario die Einladung kaum eines Blickes gewürdigt hatte. Was sie eben gehört hatte, machte ihn ihr nur noch unsympathischer. Aber es war ja schließlich nicht ihr Personal.

Auf Henris Gesicht erschien ein Lächeln. »Gut gemacht. Cesario spricht nur Spanisch, und da kommt es manchmal zu Missverständnissen. Unser Männerhaushalt ist nicht immer sehr gastfreundlich.« Seine Mundwinkel zuckten, als amüsierte ihn eine Erinnerung. »Wollen wir gleich mit unserer Führung beginnen? Haben Sie sich schon ein wenig mit der Anlage des Schlosses vertraut machen können?«

Natürlich nicht, wozu auch. »Leider nein.« Henri hob die Brauen, und Marie setzte eilig hinzu: »Aber das werde ich so bald wie möglich nachholen.« Sie musste ihn bei Laune halten, damit er es sich nicht noch anders überlegte.

»Das macht gar nichts.« Henri klang erfreut. Offensichtlich schätzte er unvoreingenommene Besucher. »Die Bauarbeiten haben nämlich viel Neues ans Tageslicht gebracht. Kommen Sie, ich kann kaum erwarten, es Ihnen zu zeigen.«

Henri hinkte zur Tür. Sein braunes Polohemd spannte über den breiten Schultern, und die kräftigen Arme schwangen im Takt seiner Schritte, als versuchte er, auf diese Weise das Ungleichgewicht seiner Beine auszubalancieren. Es sah aus, als wäre der Mann aus zwei Teilen zusammengesetzt – einem gesunden und einem kranken.

Marie wollte ihre sperrige Handtasche schon in der Bibliothek stehen lassen, entschied sich dann aber doch dafür, sie mitzunehmen. Vielleicht fand das Mittagessen ja auf der Terrasse statt und sie kamen nicht mehr zurück. Henri, der sich trotz seiner Behinderung ziemlich schnell bewegte, war bereits draußen. Seine dozierende Stimme hallte auf dem Gang und wurde dabei leiser. Marie beeilte sich, ihm zu folgen. Vor der Tür blieb sie kurz stehen, um sich zu orientieren.

Aus dem Augenwinkel erhaschte sie eine Bewegung, aber es war nur Cesario, der um eine Biegung des Ganges verschwand. Henri humpelte zu ihrer Rechten davon.

»… sagten Sie bei Ihrem letzten Besuch, interessiert Sie am

meisten?« Er war schon ein gutes Stück voraus, als Marie ihn einholte. »Chinaporzellan war's, hab ich recht?« Er stieß eine Tür auf. »*Voilà*, nach Ihnen.«

Marie machte einen Schritt über die Schwelle des Zimmers und blieb überwältigt stehen. Sie fühlte sich in eine Schatzkammer aus Tausendundeiner Nacht versetzt. In der Mitte des Raumes befand sich eine weiß lackierte Essgruppe, und die Wände waren in genau dem Türkis gestrichen, das Hermès für sein neues Seidenkaree gewählt hatte und für das sie schon auf der Warteliste stand. Das ganze Zimmer war angefüllt mit Chinoiserien. Auf kleinen Sockeln standen blau-weiße Vasen, in den Ecken hockten Fabeltiere, und von einem Bild über dem Kamin starrte sie ein goldener Drache aus rot glühenden Augen an.

»Wahnsinn.« Wie in Trance betrat Marie den Raum und drehte sich einmal um sich selbst, um sich auch nichts von den Kostbarkeiten entgehen zu lassen. »Das ist ja wie bei Alice im Wunderland.«

»Die Welt ist voller Schönheit, Madame.« Henri war in der Tür stehen geblieben und stützte sich mit den Händen im Rahmen ab. Vielleicht musste er sein Bein entlasten. »Und das Leben ist nur so kurz.«

»Stammt das alles von Ihrem Großvater?« Ihre Vorfahren hatten ihre Zeit leider mit der Beschaffung von Nahrung verbracht und nicht der von Kunstschätzen.

»Oh, das ist nur ein Bruchteil der Sammlung.«

»Und alles in tadellosem Zustand.« Marie nickte.

Hörte sie Henri hinter sich lachen? Marie drehte sich um und begegnete seinem Blick. Aber in seinen hervorquellenden Augen konnte sie keinen Ausdruck lesen. Marie trat zu einem der Fenster. In den tiefen Nischen standen bunte Porzellantiere und Tonsoldaten. Eine dicke Staubschicht lag auf dem Fensterbrett, es sah aus, als durchquere eine Karawane die Wüste. Ganz vorsichtig, um sich nicht schmutzig zu machen, beugte sich Marie über die Figuren und schaute aus dem Fenster. Zufrieden stellte sie fest, dass man auch von diesem Raum einen spektakulären Blick hatte. Sogar bis hinüber zur Halbinsel von

Abersee. Die rote Seilbahn auf das Zwölferhorn wirkte von hier aus wie ein Kinderspielzeug.

»Gehört dieses Zimmer zu einer Wohneinheit?«

»Meinen Sie etwa eine Wohnung?« Jetzt lachte Henri wirklich. »Das ganze Haus ist eine Wohneinheit, Madame.« Sein Ton war ausgesucht höflich, aber Marie entging die feine Spur von Herablassung darin nicht.

»Oh Gott, wie unpraktisch.« Angesichts des heruntergekommenen Zustands von großen Teilen des Schlosses hielt Marie Henris Arroganz für fehl am Platz. »Das wird nach dem Umbau alles anders, Sie werden schon sehen.«

Henri zuckte mit den Schultern.

Unter dem Fenster lag die Terrasse, auf der Marie bei ihrem ersten Besuch gesessen hatte. Sogar von hier aus konnte sie die Risse in den Steinplatten sehen. Auf den Korbmöbeln lagen zerlesene Zeitungen. Eine Brise vom See fächelte durch ein paar lose Seiten. Der Tisch war nicht gedeckt. Also würden sie wohl im Inneren des Schlosses essen. Eigentlich schade, aber vielleicht war dem alten Herrn die Hitze zu viel.

Eine Bewegung in den Büschen erregte Maries Aufmerksamkeit. Schon wieder dieser grässliche Cesario. In grüner Schürze und einen Strohhut auf dem Kopf schnitt er ein paar Zweige voller weißer Rosenblüten ab. Dabei handhabte er die klobige Gartenschere auffallend geschickt. Offensichtlich hatte er sich auch um die Tischdekoration zu kümmern. Die gleichen weißen Rosen, zu einem prächtigen Strauß gebunden, hatte Henri als Gastgeschenk zu dem unseligen Gartenfest mitgebracht. Nun würde sie sie das ganze Mittagessen über vor Augen haben.

Da, als hätte Cesario ihren Blick gespürt, ließ er die Hände sinken und schaute zu ihrem Fenster hoch. Die breite Hutkrempe beschattete seine Augen, aber Marie hatte das bedrückende Gefühl, als starrte er sie an. Vielleicht war Cesario auch für die Sicherheit seines Chefs zuständig und hatte Befehl, Besucher nie aus den Augen zu lassen. Möglicherweise musste Henri ja bewacht werden.

»Darf ich Sie was fragen?« Marie drehte sich um.

Henri zog eine Braue hoch. »Nur zu.«

»Warum haben Sie eigentlich keine Haushälterin aus dem Ort? Nur diesen – tut mir leid, wenn ich das so sage – diesen gespenstischen Mann?«

»Wie gesagt, Cesario spricht kaum Deutsch. Das reduziert seine Möglichkeiten, am hiesigen Dorfklatsch teilzunehmen, auf ein Minimum.« Henri schob die Hände in die Taschen seiner Khakihose. »Außerdem hat er Verständnis für mein Zigeunerleben. Die Vorstellung von einer Frau, die mit dem Essen auf mich wartet, hat keinerlei Reiz für mich, Madame.« Der leise Spott in seiner Stimme war nicht zu überhören. »Hatte es übrigens nie.«

»Ah.« Marie überlegte kurz, ob sie das als Frau persönlich nehmen sollte, entschied sich dann aber angesichts seiner sonst so tadellosen Umgangsformen dagegen. »Aber Cesario kauft doch auch für Sie ein, oder?«

Henri zuckte mit den Schultern. »Ich weiß nicht, wie er das anstellt, aber er bringt immer das Gewünschte. Genug der Haushaltsfragen – wollen wir weitergehen?«

Irgendwo fiel eine Tür krachend zu.

Marie warf noch einen schnellen Blick aus dem Fenster, aber Cesario war verschwunden. »Ja, gern.«

Die Schlossführung erwies sich als durchaus interessant, zeigte sie doch, welches Potenzial in dem alten Bau steckte. Aber das Ganze war sterbenslangweilig, weil Henri sie an unzähligen alten Exponaten vorbeiführte, ohne seinen wissenschaftlichen Vortrag auch nur ein einziges Mal zu unterbrechen. Als sie sich schon fragte, nach wie vielen Kriegermasken, ausgestopften Paradiesvögeln und vergilbten Fotos sie wohl auf ihr eigentliches Anliegen zu sprechen kommen könnte, blieb Henri neben einem Podest stehen, auf dem ein großer geschnitzter Affe saß und einen Säbel schwang. Er drehte sich zu Marie um. Die Messerschneide hing wie ein Damoklesschwert über seinem Kopf.

Henri hob den rechten Zeigefinger und blinzelte ihr mit einem Glupschauge zu. »Und nun, Madame, kommen wir zum ältesten Teil des Schlosses«, flüsterte er, als offenbarte er ein Geheimnis, das er nicht mit jedem teilte. Nur sie, Marie, war dessen würdig. »Sie werden staunen.«

»Wie überaus faszinierend.« Ewig hielt Marie das nicht mehr durch. Sie mussten schon mindestens eine Stunde unterwegs sein. Am Anfang ihres Rundganges hatte sie noch versucht, sich Himmelsrichtungen und malerische Ausblicke zu merken, aber irgendwann hatte sie aufgegeben. Die vielen Zimmer verwirrten sie, und im Labyrinth der verzweigten Gänge hatte sie Orientierung und Zeitgefühl verloren. »Aber wird Cesario nicht mit dem Essen auf uns warten?« Das war diplomatisch und zugleich ein Wink mit dem Zaunpfahl.

»Ach was.« Henri winkte ab. »Wenn Cesario an etwas gewöhnt ist, dann ans Warten.«

»Dann ist es ja gut«, sagte Marie am Rande der Verzweiflung. »Aber ich habe einen Riesenhunger.«

»Nur noch ein paar Minuten.« Henris Stimme schmeichelte wie die eines Kindes, das wusste, dass niemand das Herz hatte, ihm die Bitte abzuschlagen. Offensichtlich war der alte Schlossteil der Höhepunkt der Führung.

»Was ist es denn?« Marie gab auf, konnte aber nichts dagegen tun, dass ihre Stimme unwirsch klang. Der Blick des bewaffneten Affen machte sie nervös.

Henri sagte: »Die Felsenkapelle natürlich.«

»Was heißt ›die Felsenkapelle natürlich‹?« Anscheinend gab es im Schloss noch Räume, die sie bisher nicht berücksichtigt hatte. Das war ja hochinteressant.

»Wir haben sie endlich gefunden.« Er strahlte sie an. »Die Kapelle war in den alten Plänen eingezeichnet, aber niemand kannte den Zugang. Vor ein paar Tagen haben die Bauarbeiter versehentlich eine Wand eingerissen, und *voilà* – da war sie.« Wie ein Magier, der gerade das weiße Kaninchen aus dem Zylinder gezaubert hatte, breitete er die Hände aus.

Marie schenkte ihm ein charmantes Lächeln. »Bin schon ganz gespannt.« Sie wollte gerade weitergehen, als sie ein Luftzug im Rücken traf. Rasch drehte sie sich um. Aber hinter ihr war niemand. Irgendwo war wohl ein Fenster geöffnet oder geschlossen worden. Trotzdem fühlte sie sich unbehaglich. »Gibt es hier im Schloss noch anderes Personal? Ich meine, außer Cesario?«

»Nein.« Henri schien nichts bemerkt zu haben. Er drehte sich um und humpelte auf eine niedrige Tür am Ende des Ganges zu.

Widerwillig folgte Marie ihm. Da hörte sie ein Rascheln hinter sich. Hastig warf sie einen Blick über die Schulter. Der Affe saß bewegungslos auf seinem Podest und schaute immer noch in dieselbe Richtung. Die Stimmung in so einem alten Gemäuer war wirklich ein richtiger Nährboden für Gespenstergeschichten.

»Vorsicht, Kopf einziehen.« Henri stieß die niedrige Tür auf und fasste um den Rahmen. Gleich darauf fiel ein Lichtstreifen in den Gang. »Jetzt kommen wir in das sogenannte Refektorium. Obwohl es hier im Haus nie Mönche gegeben hat. Zumindest nicht, soweit ich weiß.«

Seine Stimme hallte in dem Raum hinter der Tür. Aber da war auch wieder dieses raschelnde Geräusch. Maries Nackenmuskeln verhärteten sich.

»Henri, haben Sie das gehört?«

»Was, Madame?«

»Dieses – ach Unsinn.« Sie lachte und hörte selbst, wie nervös sie klang. »Jetzt dachte ich schon, Sie haben Gespenster.«

»Gespenster nicht, Madame.« Er grinste. »Nur Ratten.«

»Oh.« Das fand Marie eigentlich noch schlimmer. »Dann bin ich ja beruhigt.« Sie quälte sich ein Lächeln ab und ging schnell durch die Tür, die Henri für sie offen hielt.

Die Kälte in dem großen Raum, den sie betrat, jagte ihr eine Gänsehaut über die nackten Arme. Die Mauern waren nur zu einem Teil verputzt, zum anderen bestanden sie aus blankem Fels. In der Mitte der Halle stand ein langer Tisch, und an einer Wand hing ein bunter Teppich. Das war alles. Marie schaute sich nach Henri um. »Das ist es?«

Henri hob den Zeigefinger und lächelte geheimnisvoll. »Nur noch einen Moment, hier hinter der Danba.« Er ging zu dem Wandteppich und zog ihn beiseite. Jetzt sah Marie, dass er wie eine Gardine an einer Metallschiene lief. Dahinter kam ein kaum mannshohes Loch zum Vorschein. »Passen Sie auf, dass Sie sich nicht verletzen. Es ist noch alles so, wie die Arbeiter es hinterlassen haben.«

Der Durchbruch war nicht mehr als ein Einstiegsloch in einer Tür, die einst zugemauert worden war. Da, wo die vom Alter grauen Ziegel abgebrochen waren, ragten scharfe rote Kanten in die Luft. Henri bückte sich und kletterte durch das Loch. Dann wandte er sich halb um und winkte sie zu sich. Marie raffte ihr weißes Kleid, um es nicht mit Ziegelstaub zu beschmutzen, und folgte ihm. Der Wandteppich, den Henri eine Danba genannt hatte, fiel herab und schloss sich hinter ihr wie ein Theatervorhang.

Der Gang war eng und wurde nur von ein wenig Tageslicht erhellt, das durch eine Art Schießscharte hoch oben unter der Felsendecke einfiel. Staubkörnchen tanzten in den Lichtstrahlen, die wie Speere auf den unbefestigten Boden trafen.

Marie konnte die Abdrücke grober Sohlen erkennen und einen kleinen Schuhabdruck, schmal und spitz und ohne Profil. Nicht nur die Bauarbeiter hatten vor Kurzem ihre Spuren hinterlassen, noch jemand hatte diesen Gang benutzt. Marie fröstelte. Die Wände aus geschichteten Natursteinen ragten hoch in das dämmrige Licht. In regelmäßigen Abständen waren Eisenringe befestigt, in denen noch Holzfackeln steckten. Ihre oberen Enden waren zu Holzkohle verglüht, die Wand hinter ihnen rauchgeschwärzt. Die Luft war so staubgesättigt, dass Marie das Atmen schwerfiel.

»Hier ist seit dem Mittelalter nicht mehr gelüftet worden, was?« Maries Hals kratzte, als hätte sich der Staub in ihre Kehle gelegt, und sie musste husten.

Henri, der ein paar Schritte weiter vor einer groben Holztür stand, lachte. »Die Leute früher hielten nicht viel von frischer Luft. Sie dachten, sie verbreite die Pest.« Er steckte einen Schlüssel ins Schloss und drehte ihn mühelos herum. Dann fasste er einen verrosteten Eisengriff und zog die Tür mit seinem ganzen Gewicht auf. *»Voilà.«* Ohne sich noch einmal nach Marie umzusehen, stieg er über die grobe Steinschwelle.

Marie folgte ihm in einen schummerigen Raum, dessen Zeit als Schlosskapelle schon lange zurückliegen musste. Der Boden war mit abgeschliffenen Sandsteinplatten belegt, und die weiß gekalkten Mauern liefen in einem Kreuzgewölbe zusammen.

Darunter hatte sich wohl einst der Altar befunden. Die Wandmalereien, bunte Heiligendarstellungen, waren verblichen und zum Teil kaum noch zu erkennen. Auch die Kirchenbänke waren verschwunden.

Als einzige Möblierung stapelten sich mit vergilbten Aufklebern versehene Holzkisten an einer Wand. Daneben stand ein aufgeklapptes Feldbett.

Als letztes Relikt einer geistlichen Vergangenheit hing an der Stirnseite des ehemaligen Altarraums zwischen zwei bleigefassten Spitzbogenfenstern ein Eisenkreuz. Jahrhundertelange Feuchtigkeit hatte den Rost gelöst, und ein braunrotes Rinnsal lief wie eine Blutspur die Wand hinunter.

»Na, was sagen Sie jetzt?« Henris Stimme war erfüllt von Besitzerstolz.

»Schön.« Hinter den Fenstern bewegten sich Schatten. Äste und Laub wiegten sich im Wind und hielten das meiste Tageslicht fern. Vor der Felsenkapelle musste Wald liegen. Das waren bestimmt die Bäume über der Felswand und damit über dem See. Wenn man diese altmodischen Fenster herausriss, musste der Ausblick einzigartig sein.

»Nur schön?« Henris Brauen schossen in die Höhe. »Das ist das alte Herz des Schlosses.« Er legte sich die Hand auf die Brust, dorthin, wo sein eigenes Herz schlug.

»Na ja, ich verstehe nichts von Kirchen.« Marie ließ ihren Blick herumwandern, in der Hoffnung, irgendwas Lobenswertes zu entdecken. Rund um die Tür war die Wand dunkel verfärbt. Ein schwarzer Strahlenkranz umgab das grobe Holzblatt. »Hat es hier mal gebrannt?«

Henri folgte ihrem Blick zur Tür. »Ja, natürlich. Grand-père hat eine Brandruine gekauft. Dann hat er das Schloss darauf gebaut.« Er zuckte mit den Schultern. »Ich denke, dabei ist auch diese Kapelle verloren gegangen.«

Marie wandte sich den Holzkisten zu. Mehrere Aufkleber waren mit chinesischen Schriftzeichen bedruckt. Andere waren zerrissen oder durch dunkelbraune Leimspuren und Zollstempel unkenntlich geworden. Das Holzgestell des Feldbettes war durch langen Gebrauch glatt geschliffen. Die Lederbänder, die es zusammenhielten, waren abgewetzt, ebenso die militärgrüne Leinenbespannung.

»Und was ist damit?« Sie deutete auf das Gerümpel. »Gehörten die Sachen Ihrem Großvater?«

»Das sind Expeditionskisten.« Henri hinkte in den Altarraum. »Wenn Sie sich unter die Fenster stellen, können Sie die Brandung hören.«

»Der Raum hat Seeblick, nicht wahr?« Jetzt war Maries Interesse wieder wach. »Wissen Sie was, das wäre hier ein originelles Frühstückszimmer.« Sie stellte ihre Tasche auf das Feldbett, trat zu Henri und lauschte. Tatsächlich, von hier aus klang der Wolfgangsee wie der Atlantik. »Das gibt's ja nicht – so nah?«

Henri lächelte. »Direkt unter uns brechen sich die Wellen an der Falkenwand. Der Felsen trägt den Schall nach oben.«

Marie nickte. Die Kapelle versteckte sich also wie vermutet in dem Waldstück über dem Falkenstein.

»Leider gibt es keinen anderen Zugang, nur die Tür, durch die wir gekommen sind«, fuhr Henri fort. »Deshalb frage ich mich, wer ihn zugemauert hat. Und warum? Vielleicht liegt das Geheimnis … Moment, was war das eben?« Er hob den Kopf wie ein alter Jagdhund, der Witterung bekommt.

»Was denn?« Marie hatte nichts gehört. »Vielleicht ein Schwan da draußen?« Sie schaute hoch zu dem Spiel aus Licht und Schatten hinter einem der Fenster. »Widerliche Vögel, kreischen den ganzen Tag und setzen Ihnen riesige Haufen auf den Rasen. Die beißen auch. Ist Ihnen schon mal aufgefallen, dass diese Biester Zähne haben? Gut möglich, dass –«

»Nein.« Henri hob die Hand, um sie zum Schweigen zu bringen. »Das Geräusch kam von der Tür.«

Marie dachte an das Rascheln, das sie bei der Affenstatue gehört hatte. Sie sah das scharfe Schwert in der mageren Affenpfote wieder vor sich. Ihr Mund wurde trocken. »Ich glaube, jetzt habe ich es auch gehört«, flüsterte sie. »Doch nicht etwa Ratten?« Sie schickte ein Stoßgebet zum Himmel. *Bitte, lieber Gott, lass es ein Gespenst mit dem Kopf unter dem Arm sein und keine Ratte.*

»Sie bleiben hier und rühren sich nicht weg.« Henri humpelte eilig in Richtung Tür. »Mit all den Schätzen im Haus weiß man nie.«

»Passen Sie bloß auf sich auf«, rief Marie ihm nach.

Henris Antwort war ein unverständliches Brummen. Dann war er im Gang verschwunden. Die Tür ließ er einen Spalt offen.

Marie schlich auf Zehenspitzen zum Feldbett hinüber und setzte sich neben ihre Handtasche. Die Leinenbespannung war hart wie ein Brett. Sie rutschte ein wenig hin und her. Die vom Alter steifen Lederriemen knarrten beleidigt. Draußen wehte wohl der Wind, denn Zweige liefen wie die Finger eines Klavierspielers über die bleigefassten Butzenscheiben. Wahrscheinlich hatten sie sich beide von diesem Kratzen und Schaben ins Bockshorn jagen lassen. Erleichterung überkam Marie.

»Henri«, rief sie. »Kommen Sie doch mal.«

Keine Antwort. Wahrscheinlich taperte der Alte gerade durch das ganze Labyrinth von Gängen auf der Suche nach einem imaginären Einbrecher. Marie unterdrückte einen Seufzer, zog ihre Hermès-Tasche auf den Schoß und schloss fest die Finger um den Griff. Jetzt konnte sie sich nur noch in Geduld fassen. Die Wände der Kapelle verströmten eine feuchte Kälte. Sie fröstelte wieder. Zum Glück brauchte sie nicht lange zu warten. Auf dem Gang war ein Scharren zu hören.

»Henri?« Sie beugte sich vor und schaute zur Tür. »Alles in Ordnung?«

Keine Antwort. Maries Herzschlag beschleunigte sich. Diesmal hatte sie sich nicht getäuscht. Irgendwer oder irgendetwas war da draußen. Zögerlich stand sie auf. Da bemerkte sie, wie die Tür von außen zugedrückt wurde.

»Henri?« Sie rannte los und krallte ihre Hände um die rostige Eisenklinke. »Um Himmels willen – *Henri*!«

In diesem Moment schnappte die Türfalle zu, und der Schlüssel drehte sich im Schloss.

DREIZEHN

Bosch zog das Messer aus dem Bauch des Schweines. Die Leinwand klappte vor und gab einen Ausschnitt auf das stumpfgelbe Schilf und den Wolfgangsee frei, der heute zäh wie flüssiges Blei in seinem Becken lag. Träge Wellen trieben heran und schwappten über den Ufersaum, wo der Hund ihnen mit kleinen Sprüngen auswich. Den ganzen Morgen schlich er schon herum, die Ohren gespitzt und die Nase im Wind. Vielleicht erinnerte er sich an die vorletzte Nacht und hatte beschlossen, ab jetzt wachsamer zu sein. Vielleicht war er aber auch nur auf der Jagd nach einer appetitlich fetten Wasserratte.

Seufzend nahm Bosch das Bild von der Staffelei und lehnte es an die Wand. Nichts und niemand konnte sein Narrenschiff retten. Die Schnitte waren zu lang und zu unregelmäßig, als dass man die Leinwand hätte flicken können. Und selbst wenn, der Zauber dieser Arbeit war dahin. Eine unendliche Traurigkeit erfüllte ihn, wenn er das Bild ansah. Er nahm ein Leintuch, das er eigentlich zu Mallappen hatte zerreißen wollen, und warf es über den Spannrahmen.

Vielleicht lag es an der Stunde, die er bei Vollmond auf den harten Holzbohlen des Steges gesessen hatte und die sich jetzt schmerzhaft in seinen Gliedern bemerkbar machte. Vielleicht lag es an der langen Nacht, die er wach gelegen hatte, erleichtert, dass seinem Hund nichts passiert war, noch nicht. Vielleicht lag es aber auch an Henris Worten des Zweifels, die wie ein schleichendes Gift in sein Gehirn getropft waren und sich dort festgefressen hatten. Immer wenn sein Blick zufällig auf das Haus der Aschenbachs fiel, schienen schwarze Schatten hinter der Hecke hervorzukriechen, seine Sicht zu vernebeln und seine Welt zu verdunkeln.

Bosch sah zu der anderen Leinwand hinüber, die neben dem zerstörten Narrenschiff lehnte: »Der Magier«. Sollte er damit weitermachen? Aber irgendwie hatte er eine Aversion gegen das Bild. Es würde niemals seinen Ansprüchen entsprechen und stümperhaft bleiben. Heute merkte er selbst es, morgen sein Galerist und am Ende der Käufer. Es musste etwas geschehen.

Der Hund stöberte aufgeregt im Schilf, sein Schwanz schlug wie ein Pendel hin und her. Gleich würde eine verzweifelte Ratte laut losquieken.

»Auch das noch.« Bosch war nicht in Stimmung für tote Ratten. Er rief: »Hund, los, komm, wir gehen in den Ort.«

Der Hund hob den Kopf und schaute zu ihm zurück.

»Spaziergang.«

Jetzt hatte der Hund begriffen und kam freudig angesprungen.

Bosch trat auf die Straße hinaus. Einer der grünen Fensterläden des Bauernhauses schlug rhythmisch gegen die raue Hausmauer. Der Seewind strich durch die hohe Hecke aus Kirschlorbeer und ließ die dicken Blätter rascheln. Der Porsche parkte auf dem Vorplatz. Wolken eilten über den schwarzen Lack wie über einen Nachthimmel.

»Scheint nicht zu Hause zu sein, die Frau Nachbarin«, meinte Bosch. »Aber im Büro ist sie auch nicht. Der Wagen steht draußen. Findest du das nicht seltsam?«

Der Hund wedelte nur höflich mit dem Schwanz und trabte dann in Richtung St. Gilgen los. Nachdenklich folgte ihm Bosch.

Über Nacht war das Wetter umgeschlagen. Die Hitze vom Vortag war gebrochen, und eine steife Brise wehte vom See herauf. Graue Wolken hingen tief über dem Wasser. Die Berge lagen hinter Nebelschleiern, die die grünen Hänge nur noch erahnen ließen. Im Ortszentrum von St. Gilgen waren die Touristenströme bereits merklich dünner geworden. Das schlechte Wetter würde auch die letzten Gäste abreisen lassen. Auf der Terrasse der Konditorei Dallmann war nur ein einziger Tisch besetzt. Ein älteres Ehepaar in grünen Wachsjacken saß vor Kaffee und Mozarttorte und fütterte die Tauben, die hoffnungsvoll vor dem Geländer patrouillierten. Bosch ließ den Hund vor der Konditorei warten und kaufte zwei Kipferl. Und eine Brioche für seinen Hund.

»Es herbstelt«, stellte die nette Verkäuferin fest. »Wie lange bleiben S' denn noch bei uns, Herr Doktor?«

»Mal sehen«, sagte Bosch.

Wenn er das wüsste. Die Arbeiten im Schloss waren so gut wie abgeschlossen, und seine Vermieter hätten sicher nichts gegen einen längeren Aufenthalt einzuwenden. Am liebsten wäre Bosch für immer geblieben. Im Grunde hing seine Entscheidung von zwei Dingen ab. Konnte er das Häuschen über den langen Winter im Salzkammergut, wenn die Temperaturen auf unter minus zwanzig Grad sanken, ausreichend heizen? Und gönnte man ihm endlich seine Ruhe?

Die Tüte mit dem Gebäck in der Hand, schlenderte Bosch über den Mozartplatz. Der Wind hatte aufgefrischt, und die roten Gondeln, die an ihren Seilen das Zwölferhorn hinaufkrochen, schwangen hin und her. Nicht mehr lange, dann würden Skifahrer und Tourengeher die Sommertouristen als Fahrgäste ablösen. Bosch knöpfte seine Jacke zu und schlug den Kragen hoch. Er bog auf die Uferpromenade ab. Fröhlich trottete der Hund neben ihm her. Immer wieder steckte er seine Nase zwischen die goldenen Blätter am Wegrand. Manchmal raschelte es, und im nächsten Moment huschte ein grauer Schatten über die Straße.

»Du kriegst genug zum Futtern, verdammt, lass das endlich«, brummte Bosch. Die Mäusejagd war eine schlechte Angewohnheit aus den Streunertagen des Hundes.

Motorenlärm dröhnte über das Wasser. Bosch blieb stehen, um dem Wasserflugzeug entgegenzusehen, das in Schräglage von St. Wolfgang heraufkam. Zwei Propeller drehten sich über der schwerfälligen Kabine, die unter dem durchgehenden Flügel hing. Das Flugzeug sauste so knapp über die Promenade, dass Bosch unwillkürlich den Kopf einzog, dann umrundete es den Kirchturm und verschwand in Richtung Salzburg.

Ein paar erschrockene Enten fielen schnatternd auf dem See ein. Schaumkronen tanzten auf den grauen Wellen. An der Schiffstation vertraten sich ein paar Touristen in gelben Öljacken und Strickmützen die Beine, als warteten sie auf einen Walfänger und nicht auf den alten Ausflugsdampfer »Franz Josef«.

Bosch schnappte sich ein Hundeohr und zupfte daran. »So, jetzt gehen wir erst mal nach Hause, und dann sehen wir weiter.« Die frische Luft hatte ihm gutgetan. Irgendwo auf dem Weg waren die schwarzen Schatten verloren gegangen. »Jause?«

Der Hund wedelte mit dem Schwanz.

»Also, dann los.«

Vor seinem Holzhaus angekommen, drückte Bosch das Gartentürchen auf und warf dabei wieder einen Blick zum Bauernhaus hinüber. Der schwarze Porsche stand noch an derselben Stelle, und der Fensterladen schwang immer noch hin und her. Das Klappern hätte auch ein ruhigerens Gemüt als das seiner Nachbarin den letzten Nerv gekostet. Es war wirklich ungewöhnlich, dass sie sich nicht längst darum kümmerte.

»Verstehst du das?« Boschs Uhr zeigte schon nach vier. Um diese Zeit war Frau Aschenbach immer in ihrem Büro in Salzburg. Ein ungutes Gefühl regte sich in ihm. Unerbittlich krochen die schwarzen Schatten wieder heran.

Statt einer Antwort bohrte der Hund nur seine Nase in die Tüte mit dem Gebäck und schniefte laut. Offensichtlich hatte er seinen Leckerbissen erschnüffelt.

»Henri hat recht, du bist ein elender Opportunist.« Bosch schloss die Haustür auf und ging in die Küche. »Hier.« Er zog die Brioche aus der Tüte und warf sie in die Luft. Mit einem Satz schnappte der Hund das Brot, schlug seine langen Zähne hinein und verschwand damit auf der Veranda. »Aber krümle nicht wieder alles voll«, rief Bosch ihm hinterher. Als ob das die größte seiner Sorgen war.

Bosch schaltete die Kaffeemaschine ein und legte die beiden Kipferl auf einen Teller. Dann nahm er ein Glas Marillenmarmelade aus dem Kühlschrank und stellte es dazu. Warum war die Aschenbach heute nicht in Salzburg? Vielleicht war sie krank und brauchte Hilfe. Nach allem, was passiert war, sollte er sich womöglich um seine Nachbarin kümmern. Bosch kramte nach einem Messer in dem Chaos der Besteckschublade. Dabei hätte er sich fast mit dem Korkenzieher gestochen.

Henri und sein Coq au Vin fielen ihm wieder ein. Henri

und das seltsame Gespräch an jenem verregneten Nachmittag in der Bibliothek. Henri und sein Verdacht, dass der plötzliche Herztod von Roland Aschenbach nicht natürlich gewesen war.

Je länger Bosch sich die Sache durch den Kopf gehen ließ, desto unwohler fühlte er sich. Was, wenn Henri recht hatte? Wenn man den Gerüchten glauben durfte, dann hatte Aschenbach seine Frau verlassen wollen. Vielleicht wäre sie bei einer Scheidung nicht gut davongekommen, man las ja so allerhand über Rosenkriege in der besseren Gesellschaft.

Aber jetzt war die Gute eine reiche Witwe. Henri vermisste ein Buch über Giftpflanzen. Die Aschenbach hatte sich Gartenbücher ausgeliehen. Und sie wohnte inmitten eines tödlichen Blumenmeers. Sie hatte ein Motiv, die Mittel und die Möglichkeit zum Töten. Die Marillen im Marmeladenglas auf dem Küchenregal leuchteten wie gefangene Sonnen.

Bosch setzte sich auf einen Küchenstuhl und faltete seine Hände vor dem Kinn. Also – was war am Abend vor Aschenbachs Tod geschehen? Etwas hätte ihm auffallen müssen. Etwas, von dem die Aschenbach annahm, dass er es bemerkt hatte. Und das ihr einen Grund lieferte, sein Narrenschiff zu zerstören und sich an seinem Hund zu vergreifen, um ihn zum Auszug aus dem Häuschen zu bewegen. Auf der Kaffeemaschine blinkte ein rotes Licht, als sich der Motor mit einem Krachen in Gang setzte. Kreischend verschwanden die ganzen Bohnen im Mahlwerk. Die Tassen neben dem Spülbecken vibrierten und schlugen aneinander.

Natürlich, das Steak. Bosch schlug mit der Hand auf die Tischplatte. Er hätte sich verfluchen können, dass er nicht früher daran gedacht hatte. Das Fleisch hatte abseits auf einem Teller gelegen, bedeckt mit schwarzen Krümeln und nicht für den menschlichen Verzehr bestimmt. Sogar der Hund war fast daran krepiert. Aber selbst wenn das Steak, nur mal angenommen, tatsächlich für Aschenbach bestimmt gewesen wäre – er hatte es schließlich nicht gegessen. Und konnte ergo auch nicht daran gestorben sein. Hatte es etwa noch einen zweiten Mordanschlag gegeben?

Die Voodoopuppe fiel ihm ein, gespickt mit einer Nadel,

die wohl auf Aschenbachs schwaches Herz zielen sollte. Die alte Geiersberger hatte ein Motiv, und sie war jemand, die den Abwehrzauber einer Voodoopuppe kannte und gegen einen Feind einsetzen würde. Aber Bosch glaubte nicht an diesen Hokuspokus. Vielleicht war das ekelhafte Ding aber für ihn selbst bestimmt gewesen. Um ihn aus seiner lieb gewonnenen neuen Heimat zu vertreiben. Ein kindischer Versuch, ihm Angst einzujagen, aber durchaus ernst zu nehmen. Er hatte die Warnung ignoriert. Und daher jetzt der nächtliche Einbruch.

Die Aschenbach kannte den Hund gut genug, um ihm ungehindert einen Stein um den Hals binden zu können. Aber der Angriff galt natürlich ihm, Bosch. Wenn sie ihren Mann tatsächlich umgebracht hatte, würde sie vor einem zweiten Mord nicht zurückschrecken.

Und da war auch noch der Mann, der sich in der Gegend herumgetrieben und erbittert mit Aschenbach gestritten hatte. Vielleicht war er nach der Party ins Haus zurückgekehrt, vielleicht hatte er sich irgendwie trotz der Alarmanlage Zugang verschafft. Aschenbach war allein im Schlafzimmer gewesen und nahezu bewusstlos vom Alkohol. Ein Kissen, für ein paar Minuten aufs Gesicht gedrückt, hätte ausgereicht.

Bosch stützte sich auf die Tischplatte und stand auf. Er musste Henri anrufen und sich mit ihm beraten.

Das Telefon hing in einer dunklen Ecke an der Wand neben der Eingangstür. Es war ein alter schwarzer Apparat mit einer Wählscheibe und kaum noch leserlichen Zahlen. Bosch kannte die Nummer inzwischen auswendig, aber heute zerrte das behäbige Surren der Wählscheibe an seinen Nerven. Endlich hörte er am anderen Ende der Leitung, wie es im Schloss läutete. Erwartungsvoll straffte er seinen Körper. Aber das Läuten hörte einfach nicht auf. Niemand zu Hause. Damit hatte er nicht gerechnet. Vielleicht waren Henri und Cesario für einen Tag nach Salzburg gefahren. Oder für zwei Wochen nach Kuala Lumpur.

Enttäuscht hängte Bosch den Hörer ein und ging in die Küche zurück. Die Sonne war jetzt ganz verschwunden. Die Haut der eingemachten Marillen wirkte welk und grau. Wahrscheinlich lag die Aschenbach nur krank zu Hause. Allein in dem großen Haus. Es war seine gutnachbarliche Pflicht, ihr seine Hilfe anzubieten. Sie würde keinen Verdacht schöpfen, wenn er als ihr besorgter Lebensretter bei ihr auftauchte. Und dann würden sie Klartext reden. Keine weiteren Überfälle.

Aus Gewohnheit nahm Bosch den Weg über den Uferstreifen. Schon als er zwischen den tief hängenden Zweigen hindurchkroch, konnte er sehen, dass die Fenster und Terrassentüren geschlossen waren. Das mächtige Holzschindeldach wölbte sich über das Bauernhaus, als wollte es die Geheimnisse seiner Bewohner beschützen. Die Blumenbeete sahen wie die leblose Dekoration für ein Lifestyle-Magazin aus. Das Anwesen wirkte leer.

Einen Moment zögerte Bosch weiterzugehen. Wieder einmal war er dabei, sich in die Angelegenheiten fremder Leute einzumischen. Diese unselige Angewohnheit hatte ihn schon oft genug in Schwierigkeiten gebracht. Allerdings waren es genau diese Leute, die ungefragt an seinem Leben teilnahmen und ihm seine Ruhe raubten. Und er wollte endlich wissen und verstehen, warum. Entschlossen stapfte Bosch den Kiesweg zum Haus hinauf.

Die Terrasse sah aus, als wäre sie eben erst verlassen worden. Auf dem Tisch stand ein halb herabgebranntes Windlicht, daneben lagen Aktenordner und Bauzeichnungen. Eine Modezeitschrift und ein Briefumschlag waren achtlos hingeworfen. Und die ungelesene Tageszeitung vom Vortag. Obwohl es bereits auf den Abend zuging, hatte die Aschenbach die aktuelle Ausgabe noch nicht aus dem Postkasten genommen. Bosch bekam ein mulmiges Gefühl. Er ging auf den Rasen zurück und schaute zum Balkon hinauf. Vielleicht lag sie da oben. Leblos wie ihr Mann. Die Vorhänge im Schlafzimmer waren aufgezogen.

»Frau Aschenbach?« Nichts rührte sich. Wie gemeißelt standen die Vorhänge im Fenster. *»Frau Aschenbach!«* Entweder sie war nicht zu Hause, was angesichts ihres Autos vor dem Haus unwahrscheinlich war, oder sie war tot.

Boschs mulmiges Gefühl verdichtete sich zu echter Sorge. Er ging ums Haus und spähte durch die Verglasung der Küchentür.

Hinter der Christusfigur über der Essecke steckten jetzt Zweige. Auf dem Tisch darunter stand eine Kaffeetasse mit aufgemalten Rosen. Sonst konnte er kein Lebenszeichen entdecken.

Bosch ging weiter zum Vorplatz. Die runde Karosserie des Porsche glänzte wie der Panzer eines Skarabäus. Das monströse Insekt schien den Eingang zu bewachen. Er wandte dem Auto den Rücken zu. Die Haustür wurde von einem barocken Portal aus rotem Marmor eingefasst. Daneben hing eine Messingglocke mit einer Kette. Aber es gab auch ein modernes Klingelschild. Bosch drückte den Knopf, und im Inneren des Hauses begann eine Melodie zu spielen: »Eine kleine Nachtmusik«. Wolfgang Amadeus Mozart. Wem fiel denn so was ein? Er ließ die Musik ein paarmal spielen. Umsonst.

Nur um nichts zu übersehen, vollendete Bosch seinen Rundgang ums Haus. Dann stand er wieder auf der Terrasse. Und jetzt? Sein Blick wanderte über die Aktenordner, das Modeheft und die Baupläne. Unter einem durchsichtigen Plastikblatt konnte er eine Zeichnung des Projekts erkennen. Sie war kunstvoll und detailreich und zeigte eine Kirche. Er fasste den Plan mit zwei Fingern und zog sie zu sich heran. Dann blieb ihm die Luft weg.

»HOTEL AU LAC«, stand in Großbuchstaben über dem Portal. Luxusautos waren davor eingezeichnet, ein Page lief die Stufen hinunter, um einem Ankömmling das Gepäck abzunehmen. Hinter dem Hotel schimmerte der Wolfgangsee, und über die beiden Türme ragte die schräge Spitze des Schafbergs. Es war eine touristische Idylle. Nur die Wasserspeier störten, die ihre dämonischen Fratzen über die Regenrinnen beugten und das ganze Spektakel zu ihren Füßen mit Häme zu beobachten schienen.

Bosch musste lachen. Das konnten nur die letzten Pläne des seligen Aschenbach sein. Zweifellos hatte er sie Henri noch präsentieren wollen und war nicht mehr dazu gekommen. Es wäre vergebliche Liebesmüh gewesen. Den ganzen Sommer hatte Henri mit Feuereifer den Umbau des Schlosses vorangetrieben. Sein Herz hing an diesem Museum. Niemals hätte er Aschenbachs hochfliegenden Plänen zugestimmt.

Bosch schob den Bauplan wieder in die Plastikhülle. Dann

fasste er einen Entschluss. Es war sicher zu früh, die Polizei wegen Frau Aschenbach zu verständigen. Gut möglich, dass sie mit einer Freundin für einen Tag weggefahren war. Eine längere Reise schloss er aus, sonst hätte sie sicher die Sachen von der Terrasse geräumt. Sollte sie in ein bis zwei Tagen nicht zurück sein, würde er etwas unternehmen.

Erleichtert machte er sich auf den Heimweg. Als er den Weg zum See hinunterging, stellte er fest, dass im Garten gearbeitet worden war. Ein Teil der Beete war abgeräumt und die Erde für eine neue Pflanzung vorbereitet.

Bei den Weiden angekommen, duckte sich Bosch unter den langen Zweigen. Dabei stieß er mit der Hüfte gegen einen großen Gegenstand. Rasch richtete er sich wieder auf. Halb verborgen unter den silbrig grünen Laubschnüren stand noch immer der Grill vom Gartenfest. Offensichtlich hatte sich in der Zwischenzeit niemand mehr darum gekümmert. Der Blättervorhang hatte sich in den letzten Wochen geschlossen, und der Grill war in Vergessenheit geraten. Noch immer schwammen Kohlereste in dem schwärzlichen Wasser, das sich unter der Grillfläche angesammelt hatte und vom Regen immer wieder aufgefüllt worden war. Dazwischen trieben Blätter und kleine Äste. Und ein hölzerner Grillspieß.

Bosch wandte sich ab und wollte gerade auf den Sandstreifen hinaustreten, der zu seinem Grundstück führte, als er wie angewurzelt stehen blieb. Etwas hatte hier nicht seine Richtigkeit. Dies war kein einfacher Gartengrill, auf dessen Rost man Würste oder Fleischspieße legte. Am Abend des Festes hatte sich hier ein ganzes Spanferkel an einer eisernen Vorrichtung für die Gäste gedreht. Es war der kurze hölzerne Spieß, der nicht zu dem Sammelsurium im Kohlewasser passte. Langsam ging Bosch zum Grill zurück.

Der Spieß war angekohlt, aber sonst unversehrt. Sein Schaft war mehrfach gekerbt, mit einer lanzenförmigen Spitze – und nicht zum Grillen gedacht. Boschs Kehle wurde eng. Auf einmal wusste er, wo er einen solchen Pfeil schon einmal gesehen hatte. Auf einem hundert Jahre alten Foto.

VIERZEHN

Das stete Tropfen von Wasser weckte Marie. Roland war nach Hause gekommen. Mitten in der Nacht, wie immer. Rücksichtslos, auch wie immer. Marie hielt die Augen geschlossen, während sie auf das Geräusch der laufenden Dusche wartete. Sie wollte den Arm unter ihr Kopfkissen schieben, als sie merkte, dass da kein Kissen war. Sie lag auf einem harten Feldbett, durch dessen Bespannung von unten Kälte und Feuchtigkeit drangen. Es roch nach Moder und Schimmel.

Sie riss die Augen auf. Über ihr wölbte sich der Himmel. Ein Mann mit Bart und Heiligenschein saß auf einer Wolke und hielt eine Hand hoch, als wollte er sie dort unten auf ihrem harten Lager segnen. Und da waren noch mehr Leute über ihr. Manche waren nur verschwommen zu sehen, anderen fehlten ein paar Gliedmaßen. Alle starrten aus mitleidlosen Augen auf sie herab.

Sie war noch immer in der Felsenkapelle. Kondenswasser tropfte von einem Fensterbrett neben dem Eisenkruzifix auf den Boden. Das war der Laut, der sie geweckt hatte.

Jemand hatte Henri von ihr weggelockt. Die Erinnerung an das Klappern des Schlüssels, der sich in dem alten Kastenschloss gedreht hatte, bohrte quälend in ihrem Kopf. Jemand hatte sie hier eingeschlossen. Stundenlang hatte sie um Hilfe gerufen, umsonst. Marie hatte die ganze Nacht auf dem harten Feldbett zugebracht und vergeblich auf ihre Befreiung gewartet. Stunden des Wachens und Dösens hatten sich abgewechselt, waren verronnen, bis sie jedes Zeitgefühl verloren hatte. Wann war Henri gegangen? Und warum war er nicht zurückgekehrt? Ihm musste etwas Schreckliches passiert sein. Vielleicht war er tot. Und niemand außer ihm wusste, wo sie war. Ganz aus der Ferne hörte Marie die Schiffssirene des Ausflugsdampfers, der die Anlegestelle in Fürberg verließ. Fröhliche Menschen waren an Deck und fotografierten womöglich in diesem Augenblick den Falkenstein, ohne zu ahnen, dass sie hier festsaß.

Aber irgendwer würde sie vermissen. Jessica. Der Gärtner. Ihr Nachbar. Natürlich, ihr Nachbar, Bosch. Er würde die Polizei rufen. Und dann? Vielleicht würde man sie sogar im Schloss suchen. Man würde Henris Leiche finden. Und vielleicht die von Cesario. Wenn er nicht der Angreifer war und längst über alle Berge. Aber sie selbst? Die Felsenkapelle war jahrhundertelang verschollen gewesen. Niemand kannte diesen Raum. Sie war mutterseelenallein und auf sich selbst gestellt.

Marie stützte die Ellenbogen auf und versuchte, sich aufzusetzen. Von der Anstrengung wurde ihr schwindlig, und ihr Magen rebellierte. Seit gestern, als sie sich zu einem entspannten Mittagessen im Schloss aufgemacht hatte, hatte sie nichts mehr gegessen. Oder getrunken. Ihre Zunge klebte am Gaumen. Hinter den Fenstern rauschte sanft der See, aber sein klares kaltes Wasser war für sie unerreichbar. Das Plätschern und Schlagen der Wellen wurde ihr zur Qual, genau wie die Feuchtigkeitsflecke in den Wänden, die die Nässe gespeichert hatten, aber nicht mehr hergaben.

Wenn sie hier liegen blieb, würde sie sterben. So einfach war das. Es hatte keinen Sinn, noch länger zu warten, sie musste sich selbst befreien. Marie schaute sich um. Die Gesichter der Heiligen waren unbewegt. Das rostige Eisenkreuz stach schwarz von der Wand ab. Das Licht hinter den gotischen Fenstern war grau. Sie bemerkte, dass ein paar kleine Scheiben aus ihren Bleifassungen gebrochen waren. Daher also die Kälte in der Kapelle. Sie konnte von Glück sagen, dass Sommer war. Im Winter wäre sie schon erfroren.

Die Fenster lagen zu hoch, um sie als Fluchtweg zu nutzen. Sie könnte die Scheiben höchstens erreichen, wenn sie ein paar von den Expeditionskisten darunterschob. Marie musterte den hölzernen Stapel. Nein, es waren zu wenige. Außerdem war sie nicht stark genug, um sie aufeinanderzuhieven. Aber vielleicht lagerte in den Kisten etwas, das sie brauchen könnte. Sicher enthielt wenigstens eine von ihnen irgendwelches Werkzeug. Mühsam rappelte sie sich hoch. Ihre Muskeln schmerzten vom langen Liegen auf dem harten Feldbett. Sie tappte über den kalten Sandsteinboden.

Die oberste Kiste hatte chinesische Aufkleber. Marie versuchte, einen Finger zwischen Deckel und Seitenwand zu schieben. Vergebens. Der Deckel war fest zugenagelt. Die Nägel hatten sich in das weiche Holz gegraben und dabei rostige Abdrücke hinterlassen. Diese Kiste bekam man nur mit einem Stemmeisen auf.

Sie wandte sich der nächsten zu, auf der rote Zollstempel und ein von Leimspuren gezeichnetes Adressschild klebten. »Porto de …« Das nächste Wort konnte sie nicht entziffern. Doch diese Kiste hatte nur einen Riegel. Das Metall war angelaufen und stumpf, aber bei genauer Betrachtung fielen Marie ein paar glänzende Kratzer auf. Die Kiste war bereits einmal geöffnet worden. Schnell packte sie den Riegel und zog ihn ohne große Mühe hoch. Na bitte, ging doch. Sie kniete sich auf den harten Boden, klappte den Deckel auf und beugte sich über die Kiste. Ihr Inhalt lag unter einer grauen Decke verborgen, die einen schwachen Pferdegeruch verströmte. Marie packte eine Ecke des dicken Stoffes, schlug sie zurück – und schnappte nach Luft.

Keinen Meter vor ihr lag der Kopf eines Menschen. Entsetzt schlug sie die Hand vor den Mund und wehrte sich gegen das Würgen in ihrer Kehle. Es konnte sich nur um den Teil einer Puppe handeln. Kein Forscher verschiffte Kisten mit Leichenteilen. Sie zwang sich, wieder hinzuschauen, und blickte auf die zusammengekniffenen Augen eines lederartigen Gesichtes. Geschwungene Brauen überwölbten seidige Wimpern. Die Nasenlöcher waren zu Nüstern geweitet. Jemand hatte die Lippen durchstochen und sie mit kunstvoll geflochtenen Schnüren verknotet, sie für alle Ewigkeit zum Schweigen verdammt. Eine Flut stumpfen braunen Haares ergoss sich zu beiden Seiten des gemarterten Schädels. Der ganze Kopf war nur faustgroß. Aber es war keine Puppe.

Marie sprang auf und rannte zum Feldbett zurück. Schnell setzte sie sich auf die Ecke, die von der Kiste und ihrem grauenhaften Inhalt am weitesten entfernt war. Sie zog die Beine dicht an den Körper, umschlang sie mit den Armen und stützte das Kinn auf die Knie. Sie zitterte am ganzen Körper und hätte am liebsten wie eine Irre losgeschrien.

Der Mexikourlaub mit Roland tauchte am Horizont ihrer Gedanken auf. »Schrumpfkopf«, flüsterte sie. »Das ist nur ein Schrumpfkopf.«

Sie lachte. Erst leise, dann immer lauter, bis sie selbst hörte, wie hysterisch sie klang, und verstummte. In der Felsenkapelle ängstigte sie ihre eigene Stimme. Wie Kirchengesang füllte sie den Altarraum und verlor sich irgendwo im Deckengewölbe.

Marie schob die Beine über den Rand des Feldbetts und fixierte die Kiste. Darin war so ein Dings, wie sie es auf einem Wochenmarkt irgendwo in Mexiko zwischen Hühnerkäfigen und Stapeln von Sombreros gesehen hatte. Die dicke Verkäuferin hatte den Schrumpfkopf aus einer gewebten Decke gewickelt und furchtbar geheimnisvoll getan. Aber Roland hatte behauptet, Touristen würden eh nur präparierte Faultierköpfe angedreht. Er hatte sich geweigert, ihn zu kaufen. Sogar im Hotelshop hatte es putzige Schlüsselanhänger mit Schrumpfköpfen gegeben. Allerdings aus grell bemaltem Plastik.

Marie ging zu der Kiste zurück. Der Tote schlief still inmitten der Masse dunklen Haares. Ein paar Strähnen waren zu Zöpfen geflochten und mit bunten Lederbändern umwickelt. In einigen steckten noch bunte Federn, deren Farben noch immer zu erahnen waren. Würde man das für ein Faultier tun? Ihr Hals wurde eng. Aber sie unterdrückte ihr Entsetzen. Sie war seit vielen Stunden eingesperrt und brauchte dringend irgendwas, um die Tür ihres Gefängnisses aufzubrechen. Sie musste jede noch so kleine Chance wahrnehmen.

Entschlossen packte Marie eine Ecke der Pferdedecke und hob sie hoch. Sechs Gesichter schienen wie dunkle Blumen in einem Teich aus Haar zu schwimmen. Alle hatten die Augen geschlossen und den Mund vernäht. Ein Lippenpaar war noch dazu grausam von Holzpflöcken durchbohrt, als wollte man sichergehen, dass kein einziges Wort mehr den Weg in die Welt der Lebenden fand.

In diesem Moment hörte sie ein gedämpftes Scharren hinter ihrem Rücken. Jemand war auf dem Gang. Rasch klappte sie den Deckel der Kiste zu. Der Schlüssel drehte sich im Schloss. Die Tür ging auf.

Henri.

Marie machte ein paar Schritte in seine Richtung. »Oh, Gott sei Dank«, stammelte sie. »Sie leben.«

Henri musterte sie mit seinen Froschaugen.

»Was ist denn passiert? Ich dachte schon, ich müsste ewig hierbleiben. Sind Sie …?« Die Worte blieben ihr im Hals stecken.

Langsam kam Henri auf sie zu. Er trug Jeans und ein Khakihemd. Und er war frisch rasiert. Überhaupt wirkte er ausgeruht und entspannt. In der einen Hand trug er eine Wasserflasche, auf deren Hals ein umgestülptes Glas saß. In der anderen hielt er einen gelben Zierkürbis, wie Marie ihn gerne für ihre Herbstdekorationen verwendete.

Er hinkte an ihr vorbei. Vor den Kisten blieb er stehen und musterte sie, als überlegte er, für welche von ihnen er sich entscheiden sollte. Schließlich stellte er beides, die Flasche und den Kürbis, auf den Deckel mit den chinesischen Schriftzeichen. »Sie werden sicher etwas trinken wollen?«, erkundigte er sich in leichtem Plauderton, als wollte er nur wissen, ob sie einen Aperitif vor dem Dinner wünsche.

»Ich will nichts trinken – wo sind Sie denn gewesen? Ich habe mir solche Sorgen gemacht.«

Henri schüttelte nur den Kopf und seufzte tief.

»Was jetzt? Gehen wir endlich.« Marie schaute sich nach ihrer Handtasche um.

»Wir gehen nicht, zumindest noch nicht.«

»Was? Wieso denn?« Marie machte eine Handbewegung zur Tür. Henri hatte sie nur angelehnt. »Mir reicht's. Ich bin fix und fertig. Außerdem habe ich die ganze Nacht mit diesen Schrumpfköpfen da drüben verbracht.«

Henris Augenbrauen schossen in die Höhe. »Wie haben Sie die Kisten denn aufbekommen?«

»Nur die eine. Ging ganz leicht.« Das war doch jetzt wohl nicht sein Ernst, dass er sie wegen ihrer Neugier tadeln wollte. »Der Riegel war schon offen.« Sie deutete mit dem Kinn auf die grässliche Kiste. »Sie können gerne mal reinschauen.« Ihr reichte es. Ihr gesamter Körper tat weh, und ihre Augen juckten, als hätte jemand Sand hineingestreut. Sie war todmüde. »Sie entschuldigen«, Marie schnappte sich ihre Handtasche und ging auf die Tür zu, »aber ich gehe jetzt nach Hause.« Sie hatte gerade drei Schritte gemacht, als Henris Stimme sie zurückhielt.

»Bleiben Sie lieber hier«, sagte er freundlich, als erteilte er einen wohlgemeinten Rat. »Sie würden nicht weit kommen, sondern nur Cesario in die Arme laufen. Und der versteht keinen Spaß.«

Marie wandte sich um. Ein Grinsen lag auf Henris Gesicht, das etwas Mitleidiges hatte. »Was heißt das?«

Henri hob das Glas von der Flasche und stellte es auf den Kistendeckel. Er schenkte es halb voll mit Wasser. »Ein Wink von mir genügt, und er wird sie töten.« Er überlegte. »Vielleicht braucht es nicht einmal einen Wink. Cesario ist sehr intelligent.« Es klang, als spräche er von seinem Hund.

Marie zweifelte nicht an seinen Worten. »Mich – töten? Warum denn, um Gottes willen?«

Sie sah das wie in Bronze gegossene Gesicht des Dieners vor sich. Die scharfe Gartenschere in seiner Hand. Das lange Küchenmesser im Bund seiner Schürze. Auch wenn Cesario kein Pistolenholster trug, hatte Henri stets einen bewaffneten Bewacher um sich. Es war nur nicht so offensichtlich. Das Licht um sie schien auf einmal diffuser, die Heiligen verschwanden hinter Nebelschleiern. Das konnte nicht sie sein, die in einer feuchten, alten Kapelle festsaß. Zusammen mit dem durchgeknallten Schlossherrn. *Nur die Ruhe.* Die Lage war ernst, aber nicht aussichtslos. Wie oft war sie durch geschicktes Verhalten Roland und seinen Wutausbrüchen entkommen. Sie hatte Routine im Umgang mit unberechenbaren Männern. Der Gedanke gab ihr Sicherheit. Der Nebel um sie herum lichtete sich. »Na schön.«

Sie trat weg von der angelehnten Tür und machte einen Schritt auf Henri zu, um ihr Entgegenkommen zu signalisieren. »Also, was machen wir zwei dann hier noch?«

Henri nahm den Kürbis und schwenkte ihn wie einen Cocktailshaker. Er umfasste den Korken, der den Hals verschloss, überlegte es sich dann aber offenbar anders und stellte den

Kürbis neben die Wasserflasche. Er sagte: »Wir nicht – Sie, Madame.« In seiner Stimme schwang Bedauern. »Ich habe wirklich versucht, diese Eskalation zu vermeiden, glauben Sie mir.« Mit dem Zeigefinger fuhr er einen grünen Streifen auf dem Kürbis nach. »Ich habe Sie beobachtet, und das, wenn Sie mir erlauben, das zu sagen, durchaus mit Vergnügen.«

»Beobachtet?«

Henri nickte. »Wir sind uns ähnlich.«

»Ach ja.« Er war noch durchgeknallter, als Marie gedacht hatte. »Tatsächlich?«

»Wir tun alles, um unsere Interessen durchzusetzen. Sie nur für einen vollen Teller, ich dagegen für einen höheren Zweck.« Henri ließ seinen Blick über den Kistenstapel wandern. Dann richtete er seine Chamäleonaugen wieder auf Marie. »Sie sind mir gleich aufgefallen. Schon das erste Mal, als ich die Ehre hatte, Sie in meinem Haus begrüßen zu dürfen.« Ein Lächeln huschte über sein Gesicht. »Ich erkenne Skrupellosigkeit auf den ersten Blick«, sagte er beifällig.

»Jetzt reicht's aber«, sagte Marie. »Beleidigen lasse ich mich –«

Er hob schnell die Hand, um ihrem empörten Einwand zuvorzukommen. »Nein, nein, Madame, das ist keine Kritik.« Er schob die Hand in die Tasche seiner Jeans und klimperte mit etwas darin herum. »Ich habe mich gefragt, wie weit Sie wohl gehen würden.«

Marie hatte ein kratziges Gefühl im Hals. »Wie meinen Sie das?« Sie räusperte sich.

»Sie haben sich sofort das Buch über die Giftpflanzen ausgeliehen.« Er schüttelte den Kopf. »Eine Gärtnerin aus Liebe macht so etwas nicht, *ma chère*. Aber Liebe war ja auch nicht Ihr Motiv, habe ich recht?«

Marie versuchte zu schlucken, aber ihre Kehle war zu eng. Sie hob das Kinn und erwiderte seinen Blick.

»Für wen waren Ihre Kenntnisse denn gedacht?« Henri neigte den Kopf zur Seite. Er verurteilte sie nicht. Er wollte es nur wissen.

Marie rang sich zu einer Antwort durch. »Für niemanden.« Sie musste hier raus. »Lassen Sie mich gehen.«

Er plauderte einfach weiter, als bemerkte er ihre Beklemmung gar nicht. »Von da an hatte ich Sie im Auge.«

»Wirklich.« Maries Beine fingen unkontrollierbar an zu zittern. Hastig ging sie zum Feldbett und setzte sich, ehe ihre Knie nachgaben. Sie legte die Hände in den Schoß. Ihre Finger krümmten sich und schlossen sich zu Fäusten. »Haben Sie mich verfolgt? Waren Sie das etwa?«

Henri zögerte, dann sagte er: »Nein, aber ich bin Ihnen während Ihres ganzen Gartenfestes nachgegangen.« Er drohte ihr mit dem Zeigefinger und zwinkerte ihr dabei zu. »Ich wollte zu gern wissen, wie Sie's anstellen würden. *Chapeau*, Madame.«

Marie biss die Zähne zusammen. »Lassen Sie mich raus.«

Er schüttelte den Kopf. »Keine Chance.« Auf einmal war seine Stimme ernst, jeder Charme war verflogen. »Aber Sie haben recht, bringen wir es zu Ende.« Er fasste hinter sich nach dem Kürbis und hielt ihn hoch. »Curare«, sagte er. »Ich denke, Sie wissen, was das ist.«

Gift. Marie spürte einen Stich in der Brust. »Wollen Sie mich vergiften?«

Henri verdrehte die Augen. »Natürlich nicht.«

Marie atmete auf. »Was soll dann …?«

»Sie werden es selbst tun.«

»Was?« Marie sprang auf. »Sie sind ja irre, Sie sind …« Sie drehte sich um und rannte zur Tür. Riss sie auf, lief auf den Gang – und blieb wie angewurzelt stehen. Im schwachen Licht, das durch die Schießscharte unter der Felsendecke fiel, erkannte sie am Ende des Ganges eine geduckte Gestalt. Jemand kauerte im Schatten, verschmolz fast mit der unebenen Wand. Dort hinten lauerte Cesario, die Wache, die sie an der Flucht hindern sollte. Henri hatte an alles gedacht. Es war vorbei. Marie sprang zurück in die Kapelle und knallte die Tür zu. Sie lehnte die Stirn gegen das rissige Holzblatt und fing an zu weinen.

Nach einer Weile hörte sie wieder das gedämpfte Klimpern in Henris Tasche. »Das war eine gute Entscheidung. Sie hätten den Weg nach draußen sowieso nicht gefunden.«

Henri schien nicht zu wissen, dass Cesario schon im Gang wartete. Auf keinen Fall durfte er es erfahren. Sonst war ihr

Schicksal gleich besiegelt. *Hör dir an, was der Irre zu sagen hat, vielleicht gibt es ja doch noch eine winzige Chance.* Marie wischte sich die Tränen weg und fuhr sich mit der Hand unter der Nase entlang. Dann drehte sie sich um.

»Und jetzt?« Sie legte so viel Kälte wie möglich in ihre Stimme. Das gab ihr Sicherheit und machte ihren Kopf wieder ein wenig klarer. »Schluss mit dem Theater.«

»Das ist kein Theater, dies hier ist Ernst.« Henri zeigte auf das Wasserglas und den Kürbis. »Schuldige müssen bestraft werden. Sonst gibt es keine Gerechtigkeit, das verstehen Sie doch? Wenn ich jetzt gleich hinausgehe, werde ich die Tür hinter mir verschließen.«

Marie starrte ihn wortlos an. War das hier ein Tribunal? Sie fühlte sich wie eine Angeklagte, die ihr Urteil erwartete. Und Henri war ihr Richter und Henker in Personalunion.

»Für immer verschließen, Madame.«

»Quatsch.« Einen irren Moment lang wollte sie lachen. Sein Pathos war aber auch zu komisch. »Das heißt, ich werde lebendig eingemauert? Wie in Schlössern üblich? Ich bitte Sie, Henri, wenn Sie ein neues Gespenst brauchen …«

»Das liegt ganz bei Ihnen.«

Marie war so erleichtert, dass ihre Knie weich wurden. Sie war das Opfer eines Sadisten, aber unter einer bestimmten Bedingung würde er sie entkommen lassen. Sie würde jeden Preis zahlen. Und sich dann fürchterlich rächen. »Was soll ich tun?«

»Bravo, Madame, ich schätze Haltung in jeder Lebenslage.« Er schmunzelte über seine eigene Wortwahl.

»Ich weiß nicht, was daran so lustig ist.«

»Natürlich nicht, Madame, und Ihre Haltung wird – so fürchte ich – auch nicht mehr lange andauern. Also – Sie können hier noch tagelang vor sich hinvegetieren. Mit Wasser auch länger.« Er machte eine kurze Pause. »Oder Sie tun sich einen Gefallen und nehmen das Gift.«

»Ich?« Er war wahnsinnig.

Henri lächelte wie ein charmanter älterer Herr im Gespräch mit einer Dame. »Ja, Sie selbst, Madame.«

»Warum sollte ich …?«

»Weil Sie Ihren Mann getötet haben, Madame, deshalb«, sagte er in sanftem Tonfall. »Beweisen Sie der Welt, dass Sie bereuen, was Sie getan haben.« Die Heiligen an den Wänden umstanden ihn wie einen Priester, der Sühne und Vergebung offerierte. Ein Heiliger im roten Mantel hatte die Hand wie zum Segen erhoben.

»Was – *nein*.«

»Die Wahl liegt natürlich bei Ihnen.« Er zog einen Schlüssel aus der Hosentasche und ließ ihn am Ring hin und her pendeln. »Es ist nur ein Angebot.«

»Sie können ... mich doch nicht ... einfach ...« *Umbringen,* hatte sie sagen wollen. Aber natürlich wusste sie, dass er sie nicht lebend davonkommen lassen konnte. Er war überzeugt von der Richtigkeit seines Tuns.

Henri ließ den Schlüssel sinken. Ruhig sagte er: »Es gibt eine Ordnung, die über dem Gesetz steht, das die kleingeistigen Menschen erfunden haben, Madame.« Sein Blick glitt zu den Expeditionskisten. Bis auf eine waren alle noch fest vernagelt und hüteten ihre Geheimnisse. »Es braucht Mut und Visionen, um nach seinem eigenen Recht zu leben. Ohne Visionäre säßen wir noch immer in Höhlen und fräßen unsere Nachbarn.« Offensichtlich betrachtete er sich als einen dieser Visionäre. »Auch für den Fortschritt der Wissenschaft muss man Opfer bringen, Madame.«

»Und ich soll so ein Opfer sein?«, fragte sie. »Für die Wissenschaft?«

Ein Windstoß fuhr durch die zerbrochenen Fensterscheiben. Kalte Luft, die nach Wald und nach See roch, verbreitete sich in der Kapelle. Über Maries bloße Arme lief ein Schauer.

Henri lachte wieder sein keckerndes Ziegenbocklachen. »Für die Wissenschaft sind Sie völlig unbedeutend, Madame, nichts als ein kurzlebiges Insekt.« Seine gute Laune zerrte an Maries Nerven. »Aber auch so ein Insekt kann äußerst lästig sein.« Henri kam auf sie zu. Er zog sein steifes Bein nach, seine muskulösen Arme waren leicht abgespreizt. Bereit zuzupacken. Marie hatte keine Chance. Und draußen wartete Cesario. Mit seinem Messer. »Ich werde Sie jetzt verlassen, Madame.«

Marie sah Henri entgegen. Er fixierte sie mit seinen kalten Fischaugen, als wollte er sie hypnotisieren. Auf einmal konnte sie seine Nähe nicht mehr ertragen. Sie schlich an ihm vorbei und in die Felsenkapelle zurück. Die verstümmelten Heiligen starrten ihr mitleidlos entgegen. In der Brust des heiligen Sebastian steckten zahllose Pfeile, und auch die Bemalung einer Hand war im Lauf der Jahrhunderte verblichen, sodass es aussah, als hätten seine Peiniger sie ihm abgeschlagen. Marie lehnte sich mit dem Rücken an eine Wand und schloss die Augen. Der Putz fühlte sich glatt und kalt an. Schon spürte sie, wie Kälte und Feuchtigkeit durch ihre Haut drangen, um von ihrem Körper Besitz zu ergreifen.

»Adieu, Madame«, sagte Henri. »Seien Sie klug.«

Die Tür schnappte zu, und der Schlüssel drehte sich im Schloss. Marie schaute zu den hohen Fenstern hinüber. Die Blätter der Bäume bewegten sich immer noch. Aus der Ferne hörte sie Wellen des Sees unablässig an die Felswand schlagen.

FÜNFZEHN

»Es herbstelt«, sagte der Taxifahrer, als er den Wagen in den Wald und nach Fürberg hinauflenkte. Die Baumkronen schlossen sich zu einem dunklen Tunnel. Wenn die Scheinwerfer die fahlgelben Laubhaufen am Straßenrand erfassten, schienen sich dort glitzernde Berge aus Goldmünzen aufzutürmen. »Sie werden sehen, in drei Wochen haben wir den ersten Frost. Und hundert Tage nach dem ersten Frost schneit's zu, heißt's.«

Bosch murmelte eine Antwort und drückte sich tiefer in den Rücksitz. Seine Uhr zeigte halb acht. Die Dämmerung senkte sich über das Salzkammergut. Die untergehende Sonne tönte den Himmel schildpattfarben, als wäre er mit Fischschuppen statt mit Wolken bedeckt. Rechts unterhalb der Straße konnte Bosch den Wolfgangsee sehen, breit und grau glänzend wie der Rücken eines riesigen Wallers. Nebel stieg aus der Mitte des Sees, dort, wo kaltes Wasser auf wärmere Luft traf. Über die Berghänge floss weißer Dunst. Engelshaar auf einem Christbaum, dachte Bosch. Bald musste er sich für das kommende Wintersemester vorbereiten. Oder kündigen.

Die Straße wurde kurvig, und Bosch ließ sich in ihrem Rhythmus hin und her bewegen. Der Fahrtwind trieb Blätter in einem wirbelnden Tanz an seinem Fenster vorbei. Endlich traten die Bäume zurück, wurde das Laub lichter, und das Schloss lag in seiner ganzen Pracht da. In diesem Moment öffnete sich ein Spalt in der Wolkendecke, und ein letzter Sonnenstrahl vergoldete seine Erker und Zinnen. Dazwischen lagen Schatten.

»Schaun S', wie schön.« Die Reifen des Taxis knirschten über den Kies des Vorplatzes. Mit einem Ruck kam der Wagen vor den Eingangsstufen zum Stehen. »So, da wär'n wir. Ich glaube, Sie werden schon erwartet.«

Durch das Ochsenauge über der Eingangstür konnte man den Kronleuchter in der Halle brennen sehen. Sonst lag das Schloss im Dunkel. Nur in einem Zimmer im Erdgeschoss schien Licht. Bosch bezahlte den Fahrer. Dann stieg er die Stufen zur Schlosstür hinauf und zog an dem rostigen Klingelzug.

Es dauerte eine Ewigkeit, bis Cesario die Tür öffnete. Dafür machte er sofort den Weg frei und ließ Bosch eintreten. Die Halle war hell erleuchtet, und die Kerzen des riesigen Kronleuchters spiegelten sich in den gläsernen Schaukästen. Auf dem schwarz-weißen Marmorboden standen zerkratzte Lederkoffer mit bunten Aufklebern. An einem lehnte ein schwarzer Spazierstock mit silbernem Knauf, und darauf lag ein Herrenhut aus Stroh. Es war ein Panamahut. Das sah nach Vorbereitungen für eine längere Reise aus.

»Don Hans«, sagte Cesario und deutete eine Verbeugung an. Zwischen seinen Augenbrauen stand eine steile Falte. Sein weißes Hemd und die Jeans waren staubbedeckt. Vielleicht hatte er die Koffer vom Speicher geholt oder Wertgegenstände sicher verstaut. *»Buenas tardes, señor.«* Er blickte zu dem Taxi, das eben durch das Schlosstor davonfuhr.

»Cesario, ich muss unbedingt mit Henri sprechen.«

Der junge Mann reagierte nicht.

»Wo finde ich Herrn de Mortin?« Bosch legte noch mehr Dringlichkeit in seine Stimme.

Cesario drehte sich um, als kehrten seine Gedanken aus weiter Ferne zurück. »Don Henri?« Sein dunkles Gesicht war in sich gekehrt und verschlossen. Aber sein Blick irrte herum. *»En la oficina.«*

Das half Bosch nicht wirklich weiter. »Wo?«

Cesario öffnete den Mund und beugte sich ein wenig vor, sodass Bosch das Gefühl hatte, als wollte er ihm etwas mitteilen. Etwas, das keine Wegbeschreibung war. Aber dann wurde sein Gesicht wieder zur Mayamaske, und er deutete vage in die Richtung hinter Boschs Rücken. »Don Henri.« Er nickte noch einmal zur Bekräftigung, dann drehte er sich um und ließ Bosch einfach stehen. Durch eine Seitentür neben dem Glaskasten mit dem indianischen Federkopfschmuck verließ er die Halle.

Bosch blieb nichts anderes übrig, als der angegebenen Richtung zu folgen. Immerhin hatte er das Gefühl, dass sein Weg ihn zu dem Raum mit dem erleuchteten Fenster führte. Er ging an der Bibliothek vorbei und an dem Zimmer, das die chinesische Sammlung beherbergte. Die Wandlampen waren ausgeschaltet, und es war totenstill. Endlich stand er vor einer Doppelflügeltür. Kein Geräusch durchbrach die Stille und die Dunkelheit. Aber warmes Licht floss unter dem Türspalt hervor und fiel auf Boschs Schuhspitzen. Jemand räusperte sich im Zimmer. Bosch klopfte energisch an.

»*¡Adelante!*« Henri erwartete offensichtlich Cesario.

Die Messingklinke befand sich fast in Boschs Augenhöhe. Er drückte sie herab und stieß die Tür auf. »Guten Abend.«

Vor Bosch lag ein weitläufiges Arbeitszimmer. Die präparierten Köpfe von Antilopen und Gazellen bedeckten die Wände. Ein Bündel bunter Schnüre, das von einem Paar gekreuzter Kriegsspeere herabhing, bewegte sich sacht im Luftzug der offenen Tür. Im Kamin loderte ein Feuer und warf Reflexe auf die gedrehten Hörner der ausgestopften Tiere.

Henri saß mit dem Rücken zum Fenster in einem Lehnsessel hinter dem Schreibtisch und war dabei, ein Chaos aus Akten, Papieren und Zeitungen vor sich zu ordnen. Eine aufgeklappte Aktentasche lag neben seinem linken Ellenbogen. Als Bosch eintrat, schaute er auf.

»Oh, Hans.« Henri lächelte. In der einen Hand hatte er ein Kuvert, in der anderen hielt er einen Brieföffner. »Was für eine charmante Überraschung.« Mit dem Öffner, dessen Spitze im Schein des Kaminfeuers glühte, beschrieb er einen Kreis und deutete dann auf eine Stelle vor dem Schreibtisch. Für den Bruchteil eines Augenblicks hing eine leuchtende Spur in der Luft. »Treten Sie näher, *mon cher*. Was verschafft mir das Vergnügen Ihres Überfalls?«

Bosch blieb, wo er war. »Ich sehe, Sie wollen verreisen?« Er verschränkte die Arme vor der Brust.

»Sind Sie deswegen gekommen? Um Adieu zu sagen?« Henri zog die Brauen zusammen. »Aber – ja, ich werde abreisen.« Er stach den Öffner unter die Brieflasche und schlitzte das Papier auf. Er zog ein Blatt heraus, überflog seinen Inhalt, zerknüllte es und warf es in den fast vollen Papierkorb aus Zebrafell, der neben dem Schreibtisch stand. Der Umschlag flog hinterher. »Ich habe mit meinem Architekten gesprochen. Wir halten es für besser, die Arbeiten für dieses Jahr abzubrechen. Der Herbst steht vor der Tür, und wir brauchen neue Baupläne, und daher …«

»Wann wollten Sie denn fahren?« Bosch schloss die Tür hinter sich. Er wusste nicht, wie Henri auf das, was er zu sagen hatte, reagieren würde. Auf keinen Fall wollte Bosch Henris Zerberus, Cesario, in seinem Rücken haben.

Er durchquerte das Arbeitszimmer. Statt Teppichen bedeckten die Häute exotischer Tiere die Holzdielen. Das braun-weiße Fell einer Antilope knirschte unter seinen Schuhen. Vor der Feuerstelle lag der verblichene Pelz eines bengalischen Tigers. Die runden Ohren waren an den Rändern vertrocknet und die Fangzähne in dem aufgerissenen Maul abgebrochen. Das Feuer spiegelte sich in den orangefarbenen Glasaugen und hauchte ihnen Leben ein. Neben dem Tigerkopf stand ein mit schwarzem Leder bezogener Hocker.

Dies war kein Ausstellungsraum für Kunstschätze, dies war ein Arbeitszimmer voller persönlicher Erinnerungsstücke. Thibeault de Mortin war anscheinend nicht nur ein berühmter Forscher, sondern auch ein Großwildjäger gewesen. Wie an der Zahl seiner ausgestopften Opfer zu sehen war, hatte Töten ihm ebenso wenig ausgemacht wie seinem Enkel. Die lodernden Flammen im Kamin spiegelten sich in den Scheiben hinter Henri und züngelten am Fensterkreuz empor.

Bosch blieb auf den sterblichen Resten eines Geparden direkt vor dem Schreibtisch stehen. »So ein Glück, da habe ich Sie ja gerade noch erwischt.«

»Erwischt, *mon cher*?« Jetzt hatte Bosch seine ungeteilte Aufmerksamkeit. Henri musterte ihn. »Wie darf ich das verstehen?«

Der Schreibtischstuhl, auf dem Henri saß, war aus Ebenholz. Geschnitzte Löwen erklommen die Seiten der Lehne, und zwei von ihnen streckten sich auf dem Kopfteil aus. Ihre Mähnen flossen ineinander, und ihre Tatzen hingen herab. Aus schrägen Augen fixierten sie die Besucher, die vor das Angesicht ihres Herrn traten. Dieser Sessel gehörte in den Palast eines afrikanischen Herrschers und nicht in die Schreibstube eines verschrobenen Gelehrten. Beutekunst.

»Wohin wollten Sie denn fahren?«, fragte Bosch.

Henri zuckte mit den Schultern, wandte sich wieder dem Chaos auf seinem Schreibtisch zu und blätterte einen Stapel Papiere durch. Die Seiten waren mit der schrägen schwarzen Tintenschrift bedeckt, die offenbar der Familie Mortin eigen war. Henri klopfte die Seiten bündig und schob das Ganze in die Aktentasche. Dann runzelte er die Stirn und schaute sich um, als suchte er etwas.

»Henri?«

»Hm?« Er steckte den Zeigefinger unter einen Ordner, hob ihn an und spähte darunter. »*Merde*, ich finde dieses Programmheft nicht. Für den Kongress in Stockholm nächsten Monat.« Er klang so hilflos und zerstreut, dass Bosch ihm fast beim Suchen geholfen hätte.

»Henri, ich muss mit Ihnen reden.«

Henri sah nicht auf. »Tun Sie das, mein Lieber, ungeniert.«

»Ich weiß, was Sie getan haben.«

»Aha.« Henri bückte sich und schaute unter den Schreibtisch.

»Sie haben Roland Aschenbach umgebracht.«

Da tauchte Henri wieder auf, ihre Blicke trafen sich. Der Ausdruck in Henris vorstehenden Augen war genervt. Auf einmal fragte sich Bosch, ob er sich nicht geirrt hatte. Vielleicht hatte der Koch den Holzspieß ja gebraucht, um zu prüfen, ob das Spanferkel durch war. Ohne weiter nachzudenken, geradezu kopflos, war er losgefahren, um Henri mit seinem Verdacht zu konfrontieren. Wie es schien, war er gerade dabei, sich wieder einmal lächerlich zu machen.

Henri seufzte. »Ach ja?« Er unterbrach seine Suche und faltete die Hände auf dem Schreibtisch. »Ich bin wirklich sehr *pressé, mon cher*. Kann das nicht alles warten?«

»Haben Sie mich verstanden?«, fragte Bosch.

Henri ließ sich auf seinem schwarzen Thron zurückfallen. Seine kräftigen Hände umschlossen die Löwenköpfe auf den Armlehnen. »Hans, ich bitte Sie.« Er seufzte. »Ich habe jetzt einfach keine Zeit für so etwas. In zwei Stunden muss ich zum Flughafen. Und wie Sie sehen, habe ich noch zu tun.« Er deutete auf die Papierstapel vor sich. »Spätestens zu Weihnachten bin ich zurück. Dann trinken wir in Ruhe ein Glas Wein zusammen.« Er hob die rechte Hand. »Dabei fällt mir etwas ein.« Er legte den Zeigefinger an seine Knollennase. »Sie könnten etwas für mich tun.«

Bosch starrte Henri an. Der erwiderte seinen Blick mit einem Lächeln. »Welchen Gefallen?«

»Sie wissen doch, dass die Baufirma eine Wand durchbrochen hat?« Henris Stimme schwankte zwischen Ärger und Bedauern. »Im Refektorium, dort, wo die Danba hängt?«

Der nepalesische Wandteppich. Verknotete Stoffstreifen, die bis auf den Boden hingen. Weiße Totenschädel, aus deren Mündern roter Rauch aufstieg. Natürlich hatte Bosch die nepalesische Patchwork-Arbeit nicht vergessen. Die Spitze des Brieföffners auf dem Schreibtisch zielte genau auf ihn. Aber er hatte gesehen, was er gesehen hatte. »Sie haben Roland Aschenbach ermordet.« Bosch betonte jedes Wort.

Henri ignorierte den Vorwurf. »Hinter der Danba haben die Arbeiter eine alte Ziegelwand aufgebrochen.« Er schüttelte den Kopf. Es war eine unbedeutende Sache, aber doch lästig. »Kurz und gut, die Männer kommen in zwei Wochen und mauern das Ganze wieder zu. Ich dachte, ich sag's Ihnen, weil Sie die Bauaufsicht haben.« Seine Mundwinkel zuckten. »Bitte, schauen Sie doch, dass alles wieder so wird wie vorher, ja? Ich möchte keinen Ärger mit dem Denkmalamt.«

Fast hätte Bosch genickt. Gerade noch rechtzeitig erinnerte er sich daran, weshalb er gekommen war. Er stützte die Hände auf die Schreibtischplatte und beugte sich vor, als wollte er Henri mit der Stirn berühren. Der wich zurück. »Henri, ich komme direkt aus Aschenbachs Haus. Ich denke, Sie wissen, was ich da gefunden habe.«

Henri hob die Schultern. »Keine Ahnung.« Sein Clownsgesicht strahlte.

»Einen Jagdpfeil. Mit gekerbtem Schaft.«

Henris Brauen schossen in die Höhe. »Einen … das ist völlig unmöglich.« Er schüttelte den Kopf. »Tut mir leid, nein.«

»Glauben Sie mir.« Das waren immer Henris Worte gewesen. Und er, Bosch, hatte ihm geglaubt. Er hatte Henri vertraut.

»Genau so ein Pfeil ist auf einem der alten Bilder, die Sie damals in der Bibliothek sortiert haben. Erinnern Sie sich? Tapir-Jagd in Südamerika. Großpapa war schließlich auch Großwildjäger.« Bosch schob die Hände in die Hosentaschen. Das Gepardenfell knisterte unter seinen Schuhen. »Ich wette, Sie wissen, wie man mit einem Jagdpfeil umgeht.«

Henri fuhr sich mit der Hand über die Stirn. »Nein, nein, ich meine, es ist unmöglich, dass Sie ihn gefunden haben. Ich habe ihn auf die Glut geworfen. Er müsste längst verbrannt sein.«

»Ich glaube …« Bosch verstummte. *»Was?«*

»Oder nein, Sie könnten sogar recht haben.« Henri hob den Zeigefinger. Hier galt es, einer wissenschaftlichen Frage mit Eifer und der gebotenen Sorgfalt nachzugehen. »Das Gewitter.« Seine Stimme klang befriedigt. »Der Regen muss die Kohlenglut gelöscht haben. Sehr nachlässig von mir.« Er runzelte die Stirn. Dann zog er ein Programmheft aus einem Papierstapel und überflog die Titelseite. Darauf prangte ein Wikingerschiff. »Ah, da ist es ja. Stockholm.« Das Problem war gelöst, dringendere Aufgaben standen an.

»Sie geben also zu«, Boschs Hals war so trocken, dass er schlucken musste, »dass Sie Aschenbach getötet haben?«

Henri schaute auf. »Natürlich nicht.« Er schob das Programm in die Aktentasche. »Aber irgendwie musste ich diesen Aasgeier ja loswerden, nicht?«

Bosch hatte damit gerechnet, dass Henri den Mord abstreiten, wütend werden und sich auf ihn stürzen würde. Doch diese Gelassenheit war um vieles schrecklicher. Mit einem Mal wurde ihm klar, dass er mit einem Mörder auf einem abgelegenen Schloss festsaß. Nur das Knistern des Kaminfeuers war zu hören. Und der Sturm, der vor den Fenstern immer mehr an Stärke zulegte. Ohne Not hatte er sich in die Falle begeben. Er war so versessen darauf gewesen, seine frisch gewonnene Erkenntnis zu überprüfen, dass er nicht einen einzigen Gedanken an seine Sicherheit verschwendet hatte. Ein normaler Mensch hätte die Polizei gerufen. Genau deswegen war Henri so ruhig. Er wusste, dass er von Bosch nichts zu befürchten hatte.

Henri musterte ihn. »Wollen Sie sich nicht lieber setzen,

mon cher?« Seine kräftigen Finger spielten auf dem Schreibtisch Klavier. »Soll Cesario Ihnen etwas zur Stärkung bringen?«

Bosch schüttelte den Kopf. Dann drehte er sich um und ging zu dem Lederhocker neben dem Tigerfell. Schwerfällig ließ er sich auf den rissigen Sitz fallen. Er vergrub das Gesicht in den Händen. Daheim lag sein Hund im Korb und wartete voll Vertrauen auf ihn. Bosch hatte die Eingangstür abgeschlossen. Wenn er nicht zurückkam, würde der Hund sterben. Die einzige Person, die ihn unbeirrt von seinem ablehnenden Verhalten immer besucht hatte, war Frau Aschenbach. Sie hätte den Hund gefunden und gerettet. Aber wo, zum Teufel, war sie?

Er nahm die Hände vom Gesicht und hob den Kopf. Da saß er hier willenlos wie das Kaninchen vor der Schlange und hätte sich fast von Henris Worten einlullen und besiegen lassen. Er stützte das Kinn in die Hand und fixierte seinen Feind, der seinen Blick ungerührt erwiderte.

»Schauen Sie«, sagte Henri von seinem Thron herab. »Was hätte ich denn tun sollen? Das alles hier aufgeben?« Er breitete die Arme aus, als wolle er so all die ausgestopften Trophäen seines Großvaters umschließen. »Das alles ist Grand-pères Werk. All die Schätze hier im Schloss.« Er sah Bosch an. »Und meines wird das Museum sein. Der Ruhm unserer Familie wird uns alle überdauern.« Er seufzte. »*Sie* sind doch auch Wissenschaftler. Sie verstehen das, nicht wahr?«

»Nein«, sagte Bosch kalt. »Übrigens – Aschenbach hatte tolle Pläne für das Schloss. Wussten Sie das?«

»Oh ja, Aschenbach hatte sogar schon mit meiner Bank gesprochen«, sagte Henri. »Er wollte alle Kredite übernehmen. Und das Schloss dazu. Für ein – *Grandhotel*.« Das letzte Wort spuckte er geradezu aus.

»Kredite? Ich denke, die Finanzierung für das Museum …«

»Wenn das Museum einmal in Betrieb ist, sind wir gerettet. Aber bis zur Eröffnung dauert es halt noch.« Henris Clownsgesicht verzog sich zu einem schwachen Lächeln. »Sehen Sie sich doch um. Sieht so etwa das Haus eines reichen Mannes aus? Was glauben Sie, was allein der Unterhalt kostet? Und erst der

Umbau.« Er schüttelte den Kopf. »Grand-père war ein reicher Mann, aber sein Vermögen ist schon seit Jahren aufgebraucht.«

»Und da haben Sie zum Pfeil gegriffen.« Jetzt war es keine Frage mehr, sondern eine Tatsache. Henri hatte Aschenbach aus dem Weg räumen müssen, um Zeit zu gewinnen. Bis das Schloss, dessen Unterhalt er nicht mehr bezahlen konnte, endlich Gewinn abwarf.

Die Holzscheite im Kamin fielen krachend zusammen, Funken sprühten auf das Parkett. Für einen kurzen Moment lebten sie rot glühend weiter. Dann erloschen sie und hinterließen winzige Brandlöcher auf dem bereits schwarz gesprenkelten Holz.

Henri legte den Kopf in den Nacken. Sein Blick war in die Ferne gerichtet. »Da war diese Kalebasse in Grand-pères Nachlass.« Gedankenverloren streichelte er einen der Löwenköpfe. »Aus seinen Tagebüchern wusste ich natürlich, dass darin Gift war. Kalebassen-Curare. Es wird«, er räusperte sich, »zur Jagd verwendet. Ich habe einen Pfeil aus einem der Schaukästen genommen, die Spitze in das Curare getaucht und Aschenbachs Haut damit geritzt. Von dem Sturz in die Rosen war er sowieso ganz zerkratzt.« Henri lachte leise. »Ich habe den Guten vorsichtshalber in die Dornen fallen lassen.«

Eine Rauchschlange kroch aus der Feuerstelle des Kamins und wand sich um Boschs Beine. Es brannte nur noch ein einzelner Holzklotz. »Warum so umständlich?«, fragte er. »Sie hätten ihm doch einfach ein Kissen aufs Gesicht drücken können. Betrunken genug war er doch. Er hätte sich bestimmt nicht gewehrt.«

Henri riss die Augen auf. »Und ich dachte, gerade Sie würden das verstehen«, sagte er. »Das war doch nicht ich, der Aschenbach getötet hat.«

SECHZEHN

Der Kürbis war gelb und hatte grüne Streifen. Er war kaum größer als eine Faust, nicht größer als die abgeschlagenen Köpfe in der Kiste. Marie wusste das, obwohl sie den Kürbis in der Dunkelheit nicht sehen konnte. Genauso wenig wie die Flasche und das halb volle Wasserglas. Seit gestern hatte sie nichts mehr getrunken. Ihre Kehle war ausgedörrt. Ihre Zunge war ein geschwollener Fleischklumpen, der an ihrem Gaumen klebte.

Marie drehte sich auf dem Feldbett auf den Rücken, schloss die Augen und legte ihren Arm über das Gesicht. Sie traute sich nicht, etwas zu trinken. Vielleicht war das Wasser vergiftet und der Inhalt des Kürbisses harmlos. Henris Grausamkeit war unberechenbar.

Die zweite Nacht ihrer Gefangenschaft brach an. Wie viele Nächte würden dieser noch folgen? Das konnte sie selbst entscheiden. Diese schreckliche Freiheit hatte Henri ihr gelassen. Doch irgendwann würde sie den Kürbis entkorken, seinen Inhalt in das Wasserglas schütten und gierig und dankbar trinken. Sie hatte gelesen, dass ein Mensch drei Tage ohne Wasser leben konnte. Morgen war also der zweite Tag. Lohnte es sich, für den Gewinn eines einzigen Tages, den sie am Leben war, diese Qualen zu leiden? Ihr Kopf war voller Watte. Sie wurde schläfrig. Bald würde sie in eine Ohnmacht gleiten.

Draußen im Wald schrie ein Vogel. Vielleicht eine Eule, auf jeden Fall ein Lebewesen. Marie nahm den Arm vom Gesicht und schaute zum Fenster. Ein großer Schatten saß auf einem Zweig und wippte auf und ab. Durch die zerbrochenen Scheiben konnte sie die Blätter sehen, die sich im Wind bewegten. Der Schatten breitete Flügel aus, stieß sich ab und flog davon. Kalte Abendluft strömte durch die Fensterlöcher. Eine Gänsehaut überzog ihre bloßen Arme. Wahrscheinlich würde sie in der Nacht ohnehin erfrieren.

In jedem Fall war sie morgen tot. Ob Henri einen Blick auf ihre Leiche werfen würde? Um festzustellen, ob sie von seinem

Angebot Gebrauch gemacht hatte und sein Plan aufgegangen war? Nein, der hatte sie sicher schon aus seinem Gedächtnis gestrichen. Aber sie war kein Insekt, das man einfach erschlug und sofort vergaß.

Marie drehte sich auf die Seite und sah zu den Umrissen der Kisten hinüber. Auf einer konnte sie die Silhouetten der Flasche und des Kürbisses erahnen. Wenn sie jetzt das Gift in das Wasser goss und auf einen Zug austrank, blieb ihr dann noch genug Zeit, um ein zweites Glas zu trinken? Sie würde vielleicht starke Schmerzen haben. Und es könnte endlos dauern bis zu ihrem Tod. Je mehr sie darüber nachdachte, umso wütender wurde sie. Sie konnte sich nicht vorstellen, warum Henri, dieses Arschloch, sie hier eingesperrt hatte. Und natürlich hatte sie keine Ahnung, warum er sie überhaupt umbringen wollte. *Nur noch einen Tag zu leben.*

Roland war an allem schuld. Er hatte einen Immobilienfonds für das Schloss auflegen wollen. Auf der Suche nach Rolands Konten war sie stattdessen auf die Datei mit dem Grandhotel gestoßen. Nur deswegen hatte sie Henri gleich angerufen und war ihm auf den Pelz gerückt. Nie hätte sie sonst versucht, den Schlossherrn zu belästigen. Aber für Schuldzuweisungen war es jetzt zu spät. Morgen waren sie beide tot, Roland und sie. Im Tode vereint, wie man so schön sagte.

Nein. Marie setzte sich auf. Sofort drehten sich Kreise vor ihren Augen, aber sie zwang sich, sitzen zu bleiben. Sie wollte nicht sterben. Die Kreise wurden langsamer, dann verblassten sie und verschwanden ganz. Marie schob die Beine über den Rand des Feldbettes. Sie brauchte einen Fluchtplan. Allein schon dieses Wort beflügelte sie und gab ihr ein Stück Kraft zurück.

Draußen heulte der Wind. Dieser Wind, der Kopfschmerzen verursachte, der die Augen und die Haut reizte und die Gedanken verwirrte. Sie hasste ihn und war doch froh, ihn noch hören zu können. Zweige strichen über die Scheiben, Blätter raschelten und Äste knackten. Da, ein Poltern. Ein Stein hatte sich gelöst, rollte irgendwo unterhalb der Kapelle bergabwärts. Vielleicht gab es dort einen Weg. Hatte ein Tier den Stein losgetreten? Oder sogar ein Wanderer?

Eine verrückte Hoffnung erfasste Marie. Sie musste sich bemerkbar machen. Das war ihre letzte Chance. Gestern, als sie noch eine Stimme gehabt hatte, hatte sie um Hilfe geschrien. Heute kam nicht mehr als ein Krächzen aus ihrer ausgetrockneten Kehle. Die Flasche stand auf der Kiste, das Glas daneben. Vielleicht konnte sie es wagen, jetzt noch schnell einen Schluck Wasser zu trinken. Nein, auf keinen Fall. Das Risiko war zu groß.

Hektisch sah sich Marie nach etwas um, mit dem sie das Fenster einschlagen konnte, um den Wanderer, wenn es denn einer war, auf sich aufmerksam zu machen. Nichts, in dieser Kapelle gab es nichts, was sie gebrauchen konnte. Wenn es ihr gelänge, das Eisenkreuz aus seiner Verankerung zu lösen und aus dem Fenster zu werfen. Damit könnte sie auf sich aufmerksam machen. Aber das Kreuz hing zu hoch, und es war sicher zu schwer für sie. Über dem Türsturz waren auch im Halbdunkel noch die Rauchspuren zu erkennen. Und da kam Marie eine Idee.

Sie stürzte sich auf ihre Handtasche und kippte deren Inhalt auf das Feldbett. Mit fahrigen Händen wühlte sie sich durch Geldtasche, Schminksachen, Schlüssel und Zigaretten. Endlich fand sie, wonach sie suchte. Ihr wurde ganz schwach vor Erleichterung. Ihr goldenes Dupont-Feuerzeug. Wie einen Talisman presste sie es ans Herz.

Sie warf ihre Habseligkeiten auf den Boden und schob das Feldbett zum Fenster. Obwohl es für den Transport über lange Strecken konstruiert und entsprechend leicht war, fiel es Marie schwer, die Liege über den unebenen Steinboden zu schieben. Unter Aufbietung ihrer letzten Kräfte stellte sie das Bett hochkant und lehnte es schräg an die Wand unter dem Fenster. Immer wieder glitten die Füße des Bettes von der Wand ab, bis sie endlich Halt an einem Mauerstück fanden, wo der abbröckelnde Putz ein Loch hinterlassen hatte. Maries Hand zitterte, als sie den Daumen an das Rädchen des Feuerzeugs legte und es herabdrückte. Einmal, zweimal, dreimal – nichts.

»Nein!« Ihre letzte Chance auf Rettung war vorbei.

Marie hatte während der ganzen Zeit ihrer Gefangenschaft

keine Träne vergossen. Jetzt fing sie hemmungslos an zu weinen. Sie umklammerte das Feuerzeug, schüttelte es und versuchte noch einmal, einen Funken zu schlagen. Mit einem Zischen sprang die Flamme an. Marie erschrak so, dass sie das Feuerzeug fast fallen gelassen hätte. Schnell hielt sie es an den Bezug des Feldbettes.

Die Flamme umspielte den dicken Saum, züngelte über das grobe Leinen. Quälend langsam breitete sich die Hitze über den dicht gewebten Stoff aus. Endlich hatte das Feuer ein paar hochstehende Fasern erfasst und fraß sich in das Gewebe. Es schwelte und knisterte, dann schlugen plötzlich Flammen hoch. Eine Rauchsäule stieg empor und fand ihren Weg durch die zerbrochenen Fenster ins Freie.

Maries Knie wurden weich. Sie musste sich an die Wand lehnen. Die Hoffnung und die Aufregung der letzten Minuten hatten sie den Rest ihrer Kraft gekostet. Jetzt konnte sie nur noch warten. Wenn sie es nicht geschafft hatte, Hilfe zu holen, dann sollte es eben so sein. Dann würde sie das Gift nehmen.

Nach und nach erfasste das Feuer das ganze Feldbett. Bald hing der Bezug nur noch in brennenden Fetzen herab. Die Flammen umspielten die trockenen Ledergelenke des Gestells, sodass sie stöhnten und ächzten. Die Holzstangen bewegten sich wie die geschwärzten Glieder eines Sterbenden auf seinem Scheiterhaufen.

Der Wind vor dem Fenster frischte auf und fuhr durch die Löcher in den Scheiben. Er fachte das Feuer an und drückte den Rauch durch das kaputte Glas in die Kapelle zurück. Die Heiligen an den Wänden verschwammen hinter Nebelschwaden. Beißender Qualm reizte Maries Augen und kratzte in ihrer ausgedörrten Kehle. Sie legte die Hände schützend über ihre Nase und atmete so flach wie möglich. Das Rauchgas hatte sie nicht bedacht.

Marie durchquerte die Kapelle und stellte sich neben die Tür. Sie kniff die Augen zu und versuchte, gegen den quälenden Husten anzukämpfen. Aber ihre Kehle zog sich zusammen, und ihr Magen rebellierte. Von einem Krampf geschüttelt, beugte sie sich vor und würgte. Sie konnte kaum noch atmen.

Da hörte sie ein Geräusch, ein leises Schaben an der Tür.

Mühevoll richtete sich Marie auf und versuchte, etwas zwischen den dichten Rauchschwaden zu erkennen. Schemenhaft konnte sie das Türblatt zu ihrer Linken sehen. *Bitte, lieber Gott, lass es eine Ratte sein und nicht Henri.* Aber dann bemerkte sie den schwankenden Lichtstrahl, der sich unter der Tür in ihr Verlies hineintastete. Knirschend wurde ein Schlüssel ins Schloss geschoben. Sie hatte keinen Wanderer auf sich aufmerksam gemacht, sondern ihren Kerkermeister. Henri war gekommen, um sie zu töten.

Marie stieß sich von der Wand ab und trat vor die Tür. Viele quälende Stunden hatte sie dem Wasser in der Flasche widerstanden und dem gnädigen Tod durch Gift. Wenn er sie umbringen wollte, dann sollte er es nur versuchen. Sie würde bis zu ihrem Ende kämpfen.

Der Schlüssel drehte sich klappernd im Schloss.

»Immer hereinspaziert, Henri. Ich lebe noch.«

Das Klappern verstummte.

»Na, was ist?« Marie versuchte, ruhig und gleichmäßig zu atmen. »Hier bin ich. Gesund und munter.« Sie musste husten. »Sie haben wohl gedacht, dass ich auf Ihren Trick reinfalle, was?« Mit einem behinderten Greis musste sie doch fertigwerden.

Der Lichtstrahl wurde schwächer, dafür wurde jetzt langsam die Klinke herabgedrückt.

»Altes Arschloch …«

Die Tür schwang auf. Grelles Licht flutete über Maries Gesicht und blendete sie. Reflexartig hielt sie sich die Hand vor die Augen. Sie blinzelte durch die Finger und versuchte, die Gestalt zu sehen, die in dem dunklen Gang stand und sie mit einer Taschenlampe anstrahlte.

Und dann erkannte sie, wer vor ihr stand, und schrie los.

SIEBZEHN

»Sie haben Aschenbach nicht getötet?« Die Anspannung der letzten Minuten beeinträchtigte Boschs Konzentration. Henri musterte ihn von seinem afrikanischen Löwenthron aus. »Aber Sie haben doch gerade den Mord an ihm gestanden.«

»Es war selbstverständlich *Grand-père*.« Nachsicht lag in Henris Stimme und auch ein wenig Verwunderung über Boschs Begriffsstutzigkeit.

»Thibeault de Mortin? Sie meinen wirklich Thibeault ...?«

»Aber ja, natürlich.« Henris Froschaugen reflektierten das Kaminfeuer, als wären sie aus Glas. Bosch konnte keine Gefühlsregung in ihnen erkennen. »Schließlich ging es doch um all das hier.« Er machte eine ausholende Geste, die das Arbeitszimmer mitsamt den verstaubten Tierpräparaten umfasste. Doch das Sammelsurium stand offenbar für all die Kunstschätze, die Thibeault de Mortin auf der ganzen Welt geraubt und für die er eigens ein Schloss am beschaulichen Wolfgangsee gebaut hatte. »Ich war nur das Werkzeug.«

Bosch fuhr sich mit der Hand übers Gesicht. Er konnte wirklich keinen klaren Gedanken mehr fassen. Das Tigerfell auf dem Boden erinnerte ihn an den Hund, wenn er zu seinen Füßen schlief.

Henri nickte nachdenklich. »Wenn dieses ... *Grandhotel* hier entstanden wäre ... Die wissenschaftliche Sammlung, sein ganzer Ruhm, den er unter Einsatz seines Lebens für die Menschheit gesammelt hat, wäre vernichtet worden.«

»Und deshalb haben Sie seinen Pfeil genommen? Und sein – *Gift*? Für die Menschheit?« Wenn Bosch etwas auf die Nerven ging, dann große Worte, um das eigene Verhalten zu rechtfertigen. »Der Großteil der Menschheit hält sich an das Gesetz. Oder bemüht sich wenigstens.«

»Gesetz.« Henri lachte sein Lachen, das so sehr an das Meckern eines Ziegenbocks erinnerte. »Gesetze sind dem Fortschritt schrecklich hinderlich, mein Lieber. Meine Familie hat es zum Glück immer abgelehnt, nach irgendwelchen *Gesetzen* zu leben. Sonst säßen wir jetzt nicht hier.« Der schwache Schein des verlöschenden Feuers legte Schatten auf Henris Züge. »Dieser Aschenbach hatte den Tod verdient. Er hat den Tod geradezu herausgefordert.« Ein Lächeln huschte über sein Gesicht. »Er hätte sich früher überlegen müssen, mit wem er sich einlässt.«

»Das heißt, es war quasi Notwehr.« Bosch trat gegen den Kopf des Tigers. Eine Wolke aus Staub erhob sich, schwebte einen Augenblick in der Luft und legte sich dann wie ein Schleier über das löcherige Fell, dessen Streifen im Laufe der Jahre ergraut waren. Durch die Wahl der Mordwaffe hatte Henri sich selbst aus der Verantwortung entlassen. Er hatte die Interessen seines Großvaters mit dessen Mitteln gewahrt. Wahrscheinlich hatte er vorher mit dem Geist des alten Forschers Rücksprache gehalten. »Verraten Sie mir nur noch eins.«

»Gern«, sagte Henri. »Was wollen Sie wissen?«

Bosch beugte sich vor und strich dem Tiger über die zerfransten Ohren. Sie fühlten sich wie Pergament an. »Aschenbachs Tod hat keinen Verdacht erregt.« Aus den Pranken des ehemaligen Raubtieres ragten scharfe Krallen. Nie würde Bosch verstehen, wie man so ein prächtiges Tier als Kaminvorleger missbrauchen konnte. »Es gibt sogar einen Totenschein.«

Henri musterte Bosch wie ein Professor, der bereit ist, der Frage eines begabten Studenten Gehör zu schenken.

»Aber ausgerechnet Sie – der Mörder – haben als Erster von einem Mord gesprochen.« Bosch erinnerte sich gut an den verregneten Nachmittag in der Bibliothek.

»Ah ja.« Henri nickte. »Gute Frage.«

»Danke.« Bosch hörte selbst den Sarkasmus in seiner Stimme.

Aber Henri schien zum Glück nichts bemerkt zu haben, sondern faltete die Hände unter dem Kinn. Sie waren zwei Wissenschaftler beim Klären einer interessanten Frage. Wenn er bei Henri den Eindruck erwecken konnte, dass er Verständnis für seine Tat hatte, würde der ihn vielleicht gehen lassen. Oder Henri würde unaufmerksam werden. Die Tür lag nur ein paar Meter entfernt zu seiner Rechten. Wenn Cesario auf seinen staubigen Speicher zurückgekehrt war, standen Boschs Chancen auf Flucht nicht schlecht. »Das war ein sehr geschickter Zug von Ihnen, das muss ich sagen.« Er zwang sich zu einem Lächeln.

»Nicht wahr?« Henri drohte Bosch mit dem Finger. »Sie hätten aber selbst darauf kommen können.«

»Wirklich?« Bosch rutschte ein wenig auf dem Hocker nach vorn, als interessierte ihn die Klärung dieser Frage brennend. Dabei vermied er jeden Blick zur Tür. »Warum?«

»Ich habe Ihnen doch das Zeitungsinterview mit Frau Aschenbach gezeigt. Die dumme Person hatte sich entschlossen, die Geschäfte fortzuführen«, er schnaubte voller Verachtung, »anstatt sich mit ihrem Erbe ein schönes Leben zu machen. Eine Woche nach dem Tod ihres Mannes hat sie mich angerufen.«

»Und da haben Sie beschlossen, ihr den Mord anzuhängen.« Bosch war, als schmeckte er den bitteren russischen Tee und hörte das Brodeln des Samowars und den Regen, der gegen die Spitzbogenfenster prasselte. Aber es waren nur die letzten prasselnden Zuckungen des Kaminfeuers. Fast bewunderte er Henri für seine Unverfrorenheit. »Und damit haben Sie mich neugierig gemacht.«

Henri nickte. »Ich wusste, Sie würden dem Rätsel auf Dauer nicht widerstehen können.« Er schenkte Bosch ein verschmitztes Lächeln. »Wir Forscher sind so.«

Bosch war ein Forscher, aber kein Mörder. Und das unterschied ihn von Henri. Er verkniff sich eine entsprechende Antwort. Mit dem Tod Aschenbachs und dem Mordverdacht gegen dessen Frau hatte sich Henri gleich zwei Feinde vom Hals geschafft. Es hatte ihn zwar einige Mühe gekostet, Bosch auf diese Fährte zu setzen, aber am Ende war er bereitwillig dem vorgezeichneten Weg gefolgt.

Henri trommelte mit zwei Fingern auf die Stirn eines Löwenkopfes. »Seien Sie mir nicht böse, *mon cher*, ich musste Sie einfach für meine Zwecke einsetzen. Es war eine Art Schachspiel. Und unsere Partie hat ja auch Spaß gemacht, oder?«

Ein Schachspiel mit Menschen als Schachfiguren, und der Spieleinsatz war sein Leben. »Hat es das?« Es waren höchstens sechs Schritte bis zur Tür. Den Weg durchs Schloss würde er finden, aber durch den Wald? Bosch verfluchte seine Abneigung gegen moderne Technologie, die ihn vom Kauf eines Handys abgehalten hatte.

»Und ob.« Henri hob den Zeigefinger. »Aber vergessen Sie nicht – die Frau war nicht so unschuldig, wie Sie vielleicht meinen.« Er schüttelte den Kopf. »Sie erinnern sich an das Gartenbuch? Das über die Giftpflanzen?«

Bosch stupste das Tigerfell mit der Schuhspitze an. Es bog sich auf, als wollte es dieser Behandlung ausweichen. Der Hund saß jetzt sicher schon an der Verandatür und wartete auf ihn. »Ja, natürlich. Frau Aschenbach hat es mitgehen lassen, als Sie ihr die Gartenbücher ausgeliehen haben.« Bis vor wenigen Tagen war der Garten des Bauernhauses voller bunter Pflanzen gewesen, doch heute Morgen hatte Bosch vor abgeräumten Beeten gestanden.

»Das habe ich Ihnen erzählt, ja, und Sie haben den Köder auch bereitwillig geschluckt. Aber – nein, *mon cher.* Frau Aschenbach ist natürlich keine Diebin.«

Die Frau tötete vielleicht, hieß das wohl, aber sie stahl nicht. Immerhin etwas. »Das Buch fehlt Ihnen nicht?«

»Doch. Aber ich habe es ihr selbst gegeben.«

»Was?« Ein heißer Julimorgen. Henri, der einen Stapel Bücher über den Schlossplatz zum Auto trägt. Die Aschenbach, nur eine Sonnenbrille in der Hand. Natürlich. Wo hätte sie ein gestohlenes Buch verstecken sollen? »Ich bin so blöd.«

»Das dürfen Sie nicht sagen, *cher.*« Henri warf einen Blick auf seine Stahlarmbanduhr. »Wir haben gespielt, und Sie haben verloren.« Die Zeit, die er Bosch bereit war zu opfern, ging offenbar zu Ende. Henri griff sich eine Handvoll Papier und klopfte sie zu einem Stapel zusammen. »Was die Aschenbach angeht – sie hat anscheinend in ihrem Garten Blumen gepflückt. Fingerhut. Das Gift sitzt in den wolligen schwarzen Fasern auf den Stängeln.« Er zuckte mit den Schultern. »Sie hat ein wenig von dem Zeug in den Mund gekriegt, ist ohnmächtig geworden und ins Wasser gefallen. Und wäre fast ertrunken.« Er grinste. »Dankenswerterweise haben Sie sie gerettet.«

Fingerhut. *Digitalis.* Wollige schwarze Fasern auf einem blutigen Stück Fleisch. Sein Hund, den er mit Herzrasen in die

Tierklinik gebracht hatte. Frau Aschenbach hatte den Mord an ihrem Mann schon sorgfältig geplant gehabt. Nur Henri hatte sie an der Ausführung gehindert. »Sie sind ihr zuvorgekommen. Warum haben Sie sie nicht einfach gewähren lassen?«

»Das war ursprünglich meine Absicht.« Henri nickte. »Wir hatten uns die Bücher angesehen, bevor Madame Aschenbach sich für das eine oder andere entschieden hat. Dabei sind wir auf den Fingerhut gestoßen. Ich habe ihr gesagt, wie giftig dieses Gewächs ist und dass sie es nicht anpflanzen sollte. Trotzdem wollte sie das Buch unbedingt mitnehmen. Und als mir die Geiersberger von der Affäre ihrer Enkelin erzählt hat, habe ich eins und eins zusammengezählt. Frau Aschenbach wollte einer Scheidung zuvorkommen und ihren Mann ins Jenseits befördern. Aber konnte ich sicher sein? Natürlich ist Giftmord eine weibliche Angelegenheit – trotzdem, so leicht ist ein Mord auch nicht.« Er schüttelte den Kopf. »Dann hat sich meine Bank bei mir gemeldet und mir gedroht, alle Kredite fällig zu stellen. Mir blieb plötzlich keine Zeit mehr. Das Gartenfest war vielleicht meine einzige Chance. Verstehen Sie?«

»Dann war das auch Ihre Voodoopuppe«, entfuhr es Bosch. Er hätte früher darauf kommen müssen. Nur Henri hatte in seiner Umgebung Kenntnisse in Völkerkunde. Er hatte auch noch erwähnt, dass er diese Puppen aus New Orleans kannte. »Mardi Gras, was?« Henri musste über seine Dummheit sehr gelacht haben. Bosch spürte heiße Wut in sich aufsteigen.

Henri strahlte tatsächlich. »Geben Sie zu, Sie haben an die Geiersberger gedacht.« Er beugte sich vor und fixierte Bosch mit seinen Amphibienaugen. »Es musste noch einen zweiten Verdächtigen geben. Ich wusste, dann würden Sie die Spur aufnehmen und ganz von selbst auf die Aschenbach schließen.«

»Allerdings«, sagte Bosch. »Und den Autositz von Frau Aschenbach haben Sie auch zerstochen, nehme ich an. Wollten Sie sie zunächst vertreiben?«

Henri ließ sich zurücksinken. »Nein, das war ich nicht.« Er hob die Achseln, doch seine Stimme war ruhig und bestimmt. »Aschenbach musste noch andere Feinde gehabt haben. Kein Wunder.«

Das Bauernhaus verfügte über eine Alarmanlage und war voller Sicherheitstechnik. Aschenbachs hatten Angst gehabt. Und der schwarze Porsche war seit gestern nicht mehr bewegt worden. Wo, um Gottes willen, war seine Nachbarin? Das Maul des Geparden vor Henris Schreibtisch war weit aufgerissen. Seine Fangzähne schimmerten im verlöschenden Kaminfeuer. Noch im Tod sah die Raubkatze gefährlich aus. »Frau Aschenbach ist verschwunden.« Er warf Henri einen scharfen Blick zu. »Haben Sie eine Vermutung, wo sie sein könnte?«

Henri rutschte ein wenig auf seinem Stuhl hin und her, gab aber keine Antwort. Seine Miene war verkniffen und konzentriert, und seine Lippen bewegten sich, als ginge er all die furchtbaren Dinge durch, die der Vermissten zugestoßen sein könnten. Schließlich schüttelte er den Kopf. »Sie macht sicher nur einen Spaziergang.«

»Seit gestern?«

»Oder sie ist nach Salzburg gefahren.«

»Ihr Auto steht vor der Tür.«

Henri hob die Schultern. Er war offenbar am Ende seiner Weisheit. »Madame scheint mir eine etwas kapriziöse Person zu sein. Wer weiß, was so einer Frau spontan einfällt?«

Damit hatte Henri natürlich recht. Womöglich war die Aschenbach nach Paris geflogen, um sich neu einzukleiden. Hatte nicht irgend so ein Modejournal auf ihrem Terrassentisch gelegen?

»Außerdem«, fuhr Henri fort, »ist Roland Aschenbach vielleicht ja gar nicht an meinem Gift gestorben.« Er wiegte den Kopf hin und her. »Immerhin war das Curare schon jahrzehntealt. Also, vielleicht hat Ihre Nachbarin einfach die Gelegenheit genutzt und ihrem untreuen Ehemann das Kissen selbst aufs Gesicht gedrückt.« Er zuckte mit den Schultern. »Durchaus möglich.«

»Sie meinen, sie ist abgehauen?« Natürlich, das verlassene Haus, die hastig zurückgelassene Post auf der Terrasse und das Auto vor der Tür. Es deutete alles auf eine überstürzte Flucht hin. Bosch schlug sich mit der Hand vor die Stirn. »Ich Rindvieh.«

»Ich würde Ihnen gerne widersprechen, *cher*, aber ich fürchte, das kann ich nicht.« Henri schaute wieder auf die Uhr. Seine Stimme klang sanft und ein wenig bedauernd. »Die Frage ist, was machen wir jetzt mit Ihnen?« Er runzelte die Stirn, dann räumte er ein paar Zettel auf dem Schreibtisch beiseite. Eine moderne Telefonanlage kam zum Vorschein.

»Mit mir?« Boschs Herzschlag beschleunigte sich. Er zog die Füße unter den Hocker, bereit, aus dem Zimmer zu laufen. Aber vielleicht stand Cesario draußen im Gang Wache. Besser war, er fand einen Vorwand, unter dem er das Zimmer für kurze Zeit verlassen konnte. »Henri, dürfte ich vielleicht Ihr Badezimmer benutzen?«

Aber Henri schien seine Gedanken gelesen zu haben. »Sie wissen doch, dass ich Sie nicht gehen lassen kann, Hans.« Er legte eine Hand auf den Telefonhörer und schaute zu Bosch. »Sie würden direkt zur Polizei laufen, habe ich recht?«

Bosch schluckte und schwieg.

»Genau wie ich mir gedacht habe«, meinte Henri. »Man würde Aschenbachs Leiche exhumieren. Und was würde die Obduktion wohl ergeben?«

»Curare«, sagte Bosch. Wenn die Aschenbach ihren Mann erstickt hatte, war das nicht mehr nachzuweisen. Aber das Gift war sicher noch im Körper vorhanden. Auch wenn es nicht zum Tod geführt hatte, würde man Henri des Mordes anklagen.

»Eben.« Henris Blick glitt über die Tastatur des Telefons. Er zögerte, schien hin und her gerissen. Schließlich drückte er auf einen der Knöpfe.

Boschs Muskeln verkrampften sich. »Was tun Sie da?«

»Ich habe Cesario gerufen.« Henris Stimme war kalt und unbeteiligt. Er nahm den Papierstapel, den er gerade hergerichtet hatte, und schob ihn in seine Aktentasche. Der Fall Bosch war erledigt, er selbst in Gedanken schon wieder bei seinen Reisevorbereitungen. Das letzte Holzscheit zerbarst krachend im Kamin.

ACHTZEHN

Marie starrte in das dunkle Gesicht von Cesario. Der Schlossherr war nicht selbst gekommen. Er hatte seinen Henkersknecht geschickt. Sie trat einen Schritt zurück.

Cesarios Blick glitt von ihr zu dem brennenden Bettgestell am Fenster. Splitter aus Feuerschein schwammen in seinen schwarzen Augen. Er packte Marie am Arm und riss sie an sich. Ihr Gesicht wurde an seine Brust gepresst, und sie bekam keine Luft mehr. Verzweifelt kämpfte sie gegen ihn an, schlug mit den Armen um sich, trat ihn vors Schienbein. Aber gegen seine Kraft hatte sie keine Chance. Wenn er ein Messer hatte, dann würde er es auch benutzen.

Aber da lockerte sich sein Griff. Überrascht riss Marie sich los und wich zurück. Cesario starrte über ihre Schulter in die Kapelle hinein. Er ballte die Hände zu Fäusten und brüllte ein paar Worte, die wie ein Fluch klangen. Dann hob er den Arm schützend vor sein Gesicht, stürzte an Marie vorbei in die Felsenkapelle und verschwand in den Rauchschwaden.

Mit dem Mut der Verzweiflung rannte Marie durch die Tür in den Gang. Sie stolperte über die Schwelle, taumelte gegen eine Wand, stieß schmerzhaft mit der Schläfe an einen eisernen Fackelhalter und schlug längs hin.

Benommen kauerte sie auf dem festgetretenen Lehmboden und kämpfte gegen heftigen Schwindel an. Sie musste fliehen. Gleich. Jetzt. Aber ihr Kopf war vom Rauch benebelt. Sie zog die Beine an und legte die Arme um die Knie. Ihr war eiskalt. Ihre Sandalen hatte sie zum Schlafen ausgezogen. Sie standen noch immer vor dem Feldbett. Der Lehmboden fühlte sich rau und warm unter ihren nackten Fußsohlen an. Neben ihrem Fuß konnte sie den Abdruck des kleinen spitzen Schuhs erkennen, der sie so erschreckt hatte. Erst gestern war das gewesen. Oder vorgestern? Wie lange war sie gefangen gewesen? Etwas Warmes rann über ihre Stirn, sickerte durch ihre Brauen und zerfloss auf ihren Lidern. Vorsichtig tippte sie mit dem Zeigefinger in die klebrige Flüssigkeit. Dann steckte sie die Fingerkuppe in den Mund. Es schmeckte warm und ekelhaft nach Eisen.

Eine Bewegung ließ sie aufschauen. Vor ihr stand Cesario. Er hatte einen Ball unter dem linken Arm und riss den Kienspan aus der eisernen Halterung über Maries Kopf. Staub rieselte herab und stach in Maries Augen. Sie rappelte sich auf und schob sich mit dem Rücken die Wand hoch.

Cesario schenkte ihr einen hastigen Blick, für einen Moment schien er unschlüssig. Aber dann drehte er sich um und rannte mit der Fackel in der Hand in die Kapelle zurück.

Marie stieß sich ab und lief in die Richtung, aus der sie mit Henri gekommen war. Durch die Schießscharte hoch oben in der Wand fiel nur spärliches Licht. Schatten hockten in den Nischen der zerklüfteten Wände, sie ließen den unebenen Boden trügerisch glatt erscheinen. Irgendwo verbarg sich der Durchbruch zum Refektorium.

Der Rauch quoll bereits in den Gang. Maries Augen fingen wieder an zu tränen. Bald würde sie auch hier keine Luft mehr bekommen. Cesario in der Kapelle würgte und hustete. Plötzlich stieß er einen Schrei aus. Es klang wie ein Kriegsschrei, laut und triumphierend, und fuhr ihr durch alle Glieder. Sie ließ ihre Hand an der Mauer entlanggleiten, um die Orientierung im rauchigen Dunkel nicht zu verlieren. Da schnitt sie sich an zerbrochenen Ziegelsteinen. Vor Schmerz riss sie die Hand zurück und spürte Blut an ihren Fingern hinunterrinnen. Vorsichtig setzte sie einen Fuß vor den anderen und tastete sich an der Wand entlang. Zunächst fühlte sie nur die raue Felswand, aber dann kamen Ziegelsteine mit glatten Kanten. Mit einem Mal griff sie ins Leere, verlor das Gleichgewicht und wäre beinahe wieder gestürzt. Sie hatte den Durchbruch gefunden. Vor Erleichterung brach sie fast in Tränen aus. Vor wenigen Minuten hatte sie noch den sicheren Tod vor Augen gehabt. Und nun war die Freiheit zum Greifen nah.

Da hörte Marie hinter sich eilige Schritte. Sie warf einen Blick über die Schulter und sah Cesario auf sich zustürmen. Das Feuer der Fackel wehte über seinem Kopf. Hinter ihm rollte eine schwarze Nebelwand heran. Der beißende Geruch von

Holzrauch stieg ihr in die Nase. Cesario musste die Holzkisten in Brand gesetzt haben.

Er war nur noch wenige Meter von ihr entfernt. Unter dem linken Arm steckte noch immer der Ball, in der rechten Hand hielt er die Fackel. Schweiß glänzte auf seinen hohen Wangenknochen und perlte auf seiner breiten Oberlippe.

Ohne auf den Schmerz zu achten, umfasste Marie die scharfen Ziegelkanten und zwängte sich durch das Mauerloch. Staubiger Stoff legte sich auf ihr Gesicht. Der Wandbehang. Sie ruderte mit den Armen, bis sie sich aus den schweren Falten befreit hatte. Der Teppich glitt an der Vorhangschiene zur Seite. Sie stand im Refektorium. Um sie herum herrschte ein dunkles Dämmerlicht. Aber sie hatte es fast geschafft.

Cesario brüllte etwas auf Spanisch.

Marie ließ sich auf alle viere fallen und kroch unter den Refektoriumstisch. Im Schatten der breiten Platte kauerte sie sich zusammen und versuchte, so flach wie möglich zu atmen.

Keine Sekunde zu früh, denn im nächsten Augenblick tauchte Cesario im Durchbruch auf. Er hielt die lodernde Fackel hoch und schaute sich suchend um. Kaum zwei Meter trennten ihn von dem breiten Tisch. Marie konnte das dunkle Gesicht sehen. Er drückte ein Stoffbündel an seine Brust. Es war das Ding, das Marie auf den ersten Blick für einen Ball gehalten hatte. Rasch schwenkte er die Fackel hin und her. Maries Herzschlag beschleunigte sich. Der Feuerschein zuckte über den Boden, doch er erreichte das staubige Dunkel nicht, in dem Marie atemlos ausharrte. Cesarios Blick blieb an der offenen Tür hängen. Er schwenkte die Fackel links und rechts von der Tür und leuchtete die Wand entlang. Offenbar war er zu dem Schluss gekommen, seinem Opfer sei die Flucht geglückt. Er zuckte mit den Schultern und drehte sich zu dem Wandbehang um, der den Durchbruch wieder verborgen hatte. Das Licht der Fackel glänzte in seinen schwarzen Augen, als stünden Tränen darin. Aber sein vorgeschobenes Kinn zeigte Kälte und Entschlossenheit.

Mit drei Schritten war er vor dem Wandbehang, streckte den rechten Arm aus und hielt die brennende Fackel an die Bänder, die von dem Stoff bis auf den Boden reichten. Mit einem Zischen entzündete sich die alte Seide, die Flammen kletterten an den Stoffstreifen empor und fraßen sich in die Fabelwesen und Totenschädel, die das Muster des Teppichs bildeten. Echter Qualm stieg nun aus ihren aufgerissenen Mündern.

Wie hypnotisiert starrte Marie aus ihrem Versteck auf den brennenden Stoff. Da packte Cesario eine Ecke des Teppichs, riss ihn von der Wand und rannte, eine Bahn aus Funken und Rauch hinter sich herziehend, zu der Tür am Ende des Refektoriums. Im nächsten Augenblick war er verschwunden.

Eine warme Welle schoss durch Maries Körper. Sie streckte ihre verkrampften Beine von sich. Die unmittelbare Bedrohung war vorbei. Sie hätte erleichtert sein sollen, sogar glücklich. Aber ihre Augen brannten von Staub und Rauch, ihre Kehle war vom Wassermangel wie ausgedörrt, und die Kälte des hohen Ziegelgewölbes schlich sich in ihre Glieder. Sie fühlte sich so erschöpft, dass sie sich am liebsten auf dem nackten Boden ausgestreckt und einfach die Augen geschlossen hätte. Nur der Gedanke an Cesario, der jeden Augenblick zurückkehren und gründlicher nach ihr suchen konnte, hielt sie davon ab. Der Mann war Henri durch die halbe Welt gefolgt und ihm sicher blind ergeben. Wahrscheinlich hatte er sie aus ihrem Verlies geholt, weil sie durch das Feuer zu viel Aufmerksamkeit erregt hatte. Vor der Kapelle verlief also doch ein Wanderweg, genau wie sie vermutet hatte.

Natürlich musste Cesario sie seinem Herrn ausliefern, sobald er zurückkam, weil er sie im Schloss nicht gefunden hatte. Und da war auch noch Henri selbst, ihr Henker, der das Feuer sicher auch bemerkt hatte und vielleicht schon selbst nach ihr suchte. Wenn die beiden sie nirgends entdeckten, würden sie über kurz oder lang ins Refektorium zurückkehren und sie hier finden. Ihr blieb nicht mehr viel Zeit.

Marie krabbelte unter dem Tisch hervor. Schnell stand sie auf und ging durch das Refektorium zur Tür. Kurz schaute sie sich noch einmal um.

Ohne den Wandteppich klaffte der Mauerdurchbruch wie ein Maul mit abgebrochenen Zähnen. Immer noch quoll Rauch aus ihm, aber die Schwaden wurden dünner. Außer dem Feldbett und den Expeditionskisten hatte es nichts Brennbares in der Felsenkapelle gegeben. Vielleicht hatte Cesario gewusst, was die Kisten enthielten. Bei dem Gedanken an die abgeschlagenen Menschenköpfe, die nun im Feuer verbrannt waren, rebellierte Maries Magen. Sie presste die Hand vor den Mund, um sich nicht zu übergeben.

Da hörte sie ein Knistern und Prasseln von der anderen Seite, vom Schloss her. Rasch drehte Marie sich um und blickte durch die Tür. Sie erstarrte. Im Gang, ihrem einzigen Fluchtweg, zuckten rote Lichter. Eine Explosion knallte rechts von ihr, etwas zerbrach, und Teile prasselten auf den Boden. Maries Herz schlug wie verrückt. Cesario, dieser irre Wilde, hatte mit dem lodernden Fetzen des Wandbehangs den Gang in Brand gesteckt. Auf einmal war alle Müdigkeit verflogen. Marie trat über die Schwelle.

Aus den schweren Vorhängen an den Spitzbogenfenstern schlugen Flammen, zahlreiche Glasvitrinen waren in der Hitze geborsten. Der Boden war von einem leuchtenden Scherbenteppich bedeckt, der den Feuerschein orangerot reflektierte. Dazwischen lagen Arme und Beine zerbrochener Tonfiguren. Der ausgestopfte Paradiesvogel reckte im Feuertod seine glühenden Schwingen zur Decke empor. Das Ende des Ganges war raucherfüllt.

Eine einzige Stelle hatte der Brand wie durch ein Wunder nicht erfasst. Ein paar Meter von Marie entfernt saß der Affengott, unverletzt und unbeeindruckt von dem Inferno, auf seinem Podest. Er schwang das Schwert mit seiner dürren Pfote über dem Kopf und hatte Marie seine Fratze zugewandt. Seine Miene erschien ihr voller Triumph und des Sieges gewiss. Als hätte er ihren Tod vorausgesehen und warte gelassen auf die Erfüllung seiner Prophezeiung.

Der kleine Kürbis mit dem Gift tauchte vor Maries innerem Auge auf. Wenn sie das Gift genommen hätte, läge das Sterben bereits hinter ihr. Nun würde sie bei lebendigem Leib verbrennen. Ein Schluchzen entrang sich ihrer Kehle.

Der Affengott schien auf sie zu warten. Hell strahlte sein Fell vor dem immer dichter und dunkler werdenden Rauch, der durch die Tür am Ende des Ganges quoll. Sein scharfes Schwert glänzte golden, aber es stellte keine Gefahr mehr für sie dar. Marie erkannte, dass der Affe nur den Eingang zum Paradies bewachte.

Wie in Trance machte sie sich auf den Weg. Vorsichtig und auf Zehenspitzen balancierte sie, so gut es ging, zwischen dem zerbrochenen Glas. Wenn sie auf die scharfen Kanten trat, schienen sie ihre Sohlen nur zu kitzeln. Mit pochendem Herzen und schweißnassen Händen, aber ihres Tuns vollkommen sicher, schritt sie wie ein Fakir über das glühende Scherbenbett. Hin zu dem Affengott, der ihr mit weiß-roten Augen entgegenstarrte.

NEUNZEHN

Der Sturm rüttelte an den Fenstern des Arbeitszimmers und heulte in den Kaminen des Schlosses. Dichte Wolken trieben hinter den bleigefassten Scheiben vorbei, und die verzogenen Rahmen ächzten. Die Lüftungsklappe über der Feuerstelle schlug auf und zu und verbreitete mit jedem Schlag den Geruch nach kalter Asche im Raum. Als wäre mit dem Kaminfeuer auch das Leben erloschen, war es kalt und still in dem Raum geworden. Seit Henri Cesario gerufen hatte, hatten er und Bosch kein Wort gewechselt.

Bosch dachte an sein Holzhaus, in dem es jetzt warm und gemütlich war. An seinen Hund. Um diese Zeit teilten sie sich gewöhnlich ihr Abendessen. Er hatte dem Streuner kein Glück gebracht. Durch seine Schuld wäre er fast vergiftet worden, und nun würde er verhungern. Bosch sah den Hund wieder vor sich, wie er, beschienen vom Mondlicht, auf dem Steg saß, einen Strick mit einem Stein um den Hals. Ein unbeleuchtetes Elektroboot hatte sich in jener Nacht im Schutz der Dunkelheit über den See entfernt.

Bosch hob den Kopf und fixierte Henri, der auf seinem Thron saß und vor sich hinstierte. »Gibt es hier eigentlich ein Boot?«

»Was?« Henris Stimme kam wie aus weiter Ferne.

»Unten an der Falkenwand habe ich eine Bootshütte gesehen.« Wie die meisten Gebäude direkt am See verfügte auch das Schloss über einen Privatanleger. »Und eine Anlegestelle.«

»Ach so, ja. Ein altes Segelboot. Aus den dreißiger Jahren. Ich weiß nicht, ob es noch seetauglich ist.« Henri schaute zur Tür.

»Und ein Elektroboot?«

»Auch.« Er klang gereizt.

Er sollte einfach aufstehen und gehen. Henri konnte ihn nicht zurückhalten. Aber sie warteten auf Cesario. Der brauchte allerdings erstaunlich lange, um dem Ruf seines Herrn Folge zu leisten. In Bosch regte sich ein Hoffnungsschimmer. »Wenn mein Hund mit dem Stein ins Wasser gesprungen wäre, dann wäre er jetzt tot.«

»Sie waren ein schwerer Brocken, *mon cher*, widerspenstig und unbeugsam.« Henri hob den Kopf und lauschte. Er runzelte die Stirn. »Wir Menschen handeln meist erst, wenn das bedroht ist, was wir lieben. In Ihrem Fall waren das eben Ihr Hund und Ihr Bild und …« Henri setzte sich ruckartig in seinem Sessel auf. »Haben Sie das gehört?«

Der Sturm hatte an Stärke zugelegt. Er tobte um das Schloss, heulte in den hohen Schloten und pfiff durch das Labyrinth seiner Gänge. Irgendwo schlug krachend eine Tür zu. Schwarze Wolken wirbelten vor den Fenstern und wurden immer dichter, als wollten sie das Schloss einhüllen und von der Außenwelt abschirmen. Dahinter leuchtete der Abendhimmel in hellem Orange.

»Da ist ein Fenster offen«, sagte Bosch. Je länger Cesario auf sich warten ließ, umso zuversichtlicher wurde er, und umso nervöser schien Henri zu werden. Cesario schien den Ruf seines Herrn nicht gehört zu haben.

»Nein.« Henri umklammerte die Löwenköpfe auf den Armlehnen. »Es ist wieder da. Es kommt … es kommt … aus der Kapelle.« Sein Gesicht war blass geworden, seine Brust hob und senkte sich. Wie der weiße Clown im Zirkus starrte er zur Tür, als würde sie sich gleich öffnen und den Blick auf etwas Entsetzliches freigeben.

»Ich höre nichts.« Bosch stand auf. Das Schloss hatte die Jahrhunderte über dem Falkenstein überdauert, es würde auch diesen Sturm überstehen. Aber Henris Verhalten machte Bosch Angst. »Henri?«

Der Schlossherr reagierte nicht, sondern bewegte nur stumm die Lippen, als murmelte er eine Beschwörung. Am besten, Bosch ging jetzt einfach, machte die sechs Schritte zur Tür, verließ das Schloss und sah zu, dass er nach Hause kam.

Da riss Henri das Telefon zu sich heran. Papiere segelten auf den Boden und blieben unbeachtet liegen. »Wo bleibt dieser verdammte Halbaffe? Nie da, wo man ihn braucht.« Er tippte eine Kurzwahl und hielt sich den Hörer ans Ohr. Dann drückte er auf die Gabel des Telefons und wählte erneut. Er zog die Brauen zusammen. »Tot«, flüsterte er.

Im ersten Augenblick dachte Bosch, Henri meinte Cesario, aber dann verstand er. Der Sturm musste die Freileitung gekappt haben. Jetzt gab es keine Verbindung mehr zur Außenwelt. Henri warf den Hörer auf die Gabel zurück und fuhr sich mit der Hand über die Augen.

Eine besonders starke Sturmböe schien das Schloss in seinen Grundfesten zu erschüttern. Die Fensterscheiben klirrten, und die Wolken hatten rote Ränder bekommen. Der Himmel war verschwunden. Über dem schmalen Pfad unter den alten Bäumen, der am Wolfgangsee entlang zu seinem Häuschen führte, tobte das Unwetter. Selbst wenn Bosch ein Handy besessen und ein Taxi hätte rufen können, kein Fahrer würde die Fahrt unter herabstürzenden Ästen und umfallenden Baumriesen riskieren. Zu Fuß war der Weg glatter Selbstmord.

»Sie müssen sich der Polizei stellen, Henri.« Bosch machte ein paar Schritte zur Tür. Ein freiwilliges Geständnis war besser für Henri und vor allem für ihn selbst. Vielleicht könnte er sich dann sogar ganz aus der Sache heraushalten. »Es wird sich alles regeln lassen.« Soweit man das bei einem Mord sagen konnte.

Henri wandte ihm sein Gesicht zu. Eine Zeit lang starrte er ihn stumm an. Schließlich fragte er: »Polizei?« Seine Stimme war voll Sarkasmus. »Glauben Sie etwa, dass mir Ihre Polizei Angst macht?«

»Na ja …«

»Wir müssen etwas viel Größeres fürchten, *mon cher.*«

Die gewohnte, fast liebevolle Anrede erschreckte Bosch mehr als Henris Worte. Und noch etwas irritierte ihn. »Wir?«

Aber Henri hörte ihm nicht zu. Sein Blick glitt über die Papiere auf dem Schreibtisch, wanderte hinüber zu den Antilopenköpfen an der Wand und blieb schließlich an den gekreuzten Speeren hängen. »Grand-père ist an Muskellähmung gestorben, wussten Sie das?«

»Nein.«

»Dabei verliert man nach und nach seine Kraft und die Kontrolle über den eigenen Körper, bis man schließlich langsam erstickt. Das Grausame ist, dass man es lange im Voraus weiß.« Henris vorquellende Augen richteten sich auf Bosch. »Grand-père ist wochenlang erstickt.«

Bosch war, als starrte ihn nicht nur Henri an, sondern all die ausgestopften Tiere im Raum. »Das tut mir leid«, log er.

»Ja, schrecklich, nicht wahr? Und niemand aus der Familie war bei ihm.« Henri fuhr mit dem Zeigefinger an der Schreibtischkante entlang, als prüfte er die Schärfe einer Messerschneide. »Seine Frau ist bei der Geburt seines einzigen Sohnes, meines Vaters, gestorben. Meine Eltern sind bei einem Flugzeugabsturz ums Leben gekommen, als ich wenige Wochen alt war.« Er verstummte. »Mein Vater wollte die Maschine unbedingt selbst steuern, obwohl er nur für Sichtflug ausgebildet war. Er ist direkt in die Wetterküche vor Kap Finisterre geflogen. Habe ich erwähnt, dass die de Mortins aus der Bretagne stammen?« Hier war er wieder, der vertraute Henri, der über den Ursprung eines alten Adelsgeschlechts plauderte.

Bosch schüttelte den Kopf. »Nein.«

Henri fuhr sich über die Stirn. »Mein Vater war ein sehr besonnener Mann, hat man mir später erzählt, fast ängstlich. Warum hat er an jenem Abend meine Mutter zu diesem Flug überredet, was meinen Sie?«

Wir sind nicht nur eine uralte Familie, die auf einem Schloss lebt, wir sind auch im Aussterben begriffen. Das hatte Henri zu Frau Aschenbach gesagt. *Vielleicht lastet sogar ein Fluch auf uns, wer weiß?* Bosch hatte sich über die humorvolle Ausrede amüsiert. Jetzt fand er sie nicht mehr lustig. Das Schicksal der Mortins trug Züge einer griechischen Tragödie. Krankheit und früher Tod hatten die Familie ausgelöscht, und ihr letztes Mitglied war zum Mörder geworden. Nichts würde von ihrem Ruhm, der sich auf das gestohlene Erbe fremder Völker gründete, bleiben.

»Vielleicht doch ein böser Fluch?« Die Worte rutschten Bosch heraus, ehe er darüber nachdenken konnte.

Henri knallte mit der flachen Hand so heftig auf den Schreibtisch, dass der nächste Stapel Papier zu Boden ging. »Unsinn«, blaffte er. »Tote können einem nichts tun. Außerdem«, seine

Stimme wurde zu einem heiseren Flüstern, »hat Grand-père die Tür zugemauert.« Er zwinkerte Bosch listig zu.

Welche Toten? Welche Tür? Henri schien nun völlig den Verstand zu verlieren. Vor den Fenstern hinter seinem Löwenstuhl lag ein roter Schein. Schwarze Wolken stiegen zum Himmel empor.

Auf einmal hatte Bosch das Gefühl, als hätte sich das Feuer im Kamin wieder entzündet. Er warf einen Blick über die Schulter, aber die Herdstätte war schwarz und kalt. Doch im Arbeitszimmer roch es eindeutig nach Rauch und nicht nach kalter Asche. Hastig drehte er sich wieder zum Fenster um. Das waren keine Wolken da draußen, das war dichter Qualm. Unter der Tür kroch heller Dunst hervor.

»Henri, es brennt!«

»Wenn Sie Ihr Leben in der Fremde verbringen, dann entwickeln Sie ein Gespür für die Gefahr«, sagte Henri geistesabwesend. »Sonst überleben Sie nicht lange.«

»Das Schloss brennt!«

Henri musterte die Rauchschlangen, die sich durch den Türschlitz wanden. »Sie haben die Mauer einfach aufgebrochen.« Er lachte sein Ziegenbocklachen. »Die *Crétins.*« Seine Glupschaugen waren gerötet.

»Hallo! Henri! Wir müssen hier raus!«

Aber Henri reagierte nicht.

Doch wie eine Antwort auf seine Worte hörte Bosch jemanden irgendwo im Schloss brüllen. Seine Nackenmuskeln versteiften sich. Es klang weder wie eine Warnung, noch lag Angst in der kräftigen Stimme. Es war das Triumphgeheul eines Kriegers. Bosch stürzte zu Henri und packte ihn am Arm. »Wollen Sie denn verbrennen?«

»Was?« Henri schreckte hoch, als erwachte er aus einem Traum. »Was? Es brennt? Wo?«

»Hier! Los, raus jetzt.« Bosch zerrte an dem festen Stoff der Tweedjacke. »Raus.«

»Raus, ja, natürlich.« Henri sah sich um. »Wir müssen die Trophäen retten.«

»Wir müssen *uns* retten.« Bosch zog an dem Ärmel, doch

Henri schien wie in dem Löwenstuhl festgewachsen. Der Mann war von allen guten Geistern verlassen. »Wie Sie wollen«, sagte Bosch und ließ ihn los. »Dann gehe ich allein.« Damit wandte er sich um und durchquerte das Arbeitszimmer. Er rechnete fest damit, gleich die Beine des Schreibtischsessels über den Boden kratzen zu hören. Gefolgt von Henris unrhythmischen Schritten.

Aber hinter ihm blieb alles still. Die Glasaugen des Tigers schauten ihn an und erinnerten ihn an den Blick seines Hundes. Bosch packte schnell eine vertrocknete Pranke und zog das Fell hinter sich her.

Auf dem Gang war es gespenstisch still. Kein Prasseln, kein Knistern. Nur feine Rauchschlangen wanden sich auf dem Boden. Bosch holte tief Luft, dann wandte er sich nach links und hastete auf die Halle und den Ausgang zu. Seine Schritte und das Schaben des Tigerfells auf dem zerkratzten Parkett waren die einzigen Geräusche, die ihn begleiteten. Als er an der Bibliothek vorbeikam, blieb er kurz stehen. Wenn der Brand sich ausweitete, würden die ganzen wertvollen, über Jahrhunderte zusammengetragenen Bände ein Raub der Flammen werden. Bosch spürte einen Stich in der Herzgegend. Aber er allein konnte die Bücher nicht retten. Er konnte nur so schnell wie möglich Hilfe holen. Irgendwer in St. Gilgen musste doch den roten Schein am Himmel sehen.

Da hörte Bosch jemanden hinter sich laufen. Er fuhr herum. Cesario kam auf ihn zugerannt. Sein zur Grimasse verzogenes Gesicht und seine Hände waren rußgeschwärzt. Mit der einen Hand machte er abwehrende Bewegungen, als wollte er Bosch vor sich hertreiben, in der anderen hielt er ein Bündel, von dem Schnüre herabhingen. Bosch erstarrte, aber Cesario machte keine Anstalten, sich auf ihn zu stürzen.

»Feuer«, keuchte Cesario und blieb vor Bosch stehen. Er stützte die freie Hand auf ein Knie, senkte den Kopf und rang nach Atem. »Alles brennt, alles.«

»Ah.« Bosch wusste nicht, was ihm mehr Furcht einflößte, der Schlossbrand oder die Tatsache, dass Cesario Deutsch sprach.

Cesario richtete sich auf. Sein Blick glitt über Bosch und blieb an dem Tigerfell hängen. Irgendwo über ihnen krachte und polterte es, als stürzte eine Decke ein. Die Schlossmauern schienen zu beben.

»Henri, wir müssen Henri …« Bosch drehte sich um und wollte zum Arbeitszimmer zurücklaufen.

»Los«, brüllte Cesario, packte ihn am Ellenbogen und zerrte ihn hinter sich her. »Schnell, schnell, schnell.«

Gemeinsam rannten sie den Gang entlang. Bosch versuchte, dem jungen Mann zu folgen, so gut er konnte. Seine Hand umklammerte die Pranke des Tigers. Der präparierte Kopf hüpfte wie ein Ball über den Boden, und der lange Schwanz peitschte hin und her, als wäre das Raubtier zu neuem Leben erwacht. Endlich hatten sie die Halle erreicht. Hier war kein Hauch des Feuers zu spüren. Nur Staub lag in der Luft. Die Koffer standen noch immer zur Abreise bereit, und der Spazierstock und der Panamahut warteten auf ihren Eigentümer.

Bosch blieb stehen und rang nach Atem. Aber Cesario rannte weiter und riss die Eingangstür auf. Draußen war die Welt in Rot und Orange getaucht, der Kies schien zu glühen, und vom Himmel ging ein Funkenregen nieder.

»Los, kommen Sie.« Cesario winkte Bosch.

Aber er konnte keinen Schritt weitergehen. »Und Henri?«

Cesario starrte ihn an. »Wo ist er denn?«

»Im Arbeitszimmer.« Wahrscheinlich saß Henri noch immer in seinem Sessel, ganz der Kapitän, der mit seinem Schiff untergeht. »Er wollte nicht mitkommen.«

Eine Welle von Explosionen erschütterte das Gebäude. Glasscherben prasselten auf den Vorplatz. Die Hitze hatte die alten Fenster bersten lassen. Der schwere Kronleuchter schwang hin und her, als wollte er sich jeden Augenblick aus seiner Verankerung lösen und von der Decke stürzen. Bosch riss sich aus seiner Erstarrung und rannte aus dem Schloss. Cesario folgte ihm dicht auf den Fersen. Erst vor dem Einfahrtstor, in sicherer Entfernung zu explodierendem Glas und herabfallenden Trümmern, hörte Bosch auf zu laufen und wandte sich um. Cesario blieb schwer atmend neben ihm stehen.

»Mein Gott, wie konnte das nur passieren?« Erst jetzt wurde Bosch klar, in welcher Gefahr er sich befunden hatte. Die alten Exponate, in Jahrzehnten ausgetrocknet, brannten wie Zunder. Der Sturm, der um die Ecken des Gebäudes fuhr, entfachte wie ein gigantischer Blasebalg das Feuer immer mehr und gab ihm neue Nahrung. Trotzdem, der Brand musste an mehreren Stellen im Schloss zugleich ausgebrochen sein. »Das war doch Brandstiftung, oder?«

Cesario gab keine Antwort. Mit beiden Armen presste er das Bündel an die Brust, anscheinend das einzige Stück seiner Habseligkeiten, das er in der Eile hatte retten können. Lederschnüre, in die Federn eingeflochten waren, ähnlich dem Halsband, das er immer trug, hingen daraus herab und bewegten sich im Rhythmus seines Atems. Der Feuerschein tauchte sein Gesicht in rotes Licht. Ein Lächeln spielte um seinen Mund. Auf einmal hob er das Kinn und starrte zum Schloss hinüber. Dort hatte das Feuer inzwischen offenbar die Halle erreicht, denn der Türrahmen zeichnete sich als leuchtendes Rechteck in der Dunkelheit ab. Davor war deutlich eine schwarze Gestalt zu sehen, die hin und her schwankte und dann die Stufen hinabtorkelte. Auf dem Vorplatz blieb sie stehen, offensichtlich unschlüssig, wohin sie sich wenden sollte.

»Henri!« Bosch packte Cesarios Arm. »Gott sei Dank, es ist Henri.« Er drückte die Pranke des Tigers, sodass sich die harten Krallen in seine Handfläche bohrten. Den Schmerz bemerkte er kaum.

Henri machte ein paar humpelnde Schritte auf sie zu. Dann blieb er stehen. Er kratzte sich am Kopf, als müsste er über ein wissenschaftliches Problem nachdenken.

»Hierher, Henri, wir sind hier!« Bosch winkte. »Hier rüber!« Der Wind riss ihm die Worte vom Mund.

Henri hatte ihn wohl trotzdem gehört. Er wandte ihnen das Gesicht zu, aber seine Miene war nicht zu erkennen. Mit dem Feuer im Rücken war er nur ein schwarzer Schattenriss. Da drehte er sich um und hinkte bedächtig zur Tür zurück.

»Was macht er denn jetzt?« Wollte der Irre noch irgendwas retten? Das Schloss stand inzwischen im Vollbrand, Flammen schlugen aus dem Dach und loderten aus den Turmfenstern. »Cesario, Sie müssen ihn aufhalten!«

Der junge Mann bewegte sich nicht von der Stelle. Seine schwarzen Augen glitzerten unter halb geschlossenen Lidern. Er öffnete die Arme, mit denen er sich noch immer das Bündel an die Brust gedrückt hatte. Ein Wasserfall schwarzer Haare floss herab, teilte sich, und Bosch starrte in die wie im Schmerz zusammengekniffenen Augen eines kleinen Gesichts. Mit Federn geschmückte Lederschnüre verschlossen wulstige Lippen. Dazwischen steckten Holzpflöcke.

Bosch starrte auf die Kopftrophäe. »Ein *Schrumpfkopf*?« Der Junge musste nach dem Erstbesten gegriffen haben, um zumindest irgendetwas von den Schätzen zu retten. Er packte das Tigerfell fester. »Sind Sie komplett verrückt? Werfen Sie das verdammte Ding weg und retten Sie Henri.«

Cesario rührte sich nicht.

Von St. Gilgen her ertönte eine Feuerwehrsirene. Hilfe war unterwegs, aber bis zu ihrem Eintreffen würde es zu spät sein. So lange konnte Bosch nicht warten. Er ließ das Tigerfell los und rannte über den Vorplatz. »Henri!«

Henri drehte sich kurz um, dann beschleunigte er seine Schritte. Seine Arme ruderten durch die Luft und gaben seinem ungelenken Gang Balance und Antrieb. Im nächsten Augenblick war er im Schloss verschwunden.

»Henri!« Bosch hatte schon fast die Eingangsstufen erreicht, als eine Reihe von Explosionen die Halle erschütterte. Etwas krachte klirrend zu Boden. Für einen Moment hing ein Vorhang aus glühenden Glassplittern im Türrahmen. Der Kronleuchter musste herabgefallen und das Glas der Vitrinen geborsten sein. Funken regneten auf den Vorplatz. Die Hitze versengte fast Boschs Gesicht. Er taumelte zurück.

»Henri! Nein!«, schrie er, obwohl er wusste, dass es sinnlos war. Henri war tot, begraben unter dem kristallenen Kronleuchter. Seine Beine wollten unter ihm nachgeben. Tränen liefen über sein Gesicht. Der Rauch reizte wohl seine Augen.

Da tauchte ein Blitz das Schloss in taghelles Licht. Das Dach des Haupthauses war ein einziges Flammenmeer. Noch einmal erstrahlte die Schlossfassade mit ihren Giebeln und Türmchen und steinernen Fabelwesen. Die Wasserspeier beugten sich über die glühenden Regenrinnen. Zwischen ihren spitzen Zähnen wanden sich die gespaltenen Zungen. Hämisch blickten die Teufelsfratzen auf Bosch herab. Auf den Spitzen ihrer Hörner tanzten rote Lichter. Für einen Augenblick vermeinte Bosch, eine kleine Gestalt an einem Turmfenster zu sehen, die sich hinauslehnte und winkte. Dann erschütterte ein mächtiger Donner den ganzen Vorplatz, und das Dach des Haupthauses sank in sich zusammen.

Bosch ließ sich auf die Knie fallen und bedeckte den Kopf mit seinen Armen, während Steine und Ziegel vom Himmel stürzten. Um ihn herum spritzte der Kies unter den Einschlägen. Jemand war über ihm. Eine starke Hand packte ihn und riss ihn hoch.

»Weg hier«, schrie Cesario durch den Lärm der brechenden Balken und berstenden Fenster. Er zerrte Bosch hinter sich her, bis sie unter dem efeuüberwachsenen Torbogen standen, der in den Garten führte.

Im Schutz des Portals, mit mehr Abstand zum brennenden Gebäude, konnte Bosch wieder einen klaren Gedanken fassen. Er hätte Henri nie davon abhalten können, in den sicheren Tod zu gehen. Der letzte Spross des Geschlechts der Mortins lebte für seine Schätze oder ging mit ihnen unter.

Die Blätter des Efeus schimmerten rot im Feuerschein und raschelten im Wind. Es klang, als stünde der Torbogen selbst in Brand. Die Feuerwehrsirene wurde lauter, sie kam jetzt von der Bergstraße. In wenigen Minuten würden die Löschzüge da sein. Bosch zitterte am ganzen Körper. Die Anspannung der letzten Stunden hatte ihn total erschöpft.

»Haben Sie diese Frau noch im Schloss gesehen?« Zwischen Cesarios Brauen stand eine steile Falte. »Vor dem Feuer, meine ich?« In der Hand hielt er immer noch den gräulichen Schrumpfkopf am Haar gepackt. Er sah wie ein Henker aus, der den abgeschlagenen Kopf eines Delinquenten präsentierte.

»Frau? Nein, welche Frau?« Hatte es im Schloss Gespenster gegeben?

»Die mit dem weißen Sportwagen.« Cesarios Blick glitt über den Vorplatz, als suchte er ein parkendes Auto. »Sie ist wohl schon gefahren.« Sein Deutsch hatte einen leichten süddeutschen Akzent.

»Weißer Sportwagen?« Auf einmal war Bosch hellwach. »Frau Aschenbach? War die denn hier?«

»Ich weiß nicht«, sagte Cesario. »Vielleicht.«

Bosch krallte seine Finger in Cesarios Ärmel. »Was heißt ›vielleicht‹? War sie hier oder nicht?«

»Ich meine, vielleicht war es diese Frau Asche… wie?«

»Aschenbach.« Sie war seit gestern verschwunden. Der schwarze Porsche stand vor dem Bauernhaus. Der Fahrersitz ihres weißen Cabrio war immer noch zerschnitten, nie wäre sie damit gefahren. »Haben Sie Frau Aschenbach hier im Schloss gesehen?«

Cesario biss sich auf die Unterlippe.

»Ja oder nein?« Bosch schloss seine Finger zu einer Faust. Cesario versuchte, ihm seinen Arm zu entwinden. Aber Bosch ließ nicht los. »Ich will sofort eine Antwort.«

»Ja«, gab Cesario widerstrebend zu. »Gestern Mittag ist sie hier aufgetaucht. Mit einer Einladungskarte.« Er verzog seinen breiten Mund. »Ich hab noch gedacht, seit wann verschickt der Chef solche Karten. Aber sie war ganz wichtig damit.«

Große Scheinwerfer erhellten das offene Einfahrtstor. Im nächsten Augenblick rasten zwei Feuerwehrzüge auf den Vorplatz. Uniformierte sprangen auf den Kies, Türen und Klappen wurden geöffnet, Schläuche entrollt. Männer rannten in alle Richtungen. Zwei liefen die Treppe zur Schlosstür hinauf. »Herr Mortiehn?«, brüllte ein Mann in Helm und schwerem Schutzanzug.

»Gestern, sagen Sie?«, hakte Bosch nach.

»Ist doch egal.« Cesario deutete auf die Feuerwehrmänner, die im Eiltempo Schläuche auslegten. »Sie ist nach Hause gefahren.«

»Nein, ist sie nicht.« Trotz der Hitze der Feuersbrunst wurde Bosch kalt. *Die dumme Person hatte sich entschlossen, die Geschäfte weiterzuführen.* Henri hatte sie zu sich gelockt. Und wahrscheinlich getötet, wie ihren Mann. »Ihr Auto steht vor dem Haus im Brunnwinkl.« Es musste einen triftigen Grund geben, warum sie den langen Weg zum Schloss zu Fuß gegangen war. Die Frau fuhr jeden Meter mit dem Porsche. Vorausgesetzt, er funktionierte. Aber vielleicht tat er das ja nicht. *Das ist ein Rolls-Royce Silver Ghost. Wenn Sie den größten Teil Ihres Berufslebens fernab der Zivilisation verbracht haben, können Sie auch so eine alte Mühle reparieren.* Für Henri war es sicher kein Problem gewesen, den Porsche zu manipulieren. Bosch schluckte. »Sie muss noch irgendwo hier sein.«

Das ganze Gebäude stand in Flammen. Man würde ihre Leiche niemals finden. Henri hatte ein perfektes Verbrechen begangen. Auch wenn er nicht mehr davon profitieren konnte. Er hatte beide Aschenbachs umsonst getötet.

Cesario kniff den Mund zusammen. Die Feuerwehrmänner fingen an, die brennende Fassade mit Wasser zu bespritzen. Es zischte und krachte. Heller Dampf stieg zum roten Himmel empor. Kommandorufe erfüllten die Nacht. Zwei Männer rannten dicht an Bosch und Cesario vorbei.

Cesario zog Bosch zurück in den Schatten, als wollte er sie beide vor den Blicken der Feuerwehrleute schützen. »Wenn sie da ist, wo ich sie zuletzt gesehen habe«, flüsterte er, »dann ist sie nicht mehr am Leben.«

»Ja – und? Wir müssen sie suchen.«

Cesario ließ sich die Sache offenbar durch den Kopf gehen.

Die Feuerwehrmänner richteten dicke Wasserschläuche auf die brennende Schlossfassade. Qualm stieg zum Nachthimmel empor. Auf dem Vorplatz breiteten sich Wasserlachen aus, in denen sich Flammen spiegelten. Als wäre das Schloss von einem brennenden See umgeben.

»Kommen Sie!« Cesario drehte sich um und lief in den Garten hinein. Bosch eilte hinterher.

Sie überquerten die Terrasse, auf der die Korbsessel noch um den Tisch standen, als warteten sie nur darauf, dass Henri sich mit einer Tasse russischen Tees auf einem von ihnen niederlassen würde. Eine zerzauste Zeitung hatte sich unter einem Stuhlbein verfangen und flatterte im Wind. Henri musste sie am Nachmittag liegen gelassen haben, nicht ahnend, dass er sie nie würde auslesen können.

Bosch und Cesario umrundeten das Schloss. Immer wieder mussten sie über glühende Trümmer steigen, die ihnen den Weg verlegten. Das Fenster des Arbeitszimmers hatte keine Scheiben mehr. Dort, wo Bosch und Henri noch vor Kurzem gesessen hatten, gähnte ein schwarzes Loch.

»Ist Frau Aschenbach etwa da drinnen?«, fragte Bosch, den langsam der Mut verließ.

Cesario schüttelte den Kopf und bog vom Weg in den Garten ab. Hier war Bosch noch nie gewesen. Alte Bäume, dichtes Gebüsch und hohes Gras herrschten über das, was wohl einst der Schlosspark gewesen war. Doch selbst die dichte Wildnis konnte nicht verbergen, wie kunstvoll der Garten einst angelegt worden war. Roter Feuerschein zuckte über das dichte Laub. Außer Cesarios schnellen, fast gleitenden Schritten, mit denen er sich geschickt einen Weg durchs hohe Gras bahnte, war nichts zu hören. Weder der Ruf eines Vogels noch das Rascheln einer Maus im Unterholz. Die Tiere mussten vor dem Feuer geflüchtet sein.

Bosch versuchte, nicht zu straucheln und trotzdem Cesarios Tempo zu halten. Wie hypnotisiert folgte er dem jungen Mann. »Das Laub fällt rot vom alten Baum«, murmelte er. »Und kreist herein durchs offne Fenster. Ein Feuerschein glüht auf im Raum und malet trübe Angstgespenster.« Selbst in diesem Moment hatte Trakl noch die richtigen Worte.

»Hier.« Cesario blieb vor einem Anbau stehen. Sein Blick glitt prüfend über eine Reihe gotischer Fenster, deren Glas zerborsten war. Das Feuer darin war bereits erloschen. Das Dach war fast zur Gänze eingestürzt.

»Da drinnen?«, fragte Bosch.

Cesario kniff die Augen zusammen. »Sie war vor mir«, sagte er langsam, als wollte er die Ereignisse rekapitulieren. »Ich dachte, sie wäre geflohen. Aber vielleicht hat sie sich irgendwo versteckt. Dann ...« Er verstummte.

Bosch wusste, was Cesario sagen wollte. Aber er brauchte Gewissheit. *Ich wusste, Sie würden dem Rätsel auf Dauer nicht widerstehen können. Wir Forscher sind so.* Energisch verdrängte Bosch die Stimme Henris aus seinem Kopf. »Worauf warten wir dann noch?« Er hörte selbst, wie heiser er klang.

Wortlos ging Cesario zu dem Anbau und stieg durch eines der hohen Fenster ins Innere. Mit einem Wink bedeutete er Bosch, ihm zu folgen. Bosch kletterte hinterher und stieß sich sofort den Kopf an einem herabhängenden Dachsparren.

»Au, verdammt.«

»Vorsicht, hier liegen überall Glassplitter.« Cesario zeigte auf den Boden, der wie mit Schnee bedeckt aussah. »Da vorn geht's zum Refektorium. Und dahinter«, er holte tief Luft, »dahinter liegt die Felsenkapelle.« Seine Stimme klang rau.

Die Felsenkapelle. Bosch hatte sie auf den alten Plänen gesehen. »Da gibt's doch gar keinen Zugang.« Führte Cesario ihn absichtlich in die Irre? Neugierig und wieder einmal ohne nachzudenken, war er diesem Fremden gefolgt. Abrupt blieb Bosch stehen.

Cesario, der schon ein paar Schritte voraus war, drehte sich um. »Was ist?«, drängte er. »Dahinten ist die Felsenkapelle.« Etwas Lockendes schwang in seiner Stimme.

Auf einmal war Bosch hellwach. Die Nebel in seinem Kopf verflüchtigten sich, die Anstrengung der letzten Stunden fiel von ihm ab. Fast fühlte er das Adrenalin, das ihn wie ein Tier die Gefahr spüren ließ.

»Ich muss ein wenig rasten«, sagte er.

Cesario verlagerte sein Gewicht auf ein Bein und schien sich in Geduld zu fassen. Seine Hand war immer noch in den Haarschopf des mumifizierten Kopfes gekrallt. Er klammerte sich an die Kopftrophäe wie an einen Talisman.

Bosch stand an einer Wand des Ausstellungsraums und ließ den Blick über die zerstörte Sammlung wandern. Zwischen den Glasscherben auf dem Boden lagen zerbrochene Tonfiguren. Ein zu einer grotesken Skulptur geschmolzener Plastikkörper stand zwischen zwei Fenstern. Verschmorte Federn lagen zu seinen Füßen, die Überreste eines der vielen ausgestopften Paradiesvögel. Zu Boschs Linken hockte der balinesische Affengott auf seinem Podest. Wie durch ein Wunder hatte ihn das Feuer verschont. Nur das Weiß seines Fells war ergraut, und das Gold des Säbels, den er über dem Kopf schwang, war vom Rauch stumpf geworden.

»Und?«, rief Cesario.

Hinter dem Rücken der Affenfigur hockten schwarze Schatten. Zu ihren Füßen lag wie eine Opfergabe an den Affengott ein weißer Stoffballen.

»Gleich.« Bosch schaute unschlüssig zu Cesario. Da bemerkte er aus dem Augenwinkel eine Bewegung. Er konnte einen Schrei nicht unterdrücken.

»Was ist?« Cesario kam auf ihn zu.

Der Stoff auf dem Boden rührte sich. Es war eine blonde Frau in einem hellen Kleid. Langsam und stumm streckte sie die Hand nach Bosch aus. Es war Frau Aschenbach.

»Was …?« Glasbruch knirschte.

Frau Aschenbach fing an zu zittern und versuchte vergeblich, sich auf die Ellenbogen zu stützen. Sie gab einen Schmerzenslaut von sich.

Cesario trat neben Bosch und starrte auf sie hinab. *»Dios«,* sagte er und schlug ein Kreuz.

Die Aschenbach wandte ihr rußverschmiertes Gesicht nach oben. Stumpf ruhte ihr Blick auf dem dunklen Gesicht des jungen Mannes. Dann weiteten sich ihre Augen, sie hatte Cesario erkannt. Sie riss den Mund auf, als wollte sie schreien, aber kein Laut kam über ihre Lippen. Cesario bekreuzigte sich mehrmals.

Bosch stieß Cesario beiseite und kniete sich auf den Boden. Glasscherben schnitten durch den Stoff seiner Hose. »Frau Aschenbach«, sagte er. »Beruhigen Sie sich. Alles wird gut.«

Als Antwort fing sie an, hysterisch mit den Armen über den Boden zu rudern. Ihre Haut und ihr Kleid färbten sich rot.

Bosch packte ihre Handgelenke. »Hören Sie mich?« Er schaute hoch zu Cesario, der schon wieder ein Kreuz schlug.

»Dios, la señora …«

»Lauf zu, Junge, und hol endlich Hilfe, verdammt«, blaffte Bosch ihn an. »Wir brauchen einen Krankenwagen. Kapiert?«

»Si, señor«, sagte Cesario und rührte sich nicht vom Fleck. Er presste sich den grässlichen Schrumpfkopf an die Brust. Auf

einmal vergrub er sein Gesicht in dem schwarzen Schopf, sodass sein Haar mit dem des Toten verschmolz. Dann fing er an zu weinen.

»Cesario!« Bosch hätte ihn packen und schütteln mögen. Aber er hatte keine Hand frei. »Lauf endlich!«

Cesario hob den Kopf. Sein Gesicht war tränennass und glänzte wie in Bronze gegossen. Aber er lächelte. Mit der rechten Hand fuhr er sich unter der Nase entlang. Bosch fiel auf, wie jung er war. Nicht älter als die Kinder, die in seinen Vorlesungen saßen. Cesario schniefte, dann griff er in die Tasche seiner Jeans, zog ein Handy hervor und reichte es Bosch. »Bitte.«

Zögerlich ließ Bosch Frau Aschenbach los. Sie bewegte sich nicht mehr. Angesichts ihrer Helfer hatte sie das Bewusstsein verloren. Bosch stand mühsam auf, tippte die 112 und schilderte ihre Lage. Dann schaltete er das Telefon ab und wollte es schon zurückgeben, als ihn etwas zögern ließ.

Bosch starrte Cesario an. »Du … du hast immer ein Handy gehabt.« Er bemerkte kaum, dass er zum Du übergegangen war. Cesario hätte zu jeder Zeit Hilfe rufen können. Aber er hatte es nicht getan.

Cesario hob das Kinn und gab keine Antwort. Der Junge, der eben noch vor Erleichterung geweint hatte, war verschwunden. An seine Stelle war wieder Henris Diener getreten, stark, ruhig und mit unergründlicher Miene. Seine schwarzen Augen glommen wie Holzkohle im Schein der letzten Flammen, die auf den Trümmern vor den Fenstern tanzten. Hinter ihm stiegen Rauchwirbel aus den geborstenen Dachsparren. Cesario beobachtete Bosch. Er schien auf eine Reaktion zu warten.

Aber Bosch brauchte keine Erklärung mehr. »Was hast du getan?«, flüsterte er und reichte Cesario das Handy. *»Warum?«*

Cesarios Mundwinkel zuckten. Mit dem Arm machte er eine weit ausholende Geste, die das ganze Trümmerfeld umfasste. Wie ein Künstler, der erschöpft, aber glücklich sein Werk präsentiert. »Danke«, sagte er. »*Gracias*, Don Hans.«

In der Ferne war die Sirene des Notarztes zu hören.

Da drehte sich Cesario um und ging über den Teppich aus glänzenden Scherben davon. Der Affengott schien ihm nachzusehen. Sein rot lackiertes Maul lachte. Unter dem Arm hielt Cesario den Schrumpfkopf. Die mit Federn geschmückten Lederbänder bewegten sich sacht im Takt seiner Schritte. Er stieg durch das zerbrochene Fenster. Im nächsten Moment war er in der Dunkelheit verschwunden.

EPILOG

»Abflug British Airways, Flug Nummer 9114, nach Glasgow. Alle Passagiere werden gebeten, sich umgehend zum Flugsteig A zu begeben. All passengers …«

»Oh, Verzeihung.« Bosch hatte auf die Uhr gesehen und nicht aufgepasst. Der Schlossbrand lag schon eine Woche zurück, und er wollte sich von Cesario am Flughafen verabschieden. Nun war er mit der Schuhspitze gegen einen Koffer gestoßen, auf dem sich Gepäckstücke und Plüschtiere türmten, und hatte das ganze Gebilde fast zum Einsturz gebracht. »Könnten Sie mir bitte sagen, ob das der Flug nach Frankfurt ist?« Die Schlange vor dem Abfertigungsschalter war endlos lang, und er hatte Cesario nirgends entdecken können.

»Sie können wohl nicht lesen.« Eine dicke Blondine in Shorts und Flip-Flops, mehrere Kinder im Schlepptau, schaute Bosch voller Verachtung an. »Hier ist Hurghada, ey.«

Das hätte Bosch sich denken können. So wie die Person gekleidet war, landete das Flugzeug bestimmt direkt am Strand. In Gedanken wünschte er ihr eine gute Reise. Man las ja immer wieder von Haiattacken vor der ägyptischen Küste.

Bosch drehte sich um und durchquerte die Abflughalle, wobei er sich weiter nach Cesario umsah. In dem kleinen Bistro auf der rechten Seite saßen mehrere Reisende und feierten den bevorstehenden Urlaub mit einem letzten Bier. Ein Strom eben angekommener Passagiere, Koffer und Pässe in den Händen, strebte dem Ausgang und den Taxiständen zu. Von einem riesigen Plakat lachte Wolfgang Amadeus Mozart auf die Touristen herab und hieß sie in Salzburg willkommen.

Genervt von dem ganzen Trubel stellte sich Bosch schließlich mit dem Rücken vor die Auslage des Zeitschriftengeschäfts und warf wieder einen Blick auf die Uhr. Cesarios Maschine nach Frankfurt startete um vierzehn Uhr zwanzig. Noch gute zwei Stunden. Er schob die Hände in die Hosentaschen und beschloss, einfach zu warten. Es hatte keinen Sinn, ziellos auf dem Flughafen herumzuirren. Durch diesen Gang musste Cesario früher oder später kommen.

Das Schloss war durch den Brand fast völlig zerstört worden. Nur der Küchentrakt, in dem sich auch die Personalzimmer befanden, war gerettet worden. Wenn Bosch über seinen Steg bis auf den See hinausging, konnte er die Reste des Schlosses zwischen den Bäumen erkennen. Tagelang war Rauch von den schwelenden Trümmern aufgestiegen. Jetzt ragten nur noch die schwarzen Turmstümpfe, umkreist von schreienden Möwen, in den Himmel.

Nachdem Cesario in jener Nacht verschwunden war, hatte Bosch seine Nachbarin in die Obhut des Notarztes gegeben. Dann war er nach Hause gegangen. In dem Tumult aus Feuerwehr und Rettung war seine Anwesenheit nicht aufgefallen. Als hätte er eine Tarnkappe getragen, war er unbemerkt an den Löschzügen vorbeigelaufen und über die Wasserschläuche gestiegen. Er hatte das Tigerfell aus einer Wasserpfütze gefischt, dann war er, den nassen Pelz als einziges Souvenir, zum allerletzten Mal durch das Einfahrtstor hinausspaziert.

Wenn Bosch in den Ort ging, stachen ihm die reißerischen Schlagzeilen ins Auge. Aber er kaufte sich keine Zeitung. Es würde noch Wochen dauern, bis die Schlossruine untersucht und die Brandursache ermittelt war. Bosch wusste nur – Cesario hatte es ihm am Telefon gesagt –, dass man Henris Leiche nicht gefunden hatte.

Frau Aschenbach war immer noch im Krankenhaus. Aber sie war außer Lebensgefahr und hatte sich für die neuerliche Rettung bereits ausführlich bei ihm bedankt. Und sie hatte ihm unglaubliche Dinge erzählt. Nicht zuletzt deshalb musste er noch einmal mit Cesario sprechen. Dann würden, so hoffte er, auch die letzten unbeantworteten Fragen geklärt sein, und er konnte die Ereignisse am Wolfgangsee in einen entlegenen Teil seiner Erinnerungen verbannen.

Nur Henri würde er nie vergessen. *Dr. Bosch, wenn ich nicht irre.* Bosch hatte über die Anspielung auf den im afrikanischen Busch verschollenen Livingstone gelacht und sich damit Henris Anerkennung erworben. *Hans, mon cher.* Auch wenn Henri im wahrsten Sinne des Wortes über Leichen gegangen war, er fehlte Bosch. Henri, der Allwissende und Spaßvogel. Henri, der Freund – und Mörder. *Madame, erklären Sie einem verstaubten Gelehrten, wie dieser Finanzhandel funktioniert.* Da hatte das Ultimatum der Bank schon auf Henris Schreibtisch gelegen, und er suchte nach einer Lösung.

»Don Hans?« Cesario stand vor ihm. Er trug die rote Outdoorjacke, und sein Haar war kürzer als an dem Abend, als Bosch ihn das letzte Mal gesehen hatte. Er lächelte, wirkte entspannt und unbeschwert. Auf seinem Rücken saß ein großer Rucksack. Jetzt war er der Student, der nach einem Europatrip zurück nach Hause flog. »Warten Sie schon sehr lange?«, erkundigte er sich.

Bosch schüttelte den Kopf. »Ich habe nachgedacht.«

Eine dünne Falte erschien zwischen Cesarios Brauen. »Über mich?« Er klemmte die Daumen unter die Rucksackträger und sah sich verstohlen um. Aus einer Tasche seines Rucksacks schaute ein Teddybär hervor. »Haben Sie sich's anders überlegt? Wir können uns auch gleich hier verabschieden.«

»Lass uns auf die Besucherterrasse gehen.« Die große Uhr über der Anzeigetafel zeigte auf halb eins. Noch eineinhalb Stunden bis zum Boarding. »Ich lade dich auf einen Kaffee ein, komm.«

Sie waren die einzigen Gäste auf der Dachterrasse des Flughafens. Ein strahlend blauer, nur von einzelnen Zirruswolken durchzogener Himmel wölbte sich über Salzburg. Aber in dem Wind, der um die großen Buchsbaumkugeln in ihren Töpfen pfiff, lag schon eine erste Ahnung vom Herbst. Die Sonnenschirme waren geschlossen, und ihr Stoff flatterte, als wollten sie jeden Augenblick davonfliegen. Das Dröhnen der startenden und landenden Maschinen auf dem Vorfeld erschwerte zusätzlich die Verständigung. Aber es verhinderte auch ungebetene Zuhörer.

Cesario stellte seinen Rucksack auf einen Stuhl. Dann zog er den Reißverschluss am Hals seiner Jacke zu und setzte sich. »Ein Wind wie in den Anden«, sagte er und lachte dabei.

Bosch nahm ihm gegenüber Platz. Seine alte Strickjacke war viel zu dünn, und er fror schon jetzt. Als der Kellner kam, bestellte er einen russischen Tee mit viel Zucker. Cesario warf ihm einen scharfen Blick zu und entschied sich für eine Cola. »Den Kaffee kann ein Südamerikaner in Österreich nicht trinken«, sagte er entschuldigend.

»Wo bist du denn her?«

»Lima«, sagte Cesario. »Peru.«

»Wieso sprichst du so gut Deutsch?«

Cesario lachte. »Deutscher Kindergarten, deutsche Schule, und außerdem studiere ich in Heidelberg.«

»Deutsch, nehme ich an.«

»Und Journalismus.« Der Kellner brachte die Getränke. Nachdem er den Tee und die Cola abgestellt hatte, bedankte sich Cesario wohlerzogen. Nichts an ihm erinnerte mehr an Henris mürrischen Diener. »Ich fliege von Frankfurt weiter nach Lima.« Er trank einen Schluck Cola. »Zum Wintersemester bin ich wieder in Heidelberg.«

Der russische Tee war ein Glas heißes Wasser, in dem ein Teebeutel trieb. Braune Schlieren flossen davon weg, wie die Arme eines Kraken. Bosch beschloss, sich einen Samowar zu kaufen. »Wie bist du zu Henri gekommen?« Er riss die Zuckertüte auf. Der Zucker darin war steinhart.

»Im Schloss haben wir zum Tee immer braunen Kandis serviert.« Cesario schaute aufs Rollfeld hinunter, wo sich gerade eine grüne Maschine der Aer Lingus zum Start bereit machte. Die Kabinentüren schlossen sich, die Rolltreppen wurden weggefahren. »Es war gar nicht so schwer, den Job zu kriegen. Ich hab ein paar Wochen auf Mortins Ausgrabung herumgelungert, hab Tee serviert, ein bisschen ›jefe hier‹ und ›jefe da‹ und dann hab ich erzählt, dass ich Auto fahren kann.« Er grinste. »Und kein Wort Deutsch spreche. Ich glaube, das hat den Ausschlag gegeben.«

Cesario hat seine Qualitäten – aber zum Telefonfräulein taugt er leider gar nicht. »Und warum wolltest du überhaupt den Job?« Bosch nippte an seinem Teewasser. »Ich hatte gleich das Gefühl, dass du ein Fremdkörper im Schloss bist.«

»›Fremdkörper‹ ist gut.« Cesarios Augen verengten sich. Die Aer Lingus rollte auf die Startbahn und blieb dort stehen.

Der Lärm der Triebwerke schwoll an, das Flugzeug fuhr los, beschleunigte und wurde immer schneller, bis sich seine Räder vom schwarzen Asphalt lösten und der schwere Stahlleib wie von Zauberhand abhob. »Meine Eltern haben ein Architekturbüro in Lima.« Das Flugzeug gewann an Höhe und verschwand in den Wolken. »Aber unsere Familie stammt aus dem Hochland.«

Eine besonders starke Windböe fegte über die Terrasse. Die Kälte stach wie mit Nadeln durch Boschs Strickjacke. Eine Gänsehaut überzog seine Arme. Aber er rührte sich nicht. »Ja?«, fragte er behutsam.

»Thibeault de Mortin, das war ein großer Mann vor hundert Jahren in Peru.« Cesario verschränkte die Arme vor der Brust. »Ein Kolonialherr mit Geld. Mit Geld konnte man sich schon damals alles kaufen.« Ein Tanklaster fuhr über das Rollfeld zu einer parkenden Ryanair-Maschine, in die gerade Gepäck geladen wurde. »Eines Tages wollte Mortin einen Schrumpfkopf kaufen. Und er wollte bei der Herstellung dabei sein.« Cesario lachte, aber es klang bitter. »In Paris liegt sein Bericht darüber. In der Akademie der Wissenschaften. Ich hab ihn gelesen.« Seine schwarzen Augen glitzerten. »Mortin hat den Kopf mit nach Europa genommen. Für seine *Sammlung.*« Cesario hob das Kinn.

Bosch sah den Jungen wieder vor sich, rot angestrahlt vom Feuer, die Hand in den Schopf einer Kopftrophäe gekrallt. Er zog die Jackenärmel über seine Hände. »Ich habe gar keine Schrumpfkopfsammlung im Schloss gesehen. Und Henri hat auch keine erwähnt.«

»Die Sammlung ist erst vor ein paar Tagen wiederaufgetaucht.« Cesario schwenkte sein Colaglas hin und her. Braune Luftblasen stiegen an die Oberfläche. »Als die Bauarbeiter aus Versehen die Wand eingerissen haben. Grand-père, wie Mortin immer sagte, hatte seine Sammlung eingemauert. In der Felsenkapelle.«

»Eingemauert?« Deshalb war also kein Zugang zur Kapelle in den alten Plänen verzeichnet. »Warum denn?«

Cesario wandte das Gesicht ab. Sein Blick glitt über die wartenden Flugzeuge hinweg zu den halbrunden Hangar 7 und

Hangar 8. Die moderne Architektur sah wie das auseinandergeschnittene Skelett eines Seeigels aus. Ihre Glaskonstruktion gleißte im Sonnenlicht. Vor der Flugzeugwerft standen eine kleine Privatmaschine und ein amerikanischer Bomber aus dem Zweiten Weltkrieg. Seine Nase bestand aus Glas in einem Stahlgitter, um dem Piloten freie Sicht zu gewähren. Auch nach siebzig Jahren wirkte die Maschine noch beunruhigend.

»Aus Angst, weshalb sonst?«, sagte Cesario.

»Aber er brauchte die Sammlung doch nicht zu verstecken«, meinte Bosch. »Schrumpfköpfe konnten damals legal nach Europa gebracht werden.« Was man von den chinesischen Kunstschätzen nicht sagen konnte. Menschenköpfe waren damals weniger wert als Porzellan. Heute wahrscheinlich auch noch.

»Gesetze hätten den alten Verbrecher auch nicht abgehalten.« Cesario verschränkte die Arme vor der Brust.

Gesetze sind dem Fortschritt schrecklich hinderlich, mein Lieber. »Sondern?«

»Er hat den Fluch gefürchtet«, sagte Cesario, als handelte es sich dabei um die natürlichste Sache der Welt. *Vielleicht lastet sogar ein Fluch auf uns, wer weiß?* »Als der alte Mortin einen Schrumpfkopf kaufen wollte, war leider gerade keiner greifbar. Also hat man sich anderweitig beholfen.«

»Du meinst …?« Ein Tapir war auf dem alten Foto zu sehen gewesen. Und daneben der Giftpfeil, der ihn getroffen hatte.

»Genau.« Cesarios Miene war grimmig. »Ein Pfeil, in Curare getaucht und auf einen Bruder abgeschossen. *Et voilà.*« Er drehte die Handflächen nach außen und hob den Blick zum Himmel. Es sah aus, als säße Henri in einer grausamen Parodie mit am Tisch. »Der Handel ist perfekt. Das heißt, wenn der Käufer keine Skrupel hat. Und die hatte Thibeault de Mortin nicht.«

»Woher willst du das wissen?«

»Von meiner Urgroßmutter.« Cesario verschränkte die Hände über der roten Jacke. »Das Mordopfer war ihr Mann. Und der Mörder sein Bruder.«

Ein Flugzeug stieg über der Festung auf, deren Mauern vom Mönchsberg weiß herüberleuchteten. Dahinter breiteten sich die grünen Hänge des Gaisbergs bis nach Parsch und Aigen aus. Bunte Drachenflieger umkreisten den Gipfel wie fliegende Pfeilspitzen. *Tote können einem nichts tun.* Konnten sie doch. Dann, wenn man an die Macht ihrer Rachegeister glaubte. Der Stern der Familie Mortin war gesunken. Und jene Mitglieder, die von dem alten Verbrechen wussten, gaben die Schuld daran einem alten Indianerfluch. So viel Angst musste das Leben dreier Generationen belastet haben. »Grand-père hat die Tür zugemauert«, hatte Henri gesagt und dabei listig gezwinkert. Es hatte nichts geholfen.

»... habe ich meiner Urgroßmutter versprochen, nach dem Verbleib des Kopfes zu forschen.« Cesario zuckte mit den Schultern. »Bald darauf ist sie gestorben. Jahrelang habe ich nicht mehr an die Geschichte gedacht. Irgendwann habe ich von neuen Ausgrabungen im Hochland gehört. Und als ich den Namen des Ausgrabungsleiters gelesen habe, wusste ich, das ist das Zeichen.«

Der Junge hat Arbeit gesucht, und da habe ich ihn eben als Fahrer eingestellt. Inzwischen ist er mir unersetzlich. »Aber Henri hatte doch nichts mit dem Verbrechen an deinem Vorfahren zu tun«, wandte Bosch ein.

»Ich wollte ja auch nur den Kopf.« Cesarios Ton war trotzig. »Sonst nichts.«

»Dafür hast du aber einiges angerichtet.« Ein Schloss war bis auf die Grundmauern abgebrannt. Eine wissenschaftliche Sammlung von unschätzbarem Wert zerstört. Ein Mann war freiwillig in den Flammentod gegangen. »Ohne dich würde Henri noch leben.«

Cesario setzte sich auf. »Nicht *ich* habe Mortin umgebracht.«

Die Worte hatten einen schmerzhaften Widerhall in Boschs Ohren. *Das war doch nicht ich, der Aschenbach getötet hat. Es war selbstverständlich Grand-père.* »Lass mich raten – es war dein Vorfahre.«

»Wer?« Cesario starrte ihn an, als habe er den Verstand verloren. »Mortin ist *selbst* ins Feuer gelaufen. Der konnte sich ein Leben ohne die ganzen Scheußlichkeiten seines Großvaters doch gar nicht vorstellen.« Er schüttelte den Kopf. »Den Mann von der Frau, den hatte er auch im Visier, diesen Asche… wie auch immer.«

»Aschenbach.«

»Und die Frau wäre in der Kapelle verreckt.« Cesario redete sich in Rage. »Ein Glück, dass ich den beiden nachgegangen bin, als Mortin sie dorthin gelockt hat. Ich hatte kurz vorher die Kiste mit den Köpfen gefunden.« Er riss die Augen auf. »Sie haben meinem Urgroßvater die Lippen noch mit Pflöcken verschlossen. Damit er ja keine Rache nehmen kann. Daran habe ich ihn erkannt.« Er ballte die rechte Hand zu einer Faust. »Unter einer Pferdedecke. In einer Holzkiste.«

Bosch räusperte sich. »Du hast ihn mitgenommen.«

»Natürlich. Was denken Sie?«

»Frau Aschenbach hat mir erzählt, Henri habe ihr eine Kalebasse mit Gift hingestellt.« Er schluckte. »Damit sie Selbstmord begehen kann.«

Cesario lachte ein freudloses Lachen. »Kann ich mir denken. Das hätte dann wie ein Schuldeingeständnis ausgesehen. Seht her, mit diesem Gift habe ich meinen Mann umgebracht.«

»Und kann mit der Schuld nicht leben«, ergänzte Bosch. »Andernfalls wäre sie auf ewig in der Kapelle geblieben.« Henri hatte ihn gebeten, darauf zu achten, dass der Mauerdurchbruch ordnungsgemäß verschlossen wurde. *Ich möchte keinen Ärger mit dem Denkmalamt.* Der Tee in der Tasse vor ihm hatte die Farbe hellen Schlamms.

»Da ist … noch etwas«, sagte Cesario.

»Noch etwas?« Bosch wusste nicht, ob er noch mehr Details verkraften konnte.

Ein Dröhnen kam vom Untersberg her. Rotorengeklapper schwoll an, Sturm erhob sich, und dann flog ein Helikopter so dicht an der Terrasse vorbei, dass Bosch die Gesichter der Piloten erkennen konnte. Die Maschine senkte die Nase zur Landung. Im nächsten Augenblick war sie hinter dem Terrassengeländer verschwunden.

»Curare kann man nicht einnehmen«, erklärte Cesario. »Das heißt, man kann schon, aber es ist sinnlos.«

»Sinnlos?« War der Tod denn nicht immer sinnlos?

»Man stirbt nicht an Curare.« Cesario schüttelte den Kopf. »Curare ist ein Nervengift. Es lähmt nur die Muskulatur.«

»Und was heißt das?«

»Meine Vorfahren haben mit Curare-Pfeilen gejagt. Um das Wild an einer langen Flucht zu hindern – Curare hat eine lähmende Wirkung. Man kann das Fleisch also noch essen.« Er zögerte, dann setzte er hinzu: »Aber Curare allein tötet nicht. Großes Wild, einen Jaguar oder Tapir, muss man mit einem Speer verletzen. Das gelähmte Tier verblutet.«

Bosch sah wieder das sepiafarbene Jagdfoto vor sich. Den toten Tapir. Und die Pfeile mit der Lanzenspitze. Es hätte ihm schon viel früher auffallen müssen. Sein Herzschlag beschleunigte sich. »Dann ist Aschenbach gar nicht vergiftet worden?«

Cesarios Miene war unergründlich. »Wenn, dann nicht mit Curare.« Er blickte auf seine schlanken braunen Hände hinab. »Das wollte ich Ihnen sagen. Deshalb musste ich Sie noch einmal sehen.« Er verschränkte die Finger ineinander, als wollte er beten. »Sie hätten bei der Polizei aussagen und mein Leben zerstören können. Sie haben es nicht getan.« Ein trauriges Lächeln spielte um seinen Mund. »Und dabei sind Sie, glaube ich, der Einzige, der Mortin je gemocht hat.«

Henri, der Aschenbach ins Bett bringt und mit dem Pfeil verletzt. Der Frau Aschenbach einen tödlichen Giftbecher reicht. »Dann hat Henri Aschenbach gar nicht ermordet?« Bosch war fest von seiner Schuld überzeugt gewesen. Auch wenn ihm jedes Unrechtsbewusstsein gefehlt hatte.

»Wie gesagt – nicht mit Curare allein.«

Fingerhut. *Digitalis.* Wollige schwarze Fasern auf einem blutigen Steak. *Sie glauben also, es war das Herz? Was denn sonst?* Aber der Hund hatte das vorbereitete Steak gefressen. Hatte die Aschenbach angesichts ihres wehrlosen Ehemannes die Gelegenheit genutzt und einfach ein Kissen genommen?

»Henri meinte, Aschenbach habe viele Feinde gehabt. Irgendwer hat ja auch den Autositz zerstochen.«

Da lachte Cesario. »Das war das Mädchen.«

»Welches Mädchen?«

»Die vom Hofladen.« Er grinste. »Die hat Gemüse geliefert.

Und als sie gegangen ist …« Er hob seine Faust und tat so, als würde er damit zustechen. »Ich hab's vom Küchenfenster aus gesehen. Sie muss einen ziemlichen Hass auf die Frau gehabt haben.« Er warf einen Blick auf seine teuer aussehende Armbanduhr. »Ich muss langsam zum Gate. Danke für die Cola.« Er stand auf und griff nach seinem Rucksack. Der Kopf des Teddybären nickte.

Eines wollte Bosch noch wissen. »Hast du nie irgendwelche Skrupel gehabt, Henri so zu belügen?«

Für einen Moment hielt Cesario inne. Dann sagte er: »Nie.« Es klang völlig unbekümmert. Er hob den Rucksack und schwang ihn sich auf den Rücken. »Die Mortins hatten ja auch nie Skrupel.« Er schob die Arme unter die breiten Träger.

»Und … und der Schrumpfkopf?« Der vom Feuer rot angestrahlte Kopf, dessen Lippen mit Lederbändern verschlossen und zusätzlich von Holzpflöcken grausam durchbohrt worden waren. Damit die Rachegeister des Toten nicht austreten konnten. Die aber trotzdem einen Weg gefunden hatten. »Wo ist der Schrumpfkopf jetzt?« Wahrscheinlich hatte Cesario ihn irgendwo rituell begraben.

Cesarios Augenbrauen schossen in die Höhe. »Den nehme ich natürlich mit.«

»*Was?* Wie denn? Du kannst doch heute keinen Schrumpfkopf mehr einfach so ausführen. Du brauchst mindestens einen Herkunftsnachweis und wer weiß was noch.« Bosch konnte sich direkt das Gesicht des Beamten vorstellen, der den Rucksack bei der Sicherheitskontrolle durchleuchtete. Wenn auf seinem Schirm auf einmal das Gesicht eines Toten auftauchte. »Hast du ihn etwa dabei?« Im Ernstfall musste Bosch das Ding wohl in seinem Holzhäuschen aufbewahren, bis alle Formalitäten für eine Überführung nach Südamerika erledigt waren.

»Klar.« Cesario grinste. Mit dem Daumen wies er auf den Teddy, der aus der Rucksacktasche lugte. »Aber gut verpackt.« Der Stoffbär starrte Bosch mit kalten Glasaugen an, als wüsste er um seine kostbare Fracht und wäre entschlossen, sie zu verteidigen. »*Adiós*, Don Hans.«

Cesario drehte sich um und überquerte die Dachterrasse.

Der Wind spielte in seinem blauschwarzen Haar. An der Tür zum Restaurant drehte er sich noch einmal um und winkte zum Abschied. Dann war er verschwunden.

Bosch schaute zur Festung hinüber. Ihre Mauern und Zinnen erinnerten an ein Schloss. Das war ihm bisher noch gar nicht aufgefallen. Er war nicht gerne auf der Festung. Sie schien ihm immer wie ein Symbol der Unterdrückung und Unfreiheit. Am Wolfgangsee wartete sein Hund auf ihn. Und auf der Staffelei das Bild, an dem er seit einer Woche in jeder freien Minute arbeitete. Den Titel »Der Magier« hatte Bosch verworfen. Die Flammen, die aus dem Hut des Zauberers züngelten, hatte er hingegen nach einigem Überlegen gelassen. Die blauen Augen darunter waren von der Farbe Delfter Keramik. Sie standen ein wenig vor, wie Amphibienaugen, und passten zu den Wellen des Wolfgangsees, aus denen die Kreatur auftauchte. Das Bild hieß »Der Wassermann« und würde John von seiner Londoner Galerie in pures Entzücken versetzen.

Eine Handvoll Passagiere lief über das Vorfeld zu einem wartenden Flugzeug. Bosch konnte Cesarios rote Jacke erkennen. Und den Rucksack, der im Rhythmus seiner Schritte auf und ab wippte. Bosch musste lächeln. Der Kerl hatte es geschafft, mit dem Kopf seines Urgroßvaters im Gepäck durch die Sicherheitskontrolle des Flughafens zu kommen. Die Triebwerke der Maschine liefen schon. Eine Stewardess begrüßte die einsteigenden Passagiere. Neben der Gangway stand ein kräftiger Mann in einem weißen Sommeranzug und schien noch auf jemanden zu warten. Er trug einen Panamahut und stützte sich auf einen Gehstock. Boschs Herzschlag beschleunigte sich. Er stand auf, um besser sehen zu können. Cesario lief, immer zwei Stufen auf einmal nehmend, die Gangway hinauf. Der Mann in Weiß legte seine Hand auf das Treppengeländer und folgte dem Jungen. Aber er hinkte nicht.

Bosch ließ sich auf seinen Stuhl sinken und fuhr sich mit der Hand übers Gesicht. Dann wandte er sich um und winkte den Kellner herbei, der ein paar Tische weiter damit beschäftigt war, einen flatternden Sonnenschirm zu bändigen. »Die Rechnung bitte.«

Bosch freute sich, an den Wolfgangsee zurückzukommen. Vielleicht war heute einer der letzten warmen Tage, an denen er und der Hund auf dem Steg zu Abend essen konnten.

Coq au Vin. Ich wollte Sie mit einem Mittagessen überraschen – wenn ich nicht störe.

Nein, nein, natürlich nicht. Sehr nett, dass Sie an mich denken.

Wozu hat man Freunde?

Bosch schaute wieder zur Festung hinüber. Das Wintersemester stand vor der Tür. Aber dieses Jahr würde es ohne ihn stattfinden. Vor ein paar Tagen hatte er der Universität einen Brief geschrieben und um ein Sabbatical-Jahr angesucht. Angesichts des Themas seiner Forschung war es ihm sofort gewährt worden – indianische Totenkulte.

Ines Eberl
SALZBURGER TOTENTANZ
Broschur, 208 Seiten
ISBN 978-3-89705-796-8

»Ines Eberl gelingt mit ›Salzburger Totentanz‹ ein Krimi mit Tiefgang.« Salzburger Nachrichten

»Spannend bis zum Schluss.« Salzburger Volkszeitung

Ines Eberl
JAGABLUT
Broschur, 208 Seiten
ISBN 978-3-89705-965-8

»Die fesselnde Geschichte lässt den Leser bis zum Schluss miträtseln.« Salzburg Inside